挑战者深渊

[美] 尼尔 · 舒斯特曼 著
[美] 布伦丹 · 舒斯特曼 绘
董海雅 译

中信出版集团 | 北京

图书在版编目（CIP）数据

挑战者深渊 /（美）尼尔·舒斯特曼著；（美）布伦丹·舒斯特曼绘；董海雅译. -- 北京：中信出版社，2021.2（2022.7 重印）

书名原文：CHALLENGER DEEP

ISBN 978-7-5217-2478-3

Ⅰ. ①挑… Ⅱ. ①尼… ②布… ③董… Ⅲ. ①儿童小说－长篇小说－美国－现代 Ⅳ. ①I712.84

中国版本图书馆CIP数据核字（2020）第249079号

挑战者深渊

著　　者：[美] 尼尔·舒斯特曼
绘　　者：[美] 布伦丹·舒斯特曼
译　　者：董海雅
审　　译：迟庆立
出版发行：中信出版集团股份有限公司
（北京市朝阳区惠新东街甲4号富盛大厦2座　邮编100029）
承 印 者：北京中科印刷有限公司

开　　本：880mm × 1230mm　1/32　　印　　张：11.75　　字　　数：215千字
版　　次：2021年2月第1版　　印　　次：2022年7月第2次印刷
京权图字：01-2021-0070
书　　号：ISBN 978-7-5217-2478-3
定　　价：39.80元

献给罗伯特·伍兹医生

致谢

《挑战者深渊》因爱而生，创作过程历经多年。首先，我要感谢我的儿子布伦丹对本书的贡献；感谢我的儿子贾罗德为本书制作了大量精美的图书预告片；感谢我的女儿乔艾尔和埃琳，谢谢她们带给我的灵感和美好；我要把最诚挚的感谢献给我的编辑罗丝玛丽·布罗斯南、杰茜卡·麦克利什，还有哈珀柯林斯出版集团给予本书巨大支持的每一个人。另外，我还要感谢我的助手巴布·索贝尔和杰茜卡·威德默，是他们让我的生活和演讲计划顺利开展。感谢奥兰治县作家研习班多年来给予我的支持和批评；感谢美国精神疾病联盟（NAMI）提供的丰富资源；最后，感谢我的朋友们一如既往的支持，陪伴我度过最美好以及最痛苦的时刻。

感谢所有的人！我深深地爱着你们。

1 嘿嘿呀哈[①]

有两件事，你很清楚：一、你曾经在那儿；二、你不可能到过那儿。

想同时握住这两个不相容的真理，得有杂耍的本事才行。当然，杂耍还要有第三只球，才能保持节奏流畅。这第三只球就是时间——它弹来弹去得那个疯狂，远远超出我们的想象。

现在是凌晨五点。你知道确切的时间，因为你卧室的墙上挂着一个钟，指针走动的动静特别大，有时得用枕头捂住耳朵。还有，现在这里是早晨五点，此时中国的某个地方也是五点，下午五点——这就证明，这两个不相容的真理要是用全球眼光来看，绝对说得通。然而，经验告诉你，让你的思绪飘到遥远的中国不一定总是好事。

你妹妹就睡在隔壁房间。再过去一个房间，是你的爸

① 原文“Fee，Fi，Fo，Fum”出自英国童话故事《杰克和仙豆》。巨人在追赶杰克时叫喊着：“嘿嘿呀哈，我闻到了一个英国男人的血的味道！不管活的还是死的，我要磨碎他的骨头做面包！”——译者注

妈。你爸爸打着呼噜。要不了一会儿，你妈妈就会轻轻地推推他，让他翻个身，呼噜声就会消停，说不定能坚持到天亮。一切都很正常，真让人欣慰。

马路对面，邻居家草坪上的几个喷头嗞嗞地喷起水来，声音很响，淹没了钟的嘀嗒声。透过打开的窗户，你能闻见喷头喷出的水雾——氯不多，氟含量相当高。你知道邻居家的草坪会有健康的牙齿，感觉还不错吧？

喷头的嗞嗞声不是蛇的动静。

还有，你妹妹房间墙上画的那几只海豚不可能琢磨出要人命的阴谋。

还有，稻草人的眼睛看不见。

即便如此，还是有许多夜晚你难以入眠，因为你要应付的这些东西，占据了你所有的注意力。你生怕有那么一刻，哪只球会掉下来。接下来呢？你不敢再往后想了。因为在那一刻等着的，就是船长。他耐心十足。他等着。一如既往。

甚至在有船之前，就有了船长。

这段旅程以船长开始，你估计也将以船长结束，中间的一切都是磨坊磨的粉，说不定那些就是一个个巨人，他们把骨头磨成粉，然后做成面包。

脚步轻一点儿，不然会把他们吵醒。

2 永远都在底下

“没有人知道它有多深。”船长说道，左边胡子一翘一翘的，像个老鼠尾巴。“要是掉进那个无底的深渊，要落到底你且慢慢数日子吧。”

“可是那个海沟的深度已经测出来了，”我大着胆子说，“之前早就有人下去过了。我正好知道，有一万米深。”

“知道？”他不屑地说，“就你这种营养不良、哆里哆嗦的小奶狗，最多也就知道自己鼻头是湿漉漉的，别的还知道什么？”然后，他自己被自己的这番评论逗得哈哈大笑。船长一辈子在海上漂泊，饱经风霜的脸上布满了皱纹，虽然乱蓬蓬的黑胡子已经把许多皱纹遮住了，但有些依然清晰可见。他一笑起来，皱纹就会拉紧，你就能看到他脖子上的肌肉和筋腱。“对，那些冒险进过海沟那片水域的人都说见过海底，但他们在撒谎。他们撒起谎来就和旧地垫一样，总得要敲打两次——才能把他们那点儿灰吓唬出来。”

我已经懒得去破译船长在说什么了，但他的话还是困扰着我，好像我漏掉了什么东西——很重要且貌似很明显的东西，那种等我明白过来已经来不及的东西。

“它永远在底下，”船长说，“别听别人胡说。”

3 这样对你更好

我做了这样一个梦。

我到了一间厨房。

我躺在里面的一张桌子上。

灯照得亮如白昼，所有电器都白得晃眼——它们与其说是新的，不如说是假装新的。塑料带着镀铬的金属光芒，但主要还是塑料。

我动不了，或者是不想动弹，或者是不敢动弹。这个梦，每次做都有点儿不一样。一堆人围着我，只不过他们不是人，是怪物伪装的。他们钻进我脑子里，撕下里面的影像，再把这些影像变成面具，看着就像我爱的那些人。但我知道这不过是个骗局罢了。

他们大声笑着，说着些对我来说毫无意义的事。而我就在所有假面的包围中，僵直地躺在那儿，成为关注的焦点。他们观赏着我，但那种眼神，只有在你知道某个东西很快就要没了的时候才会有。

“我觉得你把它拿出来得太早了，”戴着我妈妈面具的怪物说，“它在里面的时间还不够。”

“想知道就只有一个办法。”伪装成我爸爸的怪物说。我能感觉到四处都是笑——不是他们嘴里发出来的，因为他们面具上的嘴巴动不了。那笑是在他们的思想里，仿佛一支支毒镖从面具上挖空的眼睛里射出，扎在我的身上。

“这样对你更好。”另外一个怪物说。紧接着，他们的肚子咕噜咕噜地响起来，响得像山崩一样，一只只爪子伸向我，把他们这道“主菜”扯了个粉碎。

4 他们就是这么抓着你的

我不记得这段旅程是什么时候开始的。好像我一直都在这里，可是这又不可能，因为是有过他处的从前的，有过上个星期，要么是上个月，要么是去年。不过，我敢肯定，我现在还是十五岁。哪怕是在这艘船的木头残骸上待了好多年，我依然还是十五岁。这里的时间和别处不同。它不是向前走，而是有点儿横着走，像螃蟹一样。

其他船员，我认识的并不多。也有可能我前一刻还记得，后一刻又忘了，因为他们全都默默无闻。有的船员年龄大些，看上去已经在海上过了一辈子。这些人都是船上的长官，如果你能这么叫的话。他们和船长一样，是万圣节的海盗，满嘴涂黑的黑牙，在地狱门口玩着“不给糖就捣乱”的把戏。要不是我真打心眼儿里相信他们会用塑料钩子把我的眼睛挖出来，我就笑话他们了。

也有年轻的船员，像我这样的：都是孩子，时刻处于父母“老大哥”般双眼的注视下，因为种种罪过，被密谋赶出温暖的家，或冷漠的家，或根本不存在的家。

我在船上的同伴，不论男孩还是女孩，都是忙忙碌碌的，也不跟我讲话，要说只说“你挡住我的路了”或“别碰我的东西”之类的话。就好像我们中谁有什么东西值得守着似的。有时，我想给他们手头的事帮点儿忙，可他们不是背过脸去，就是把我推开，对我的主动厌烦得很。

我一直想象着看见自己妹妹也在船上，尽管我知道她并不在。我现在不是应该帮她辅导数学吗？脑海中，我看见她一直在等着我，等啊等啊，我却不知道她在哪儿。我只知道自己根本没有露面。我怎么能那样对她呢？

船上的每个人始终在船长的密切监视之下。船长看上去有点儿熟悉，也有点儿陌生。他好像对我的事了如指掌，而我却对他一无所知。

“我要干的事儿就是把你的事儿牢牢攥在手心里。”他对我说。

船长戴着一只眼罩，养了一只鹦鹉。鹦鹉戴着一只眼罩，脖子上还挎着保安的徽章。

“我不该在这儿的，”我向船长苦苦哀求，不知道以前有没有跟他提起过这件事，“我有期中考试要考，有小论文要交，卧室地板上还堆着好多脏衣服。再说，我还有朋友呢，好多好多朋友。”

船长的嘴紧紧地抿着，无动于衷。鹦鹉反倒开口说：“你会有朋友的，这儿也会有好多好多朋友，这儿也会有！”

这时有个孩子悄悄跟我耳语：“什么事儿都别跟鹦鹉说。他们就是这么抓着你的。”

5 我是指南针

我心里的感受无法用合适的词表达，就算能表达，这些词也绝对不属于有人懂的语言。我的情绪在叽里呱啦地讲着方言。快乐一转脸变成了愤怒，又变成恐惧，然后又变成嘲讽，就好像张开双臂从飞机上一跃而下，坚信自己会飞，没有一丝怀疑，然后却发现自己飞不起来，不仅没带降落伞，身上还一丝不挂，下面的人全都举着望远镜，看着你急速坠入极其难堪的灭亡，哈哈大笑。

领航员让我别担心。他指了指我那个为了打发时间常拿来画画的羊皮纸本。

“把你的感受用线条和色彩画出来，”他对我说，“色彩，光彩，彩票，钞票——真正的财富就在于，你的画能抓住我，向我嘶吼，逼着我去细细地看。我的地图给我们指明了路线，可你的洞察力却为我们指明了方向。你就是指南针，卡登·博斯。你就是指南针！”

“我要是指南针的话，一定是个很没用的指南针，”我对他说，“我找不到北。”

“你当然找得到，”他肯定地说，“只不过在这些水域，北总是在原地绕圈子。”

这让我想起以前的一个朋友，他觉得自己面朝哪个方向，哪个方向就是北。我现在觉得，他也许是对的。

应领航员的要求，我们俩做了室友。我原来的室友无缘无故地失踪了，我几乎不记得还有这么个人。我们俩同住的船舱，一个人住都太挤，更别说两个人了。“这帮龌龊的家伙里，就数你最正派，”他对我说，“你的心还没有沾染海里的寒气。再说，你很有才气。才气，放弃，放牧，羡慕——你的才华会让整条船的人都羡慕。记住我的话！”

领航员是个孩子，他已经出过海很多次了。而且，他还是个远视眼。也就是说，他看你的时候，其实看到的不是你，而是你身后很远的地方，比我们视力所及要远好多倍。

他基本上不怎么看人，整天忙着做航海图。至少，他是这么叫那些图的。图上尽是密密麻麻的数字、文字、箭头，还有线段，把一个个散落的星星连成我从来没有见过的星座。

“这儿的天是不一样的，”他说道，“你得从星星里看出新的图案来。图案，土星，星期六，星期日，日晷。一切都是为了要测量过去的一天。明白了吗？”

“不明白。”

“海岸到海洋，海洋到山羊。我的意思是，这就是答案。山羊。它什么都吃，把世界消化了，变成自己基因的一部分，然后再呕出来，来宣布领地。领地，传递，传说，听说——你听我说。山羊的标志，就是我们通往目的地的答案。一切都有意义。要找山羊。”

领航员才华过人，过人到只要他在场，我就头疼。

“我为什么会在这儿？”我问他，“如果一切都有意义，那我在这条船上的意义是什么？”

他又埋头绘起图来，在原来的记号上又加了些字，添了些新箭头，他的思想一层又一层厚厚地叠着，厚得只有他自己能破解。“意义，艺术，鼠海豚，海豚，海况，门框，门口。你就是拯救世界的入口。”

“我？你确定？”

“跟我们正坐在这列火车上一样确定。”

6 破坏性太大了

门口，门框，海况，海豚在妹妹房间的墙上跳着舞，此时，我正站在她的房门口。

海豚一共七只。是我专门为妹妹画的，所以我清楚。每一只代表黑泽明导演的《七武士》中的一个武士，我希望她长大后也会喜欢它们。

今晚的海豚全都瞪着我。虽然因为没有对生拇指，不能抓握，不大可能挥剑来砍我，但感觉比平时可怕得多。

爸爸正在给麦肯茜掖被子。这个时间，对她来说有点儿晚了，对我却不然。我刚满十五岁，而妹妹快十一岁了。再过好几个小时我才睡呢，如果能睡着的话。

也许不能。今晚不能。

妈妈正在楼下跟外婆打电话。我听见她正聊着天气和白蚁。我家的房子正一点点被白蚁啃食。“……可是罩住房子用药熏的话，破坏性太大了。”我听见妈妈说，“肯定有更好的方法。”

爸爸亲了亲麦肯茜，跟她道了晚安。他转过身来，看到我在那儿站着，也不能说是站在房间里，但也说不上在房间外。

“怎么了，卡登？”

“没什么，就是……算了。”

他站起来，妹妹翻了个身，脸冲着画着海豚的那面墙，显然马上要进入梦乡了。“要是有什么不对劲，可以告诉我，”爸爸说，“你知道的，对吧？”

我说话的声音很轻，不想让麦肯茜听见。“哦，只不过是……学校里有个孩子……”

“怎么了？”

“当然，我不能肯定……”

“怎么了？”

“哦……我觉得他想杀我。”

7 慈善深渊

商场里有一个捐款箱。它是一个黄色大漏斗，是给儿童慈善活动做募捐的，想起来都让人心里难受。捐助的都是外国战争中肢体残缺的儿童或诸如此类的孩子。你把硬币放进投币口里，然后松开手。硬币就绕着这个黄色大漏斗转呀转呀，得转差不多一分钟，一路上发出富有节奏的嗖嗖声，越是接近洞口，声音听起来越急促，越高亢，越绝望。硬币越转越快——所有的动能都不得不沿着漏斗颈一直向下，直到最后刺耳如警报般的一声响起——坠入了漏斗下暗黑的深渊，此后再无声息。

我就是那枚一路下坠的硬币，在漏斗颈里尖声叫喊着，别无所依，唯有靠自己的动能和离心力，才不至于坠入黑暗中。

8 回归现实

“你说他想伤害你，是什么意思？”爸爸走了出来，站在楼上的走廊里，关上妹妹的房门。昏暗的灯光小心翼翼地从走廊尽头的卫生间里透出来。“卡登，这可不是闹着玩儿的。要是学校里有男生威胁你，你得告诉我究竟是怎么回事。”

他站在那儿，等着我回答，要是我刚才没开口就好了。

妈妈还在楼下跟外婆打电话。我开始琢磨，电话那头真的是外婆，还是妈妈在假装。也许她是在跟别人聊天，说不定正在聊我，说不定在使用暗号。可她为什么要那么做呢？实在傻透了。不，她就是在跟外婆聊天，聊白蚁的事儿。

“这个孩子的事你报告老师了吗？”

“没有。”

“他干什么了？公开威胁你了？”

“没有。”

爸爸深吸了一口气。“好吧，如果他并没有威胁你，也许并不像你想的那么糟。这个孩子有没有把什么武器带到学校？”

“没有。哦，也许有吧——有的，我觉得他可能有把刀。”

“你亲眼见过吗？”

“没有，我就是知道。他是那种有刀的孩子。你知道吗？”

爸爸又深深地吸了一口气，挠了挠日渐稀疏的头发。“把这个男孩跟你说的话一五一十地告诉我。尽量不要漏掉任何细节。”

我使劲想了半天，想找恰当的词语来解释一下，却找不到。“问题不是他说了什么话，而是他还没说的话。”

我爸爸是一个会计：左脑特别发达，思维特别线性，所以当他说“我不明白”的时候，我丝毫不感到惊讶。

我转过身，摆弄起墙上的一张全家福，结果把照片弄歪了。我受不了照片歪着，又赶紧把它扶正了。“当我没说吧，”我轻描淡写地说，“不是什么大事。”我想赶紧逃到楼下去，因为我特别想听听妈妈在说什么，可爸爸轻轻地拽住了我的胳膊，不让我走。

“等会儿，”他说，“我得把这事儿搞清楚。让你提心吊胆的这个男生，他跟你上同一门课，而且他的一些行为让你觉得没有安全感？”

“其实，我和他从来没有一起上过课。”

“那你怎么会认识他呢？”

“我不认识。只是有时候，我会在走廊里遇到他。”

爸爸低下头，脑子里在盘算着什么，然后又抬起头看着我。“卡登……如果你不认识他，而且他从来没有威胁过你，那他只是跟你在走廊里擦肩而过，其他什么也没做，你凭什么认为他想伤害你呢？没准他压根儿就不认识你。”

“对，你说得对，我只是有点儿紧张。”

“你可能反应过度了。”

“对，反应过度了。”这话如今大声说出来，连我自己都察觉到这事听起来多傻。我的意思是，这个男生压根儿就不知道有我这个人。我连他叫什么都不知道。

“高中阶段人可能会焦虑些，”爸爸说，“好多事都可能让你焦虑。真抱歉，我不知道你一直有那样的心理负担。想想这件事都够吓人的！话说回来，有时候每个人都需要回归现实，对吧？”

“对。”

“那你现在感觉好点儿了吧？”

“嗯，好多了，谢谢。”

可是我走开的时候，他还在怀疑地注视着我，说不定他知道我在撒谎。我的父母早就注意到，我最近有多么焦虑。爸爸认为我应该选个运动项目练练，释放一下紧张的情绪。妈妈觉得我应该做瑜伽。

9 你不是第一个，也不会是最后一个

大海向四面八方延伸着。前面，后面，右舷外，左舷外，还有下面，再下面，再下面。我们这艘船是大帆船，经历过百万次航行的风吹雨打，见证过非常黑暗的时代。

“这种船是船中极品，”船长曾自豪地告诉我，“你要相信它，它不会给你领错路。”

这样挺好，因为舵把旁从来没见过人。

“它有名字吗？”有一次我问船长。

“给它取名字，就等于让它沉掉，”他告诉我，“船起了名字，就会重得让海托不起来了。随便问一起海难就知道。”

主舱口的弧形上方，有一块烙字的木牌，上面写着：

你不是第一个，也不会是最后一个。

这句话竟让我同时产生微不足道和与众不同的感觉，让我很诧异。

“它对你说话了？”蹲踞在主舱口上方的鹦鹉问道，他又在盯着我，总是盯着我。

“没说什么。”我回答。

“哦，要是它说了，”鹦鹉吩咐道，“要一字不落地全都写下来。”

10 在恐怖厨房

几乎每天晚上，我都会造访那个白色塑料厨房。每一次，都会有些细节发生变化，变得刚好让我无法预测梦的结果。要是每场梦都一样，那我至少能知道接下来会发生什么，要是知道的话，就能为最坏的情况做好准备了。

今晚，我一直在东躲西藏。厨房里简直找不到藏身的地方。我把自己塞进一台特别先进的冰箱里。我浑身发抖，还想起了船长。他管我叫“哆里哆嗦的小奶狗”。有人打开了冰箱门，是一个我想不起来的面具。她摇了摇头。

“可怜的家伙，你肯定很冷吧。”她从满满的咖啡壶中倒了些咖啡，可她并没有邀请我也喝一点儿，而是手直接从我的肚脐眼里穿了过去，从冰箱里我身后的什么地方把牛奶取了出来。

11 凡是丑的东西，必有美的一面

主甲板下面是船员的生活区。这层甲板比整条船从外面看起来都大。大到不可能的大。一条长长的走廊，向远处一直延伸，一直延伸，仿佛没有尽头。

船体和甲板是用一条条木板拼接成的。板条之间，起防渗作用的黑色沥青散发着恶臭。要说臭，哪儿也没有沥青下面臭。特别刺鼻，而且是有机物的臭，仿佛被时间蒸馏进沥青的那些生命体，甭管是什么生物，还没有彻底腐烂，闻上去一股浓缩的汗味加体味，还有脚指甲缝里脏东西的味儿。

“那是生命的味儿。”有一次，我问船长这股恶臭是怎么回事，船长很自豪地这样回答。“转化阶段的生命，也说不定。但不管怎么说，都是生命。小子，这就像潮水坑里的苦咸腥臭，虽然臭得刺鼻，可也同时让人神清气爽。海浪拍上岸，把飞沫送到你鼻子里，你会诅咒它吗？不会！因为它会让你想起，你是多么热爱大海。海滩的夏日气息会让你的心灵极其安宁，其实它跟一股轻轻飘来的海洋腐臭没什么区别。”说完，为了证明自己的观点，他心满意足地深吸了一口气，“真的，凡是丑的东西，必有美的一面。”

12 大采购

我和朋友们小的时候，每次在商场里待得百无聊赖，总爱玩这个游戏。我们称之为“变态大采购”。我们会选定某个人，或某对夫妇，有时甚至是一大家子——不过为游戏好玩起见，最好挑选一个独自购物的人。然后，我们会编个故事出来，想象这个被选中的购物者怀着什么不可告人的目的。这个目的一般都会和斧头或链锯，还有地下室或阁楼有关联。有一次，我们盯上了商场里一个步履蹒跚的小老太太。她一脸专注，显得目标明确。于是我们决定，她做当天的连环凶手最合适。故事是这样的：她会在商场里把那些工具全买下来——东西太多了，拿不动，她就会请卖家送货上门。然后，她会把快递员抓起来，再用他刚刚送来的工具把他击晕。她有一整套新买的凶器，还收藏了若干以往的作案赃物，就藏在她家的地下室或阁楼里。

于是，我们悄悄跟在她后面，跟了差不多有二十分钟，心想这事儿太可笑了……直到她走进一家刀具店，我们眼睁睁地看着她买了一把很不错的新切肉刀。然后，这事儿就变得更加可笑了。

不过，在她走出刀具店时，我和她的目光碰到了一起——主要是因为我硬壮着胆子去看的。我知道，这完全是我的想象，但她眼睛里那种残忍和凶狠的眼神，我永远不会忘记。

最近，我到处都能看见她的眼睛。

13 没有“向下”这回事

我站在客厅的中央，脚趾头蜷进了那块昂贵却了无生气的米色地毯。

“你在干吗呢？”麦肯茜放学回来，把背包往沙发上一扔，就问我，“怎么呆呆地站在那儿？”

“我在听呢。”我对她说。

“听什么？”

“听白蚁的动静。”

“你能听见白蚁的动静？”她吓了一跳。

“也许吧。”

她的手指紧张地拧着黄色拉绒外套上的大蓝扣子，好像系上扣子就能把白蚁挡在外面，像抵挡寒冷那样。然后，她将信将疑地把耳朵贴到墙上，我想，她可能觉得这样比站在静悄悄的房间中央更容易听见白蚁的动静。听了一会儿之后，她有点儿不安地说：“我什么都没听见。”

“别担心，”我用自己最轻柔的声音安慰她，“白蚁不过就是白蚁嘛。”虽说这话已经平淡得不能再平淡了，不过还是消除了妹妹因我而有的对虫子的担心。她心满意足地去厨房找零食了。

我没有动。我听不到白蚁的声音，却能感觉到它们的存在。我越是想着它们，那种感觉就越强烈，让我分心。我今天精力很不集中。倒不是为我能看到的东西，而是为我看不见的东西。墙里面的东西，还有脚下的好多东西，我总是会莫名地迷恋。如今，那种迷恋的感觉已经寄生在了我的身体里，就像正慢慢毁坏我们家房子的那些吃木头的虫子一样。

我告诉自己，这种分心是好的，因为这样一来，我就不会再没完没了地去想学校里可能发生或可能不会发生的破事儿了。这种分心对我有好处，于是我就随着性子享受了一下。

我闭上双眼，静心感受，让自己的思绪穿过脚底。

我的双脚正踩在安全坚实的土地上，但那不过是幻象而已。这房子归我们所有，对吧？但不是真正地拥有，因为银行里有房贷。那我们拥有什么呢？土地？又错了。虽说我家房子所在的那片地的地契在我们手里，但我们并不拥有采矿权。矿是什么？矿是土地里所有的东西。说到底，要是这些东西很贵重，或者有朝一日可能变得贵重，那我们就不可能拥有。只有它们一文不值的时候，我们才会拥有。

那么，我的脚下到底是什么呢？除去它归我们所有的这个假象之外。一旦集中了注意力，我就能感觉到下面是什么。地毯下面是一层混凝土，混凝土下面是二十年前被重型机械压实的土地。再往下，是永远不会被人发现的逝去的生命。可能还有不同文明的遗迹，或毁于战争，或毁于野兽，或是免疫系统没能通过细菌的突击测试。我感觉到了史前生物的遗骨和贝壳。然后，我将思绪送到了更深的地方，一直下到基岩。地球拼命想把漫长而又往往很悲惨的生命史消化掉，结果弄得肠胃不适，一团团胀气什么的，便都聚集在基岩这里。也是在这里，上帝创造的一切生命最终透过岩石被蒸馏成黑乎乎的黏稠物质，然后我们再把它从地底下抽出来，给汽车当燃料，把那些曾经有生命的东西变成温室气体，我猜想，这总比永远当黏糊东西强吧。

再往深处，我能感觉到地球的冷渐渐被热所取代，直到熔岩洞出现了，先是红热的，继而是白热的岩浆在难以想象的巨大压力下旋转着。先是外核，再是内核，直到重力中心点，然后重力方向反转。温度和压力开始降低。岩浆又变成了岩石。我奋力挤过花岗岩、黏糊糊的原油、骨头、土壤、蚯蚓和白蚁，此刻我正从中国的一块稻田里猛地冒出头来，这就说明，根本没有向下这回事儿，因为到最后，向下就是向上。

我睁开双眼，发现自己在自家客厅里，简直有些惊呆了。我突然意识到，从我家到中国的某个地方，有一条完美的铅垂线。我不由得想，我这样强迫自己的思绪一直顺着那条线下去，就像刚才那样，会不会造成什么危险？我的思绪会不会在地球的高温高压下被放大，到从另一侧冒出来的时候就成了地震？

我也知道，这不过是胡思乱想罢了。然而，第二天早晨，第三天早晨，以及之后的每一个早晨，我都会暗暗提心吊胆地查看新闻，看中国有没有发生地震。

14 没法从这儿去那儿

虽然很多吓坏了的船员都告诫过我，让我别冒险到船上陌生的角落去，我还是忍不住。一股莫名的力量推着我非要去碰碰那些最好别碰的东西。既然待在这么了不起的大帆船上，怎能不到处看看呢？

有一天清晨，我没去甲板上等着点名，而是早早起来准备去一探究竟。我沿着船员甲板上那条又长又昏暗的走廊出发了。我随身带了羊皮纸素描本，随时把看到的几笔画下来。

“打扰一下。”我对一个船员说，她站在舱内的阴影里，我从来没见过她。她的眼睛很大，睫毛膏全花了，贴颈的珍珠项圈好像正掐着她的脖子。

“这条走廊是去哪儿的？”

她一脸怀疑地打量着我。“哪儿也不去，就在这儿待着。”说完就缩回舱里，还甩上了门。我脑子里记着她的模样，于是便在素描本上把她退回阴影时的那张脸勾勒了出来。

我继续走着，为了记录自己在这个望不到头的走廊里走了多远，我数着梯子。一，二，三。我到了第十架梯子旁，可走廊还在向前伸展着。最后，我只好放弃了，沿着第十架梯子爬了上去，却没想到居然从船中舱口出来，直接上到了甲板。我这才恍然大悟，原来那些梯子，不管是哪一个，不管在船员甲板上安在哪儿，都会经过同一个舱口通到甲板上。我在那条走廊里已经走了二十多分钟，却哪儿都没去。

我头顶上方的栏杆上，坐着鹦鹉，好像他一直等在那儿，就是为了嘲笑我。

“你没法从这儿去那儿，”他说，“难道你不知道吗？难道你不知道吗？”

15 没有空间的流逝

我在船上的工作是当“稳定器”。不记得这个任务是什么时候派在我头上的，不过船长给我解释这个任务的情景，我倒是记得清清楚楚。

“你要去感觉船在海上是不是向一侧倾斜，然后去对侧找个位置待着，左舷到右舷，右舷到左舷。”船长是这么说的。

也就是说，我的工作跟绝大多数船员一样，就是从一头横穿甲板跑到另一头，然后再跑回来，去抵消海浪的翻滚。根本没有意义。

“我们这点儿重量，怎么可能影响这么大的船呢？”有一次，我问他。

他恼怒地瞪着我，眼睛里布满血丝。“那你宁愿当压舱物喽？”

我立刻不吱声了。我以前见过“压舱物”。为了降低船的重心，货舱里密密麻麻地挤满了水手，像沙丁鱼罐头一样。要是这艘船上没你干的活儿，你自然就成了压舱物。我该知道别抱怨的。

“等快到了目的地，”船长有一次对我说，“我要选出一支特殊小分队，来完成我们的伟大任务。使劲干，多出汗，说不定能给你这身不值钱的臭皮囊在小分队里挣个位置。”

虽然我不确定自己想要那个位置，但也许能比整天拖着脚在甲板上漫无目的地走来走去要强吧。我曾经问过船长，我们离马里亚纳海沟[1]还有多远，因为每天大海都一模一样。我们好像没离哪儿更近，也没离哪儿更远。

“液态的地平线本来就这样，没有空间的推移感，”船长说，“不过我们快到海沟的时候自然就会知道，因为会有一些迹象和黑暗的征兆出现。”

我不敢再问船长那些黑暗的征兆可能会是什么。

16 水手

海上风平浪静的时候，我也用不着从一侧跑到另一侧了，有时候我会在甲板上跟卡莱尔待在一起。卡莱尔是船上的水手——这家伙一头亮红色短发，短得和桃子上的毛似的。他微笑里的那种友善，船上谁也比不

---

① 马里亚纳海沟，又称马里亚纳群岛海沟，是目前所知地球上最深的海沟。该海沟地处北太平洋西部海床，位于马里亚纳群岛的东侧，与其走向大体平行。——译者注

了。他已经不是孩子了，他年龄要大一些，跟船上那些长官的年龄相仿，但跟他们不是一类人。好像怎么规划时间，做什么，怎么做，他都能自己做主，船长很少干涉，船上唯一一个明白人就是他了。

“我是自愿当水手的，”他有一次告诉我，“我这么做，是因为需要水手。还因为你们全是懒蛋。”

今天，我看见几只老鼠从他洗拖把的水里蹿出来，消失在甲板黑暗的角落里。

“该死的东西，”卡莱尔一边骂着，一边用拖把蘸着桶里的浑水，开始洗甲板，“永远除不掉。”

“旧船一向是有老鼠的。”我对他说。

他扬起一边的眉毛。“老鼠？你以为它们是老鼠？”不过，他并没有告诉我是什么。老实说，它们蹿得太快了，在暗处又藏得太深，我也不确定它们到底是什么。我顿时有点紧张，赶紧换了一个话题。

“跟我说说船长的事儿吧，说点我不知道的。”

“他是你的船长。所有该知道的，你已经知道了。”

可从他说话的方式，我能听得出，他掌握着一些少有人知的内幕。看来，要想从他嘴里套出什么，我得把问题问得具体一些。

“跟我讲讲他那只眼睛是怎么瞎的？”

卡莱尔叹了口气，四处望了望，确保没有人盯梢，才低声说了起来。

“据我所知，鹦鹉的眼睛比船长瞎得早。我听人家说，那鹦鹉把一只眼睛卖给了一个女巫，去配一种能把他变成老鹰的魔法药水。没想到女巫骗了他，自己把药水喝光飞走了。鹦鹉又不想让自己成为唯一一个戴眼罩的，就把船长的一只眼睛也挖了出来。”

“不是真的。”我咧着嘴笑着说。

卡莱尔把肥皂水泼到甲板上，表情一直很严肃。“要多真有多真。”那一大波水，似乎让木板间的沥青有些招架不住了。

17 花钱看，我也愿意

领航员说，瞭望台上的景色会为我带来“舒适感、清醒感、慈悲心和羞耻心”。

如果这是一道选择题，我会选A和B，不过想想船上的这些船员，可能还是用2B铅笔把D涂黑比较好。

瞭望台是一个小圆桶，位于主桅杆上的高处。里面最多只能容纳一两个船员瞭望。依我看，这是个可以让我与自己的思绪独处的好地方。不过，我应该已经知道，我的思绪从来都不会自己待着。

傍晚时分，我爬上绳梯。已经磨得破破烂烂的绳梯在船上耷拉着，像裹尸布一样。最后一抹暮色渐渐从海平线上消失了。没有了太阳，怪里怪气的星星便被哄着放出亮光。

快爬到瞭望台的时候，绳梯的格子变窄了，感觉越爬越危险。终于，我爬进了紧贴着桅杆的小木桶里——却发现里面一点儿也不小。就像船员生活区那层甲板一样，从外面看可能显得很小，可一旦到了里面，圆形空间的直径差不多有三十米。一些船员懒洋洋地窝在天鹅绒的座椅上，一边小口呷着色彩如霓虹般鲜亮的马提尼酒，目光迷离，一边听着现场乐队演奏的柔和爵士。

“一个人吗？这边请。”女招待说着，把我领到我自己的天鹅绒座椅旁，我坐在椅子上远眺，可以看见海面上粼动的月光。

“是来跳的？”旁边椅子上一个面色苍白的男人问道，他正喝着一种蓝色的饮料，很有可能有放射性，“还是只是来看的？”

“到这儿来清醒清醒脑子。”

“来杯这个吧，”他指着自己那杯放射性饮料说，“在你找到自己的鸡尾酒之前，可以先喝我的。在这儿，每个人必须找到自己的鸡尾酒才行，不然就会被狠狠地抽一顿，然后被打发了去睡觉。所有的童谣都是这么结尾的。哪怕是不押韵的童谣。”

我环顾四周，看到有十几个人正沉醉在迷幻药带来的幻觉中，一个个神情恍惚。“真搞不懂，瞭望台怎么能装下怎么多人。”

“弹性是感知的基本原则，”我的酒友说，“橡皮筋长时间在太阳下暴晒，就会断裂，同样的道理。我怀疑迟早有一天，瞭望台会意识到我们滥用了它的良好弹性，也会断裂，缩回正常尺寸。到时候，所有困在里面的人都会被挤碎。”说完，他举起杯子，又说道，“花钱看，我也愿意！”

几米之外，一个穿着蓝色连体裤的船员爬上瞭望台的边缘，张开双臂，纵身一跃，跳向了必然的死亡。我站起来，从瞭望台探出身去看，他已经消失得无影无踪了。在场的人全都彬彬有礼地鼓起掌来，乐队开始演奏《橙色天空》这首乐曲，尽管黄昏的天空一片暗紫瘀青。

“怎么人人都坐着不动？”我大喊道，“刚才发生的事，你们都没看见吗？”

我的酒友耸了耸肩，把剩下的饮料一饮而尽。

18 神秘烟灰缸

学校里没人想伤害我。

每天早晨，查完中国有没有地震的新闻后，我这样告诉自己。课间急匆匆地赶去上另一门课时，我这样告诉自己。偶尔遇到那个想杀我却似乎不知道我存在的男生时，我这样告诉自己。

“你反应过度了。”爸爸曾说过。他的话也许没错——可这也意味着确实有什么东西会让我有反应。心情好些的时候，我真想把自己狠狠地揍一顿，怎么会傻到以为那小子对我心存不轨。但如果说，把自己狠狠地揍一顿的时候，正是我心情好的时候，那我成什么人了？

“你得更专心点儿。”妈妈总这么说。她对冥想很痴迷，还是个主张吃生食的素食主义者。我猜，估计只有这样才能缓解她对工作的厌恶。她每天帮别人清理塞在牙缝里的肉。可想而知，她多讨厌这份工作。

然而，“专心”说起来容易，做起来难。这一点，我在以前上的陶艺课上领教过。老师教的时候，让人感觉制陶很容易，但其实，需要特别精准，还需要很多技巧。要把一团泥料使劲摔到陶轮的正中间，双手稳稳地扶住，大拇指压住中间，一次一点点，慢慢把陶泥拉开。可是每次我做的时候，还没拉多久，罐子就开始歪歪扭扭地失去平衡，越想把它弄正，就越歪得厉害。到最后，罐子口儿也裂了，身子也全塌了，只剩下一团被老师叫作“神秘烟灰缸”的东西，最后被扔回放泥料的桶里。

那么，当你的宇宙开始失去平衡，可你又没有任何经验，没法把它带回中心，那会怎么样？你唯一能做的，就是打一场注定失败的仗，等着四周的墙壁坍塌，等着你的生命变成一只巨大的神秘烟灰缸。

19 解构“萨玫”

有时候，我和好朋友麦克斯和谢尔比会在周五放学后聚在一起。我们坚信，我们是在设计一款角色扮演的电脑游戏，但已经设计两年了，好像离完成还遥遥无期。主要是因为我们在各自专长上技术越来越精进，知识越来越丰富，总觉得原来的素材太幼稚、太不专业了，不得不一次次把原来的设计推倒重来。

麦克斯是推动力。他在我家一待就待很久，搞得我父母都不耐烦了。这是因为，虽说他是我们三人中的电脑高手，可他自己的电脑简直就是垃圾。三英尺以内，你只要小声一说“图形设计”这个词，他那破电脑就立刻死机。

谢尔比是我们的概念女王。“我觉得我已经找到故事存在的问题了。”就在今天下午她说道。差不多我们每次一起设计时，她都会这么说。“我觉得，得要限制故事人物使用的生物集成武器。不然，每场战争都是一次大屠杀，太无聊了。”

“谁说战争无聊？”麦克斯反问道，“我喜欢战争。”

谢尔比看着我，想让我为她撑腰，可她看错了地方。

“其实，我也很喜欢，”我对她说，“我觉得凡是男生都喜欢。”

她生气地瞪着我，把几页新角色的描述扔到我身上。

“把这些角色画出来，给他们配足了武器，别招招要命。尤其是萨攻。我留着他还有大用呢。”

我哗地打开素描本。“我们以前不是说好了吗？什么时候我们说话像书呆子，就停下不做了。我觉得，今天的对话就标志着那一刻正式到来了。”

“哎呀，得了吧！那一刻去年就已经到了，”谢尔比直截了当地说，“你要是那么不成熟，害怕被一群白痴贴上标签，那你就走人好了，我们另外再找一个会画画的。”

我一向喜欢谢尔比说话时的直来直去，心里想什么就说什么。倒不是我们俩以前有过或者以后会擦出什么火花。我觉得，那条小船还没下水就已经沉了，对我们俩都是。我们都太喜欢对方了，不可能恋爱，那多尴尬。再说，我们三人组友情有不少好处呢。比如，我们可以从谢尔比那儿打探到我和麦克斯喜欢的女孩的消息，而谢尔比要是喜欢上哪个男生，她想知道什么，我们都可以告诉她。现在万事完美，可不能搞砸了。

“听着，”谢尔比说，“我们又不靠这东西过日子，只是个爱好而已。一个月沉迷几天就好了。比如我吧，从来不会因为这个觉得压抑，不跟别人交往。”

“没错，”麦克斯说，“那是因为有很多其他的事让你觉得压抑。”

谢尔比重重地给了他一拳，无线鼠标顿时从他手里飞了出去，飞到了房间的另一头。

“嘿！”我喊了起来，“要是摔坏了，我爸妈会让我赔的。他们可强调个人责任感了。”

谢尔比冷冷地看着我，几乎是瞪着我。“我怎么没看见你画画呀？”

“也许我在等灵感来呢。”不管有没有灵感，我都深深地吸了口气，开始读她的人物描写。然后又看了看我素描本上的空白页。

我最初开始画画，就是因为受不了空白。只要看到一个空盒子，我就一定要把它填满。看到一页空白的纸，我绝不能让它这么空着。空白纸全都冲着我大喊大叫，让我用脑子里的垃圾把它们填满。

起先是乱涂乱画。后来变成素描，素描变成作品，作品现在就成了“艺术品”。假如你是特别矫揉造作的那种，还可以用法语词“oeuvres”。这就好比美术课上有些同学总爱戴贝雷帽，好像他们的头脑太有创造力了，必须要用独树一帜的东西盖住才行。我自己的“oeuvres”主要都是漫画。日本漫画之类的，不过也不全是。最近，我的画越来越抽象了，仿佛不是我在画线条，而是线条拽着我的手走。现在，我一画画就焦虑。迫不及待地想看看线条究竟会把我带到哪儿去。

我给谢尔比设计的角色画着素描，能多勤恳就多勤恳，只是有点儿耐不住性子。刚拿起一支彩色铅笔，就想把它放下，再换一支。我看见自己正在画的线条，却看不到整个画面。我平时很爱画人物角色，可是今天，那种愉悦感好像总是领先我的思绪几步远，我怎么都追不上。

我给她看了我画的“萨攻”，这是她新设计的改良版的角色，“防大屠杀战斗小分队”的队长。

“不怎么样，”她说，“你要是不打算用心的话——”

“我今天已经尽力了，知道吗？有些日子有感觉，有些日子没感觉。”我又加了一句，“说不定是你的人物描写太粗略了，搞得我的画也很粗略。”

“再加把劲儿吧，”她说，“你以前画得特别……具体。”

我耸了耸肩。“那又怎么样？每个人的风格都在不断演变。瞧瞧毕加索。”

“好吧。等哪天毕加索开始设计电脑游戏了，我跟你说一声。”

我俩在一起总是斗嘴，设计游戏有一半的乐趣都来自于此。不过今天却感觉不太一样，因为在内心深处，我很清楚，谢尔比说得没错。我的画不是在演变，而是在解构，我也不知道是为什么。

20 鹦鹉总是微笑

船长叫我去开会，尽管我努力地想保持低调。

“你摊上麻烦了，”领航员在我离开舱房的时候说，“麻烦，心烦，反调，吞掉——谁都知道，他能把船员整个吞掉。”

这让我想起了那个白色塑料厨房的梦——可船长并不在那个梦里呀。

船长的“待命室”就在船尾，在船的最后面。他说，这样他就能好好回想一下去过哪里了。此刻，他并没有在回想。他压根儿就不在待命室里。只有鹦鹉在那儿，站在船长乱七八糟的书桌和地球仪之间的栖木上。地球仪上所有的大陆都标错了。

“你能来真好，你能来真好！”鹦鹉说道，“坐，坐。”

我坐下来等着。鹦鹉从栖木的一头横着挪到另一头，又从那头挪了回来。

“为什么叫我来？”我问他。

“问得好，”鹦鹉说，“**为什么**叫你来？还是我该问‘为什么叫**你**来？’或者‘为什么叫你**来**？’”

我开始有点儿不耐烦了：“船长来吗？因为他要是不来的话——”

“叫你来的不是船长，”鹦鹉说，“是我，是我。”说完，他点了点头，示意桌子上有一张纸，“请把问卷填好。”

“用什么填？”我问，“没有笔。”

鹦鹉向下一跳，跳到书桌上，把上面乱七八糟的杂物踢到一边，还是没有找到笔，索性从自己背上拔下一根蓝绿色的羽毛。羽毛掉在桌子上，像一根老式的羽毛笔。

“聪明，”我夸了一句，“可惜没有墨水。”

“蘸一蘸板条缝里的沥青。”鹦鹉说。我走到离我最近的一面墙边，用羽毛笔的笔尖在两条木板间的一团漆黑上蘸了蘸。只见比墨水还要黑的东西吸进了中空的羽毛管，看得我直起鸡皮疙瘩。填问卷的时候，我小心翼翼地不让自己沾上一点点这玩意儿。

“每个人都要填吗？”我问了一句。

“每个人。”

“每个问题都要答吗？”

“每个问题。”

“这有什么重要的？”

“重要。”

填完问卷，我们就这样对视着。我才发觉，鹦鹉的脸上好像总是挂着愉快的微笑，有点像海豚，你永远也不会真正知道它们在想什么。说不定，海豚正在想着把你的心挖出来，或者用鼻子把你戳死，它们对付鲨鱼用的可能就是这招。可是，因为它总是面带微笑，你就以为它是你的朋友。我不禁想起我在妹妹卧室墙上画的那几只海豚。她知道它们可能想要杀她吗？它们会不会已经下手了？

“跟船员合得来吗？合得来吗？”

我耸了耸肩。“还行吧。”

“讲点能让我当把柄对付他们的事。”

“我为什么要那么做？”

鹦鹉尖声叹了口气。“啊呀，啊呀，今天太不配合了。”他终于明白从我嘴里套不出什么话，只好跳回到栖木上。“今天收工了，收工了，”他无奈地说，“去吃晚饭吧。古斯古斯[①]和鬼头刀鱼[②]。”

21 船员问卷

请按照以下1至5级给下列说法打分。

1. 完全同意　*2. 绝对同意*　*3. 坚决同意*

4. 强烈同意　*5. 你怎么知道的?*

有时我担心船会沉没。	① ② ③ ④ ⑤
同船船员藏着生物武器。	① ② ③ ④ ⑤
运动饮料让我能飞起来。	① ② ③ ④ ⑤
我是上帝，上帝不用填问卷。	① ② ③ ④ ⑤
我喜欢跟颜色鲜艳的鸟儿待在一起。	① ② ③ ④ ⑤
死亡容易让我感到饥饿。	① ② ③ ④ ⑤
我的鞋太紧了，我的心小了两码。	① ② ③ ④ ⑤

① 北非摩洛哥、突尼斯一带的一种食物，外形很像小米，煮熟之后可以与各种肉类、蔬菜搭配。——译者注

② 一种广泛分布于热带及亚热带海域的鱼，学名鲯鳅，头大，体长，侧扁似铡刀形。——译者注

我坚信所有的答案都在海底。	①②③④⑤
我经常发现自己周围都是没有灵魂的僵尸。	①②③④⑤
有时候，我能听到美国家庭购物电视网里的说话声。	①②③④⑤
我能在水下呼吸。	①②③④⑤
我可以看见平行和（或）垂直的宇宙。	①②③④⑤
我需要更多咖啡因。立刻，马上。	①②③④⑤
我能闻到死人的气息。	①②③④⑤

22 床垫没能救他的命

他们把我们家罩起来灭白蚁的时候，我们全家去拉斯维加斯待了两天。一路上，我都在素描本上画个不停，结果晕车了，差点儿就吐了。我觉得，这种反应让我跟赌城里其他人差不多了。

我们的酒店是一座三十层高的金字塔，安着斜行电梯。拉斯维加斯人对他们的电梯特别引以为豪。有玻璃电梯、镜面电梯，还有顶上挂着吊灯的电梯，吊灯轻抖，叮当作响，搞得每次起降都像是震颤。各家酒店都在暗中比拼，看谁能更快地让客人走出酒店房间，到酒店的赌场里去玩个够。有个酒店甚至还在电梯里为不愿意久等的客人安了一台老虎机。

我总是莫名其妙地紧张，不知道为什么。“你得吃点儿东西。”妈妈对我说。我吃了东西，可还是没缓解。“你得睡一会儿。”爸爸对我说，好像我是个刚会走路的小宝宝。可这招也不管用，他俩都很清楚。“你得克服这种社交焦虑症，卡登。”他们不止一次对我说。问题是，我以前从来没有社交焦虑症——我一向自信，性格开朗。他们不知道——甚至我也不知道——这只是开始，更大的事儿还在后面呢。这只是一个更大、更深、更黑暗的金字塔露出的暗黑一角。

我父母花了半天的时间赌博，后来发觉钱输得太多了，这才决定收手。之后他俩就吵了起来，互相责怪。

“你根本就不会玩21点[1]！”

“我早就跟你说过，我更喜欢玩轮盘赌。”

每个人都需要找个人责怪。已婚夫妇互相责怪。这样比较方便。更糟的是，妈妈最喜欢的那双红色高跟鞋的鞋跟不小心断了，她只好一瘸一拐地回酒店，因为光着脚在拉斯维加斯的大街上走是绝对不行的。就算踩在煤块儿上，也没有这个来得痛苦。

---

① 一种扑克牌游戏，起源于法国，参加者尽量使手中牌的总点数达到21点，或是接近21点，但不能超过，再和庄家比较总点数的大小以定输赢。——译者注

我父母做水疗犒劳自己的时候，我和妹妹去外面闲逛。我们一边沿着商业街走着，一边观看百乐宫音乐喷泉表演。此时此刻，跟麦肯茜待在一起，我有点心烦，因为她偏巧一直舔着自己最喜欢的糖——蓝色戒指糖。这让她看起来比十一岁小多了，让我觉得自己好像是她的保姆似的。而且，跟一个整张嘴都变蓝的人待在一起，也怪难为情的。

一路上，我收集了很多“陪护服务”的名片，是从一些龌龊下流的男人手里接过来的。谁想要，他们就给谁。我倒不是想打名片上的电话，只是觉得这东西也可以收藏，就像印着球星的棒球卡一样。只是这些卡上印的是穿性感内衣的女郎，值美国职业棒球大联盟的一整支球队呢。

我知道，这条商业街上的这些建筑里，有一幢曾经是米高梅大酒店，很久很久以前发生过一场大火，出了人命。绝对是恶有恶报。米高梅大酒店后来把这幢楼卖给了一个连锁酒店集团，开了一家新酒店——一座超大的绿色的像奥兹国似的赌博大教堂。而旧的酒店如今则用新名字伪装起来。好多人在那场大火中丧生。有个人为了逃命，从一个很高的窗户上跳了下来，跳到一个床垫上。但床垫没能救他的命。

这时，我又想到我们住的酒店，万一着火怎么办？怎么才能从一个熊熊燃烧的玻璃金字塔里逃生呢？里面的窗户没法打开。我的思绪开始飞旋。万一大街上这帮龌龊人渣中，有个人决定实在是受够了发下流名片这活儿，决定要放把火，那可怎么办？我看着其中的一个人——仔细地看着他，我在他的脸上看到了那种神情，他就是要放火的那个人。我有一种强烈的预感，好像有个声音在对我说话，让我别回酒店。因为他在监视着我。因为他们可能全都在监视我。说不定，那帮在街边发名片的龌龊家伙全都是一伙儿的。我现在可不能回酒店。回去的话，肯定会遇到火灾。于是，我说服不断抱怨脚疼的妹妹继续走路。不过，我没告诉她为什么。我一下子觉得，保护妹妹的重任落在了我一个人身上，可不能让她遇到这些可怕的事。

"我们去恺撒宫[①]逛逛吧，"我对麦肯茜说，"里面肯定很酷的。"

进门之后，我才觉得安全了一些。几尊巨大的百夫长石雕守卫在门口，手持长矛、身披铠甲。我知道，这些石雕只是用来装饰的，但却让我顿时很有安全感，不用再担心那些脏兮兮的居心叵测的纵火犯了。

酒店里，在一圈兜售香水、钻石、皮革和貂皮大衣的专卖店当中，有一个凹进去的圆顶空间，摆放着另

---

① 拉斯维加斯的著名酒店，建于1966年，造景豪华，以希腊罗马风格著称。——译者注

外一个石像。是米开朗琪罗的大卫雕像，完美的大理石复制品。赌城里所有东西都是完美的复制品。埃菲尔铁塔、自由女神像、半个威尼斯城。为了给你找乐子被弄假了的真实世界。

“哎，这个光着身子的家伙怎么回事？”麦肯茜问。

“别傻了，这是大卫。”

“哦，”她应了一声，接着问，“他手里拿着什么？”谢天谢地，幸好没问“大卫是谁？”。

“弹弓。”

“看起来不像弹弓呀。”

“《圣经》里的弹弓。他就是用这个弹弓把巨人哥利亚打死的。”

“哦，”麦肯茜说，“我们现在可以走了吗？”

“等一会儿。”我还走不了，因为我被大卫那双石头眼睛震撼了。他的身体似乎很放松，仿佛整个王国已经属于他了，可他脸上的表情……充满了忧虑，还有他努力想掩藏的担忧。我开始怀疑，大卫是不是跟我有点儿像。看到怪物无处不在，却发现没有足够的弹弓把怪物除掉。

23 8.5秒

在赌城狂欢的第一天晚上，我的父母就有点儿醉了。

为了找出谁是输钱的罪魁祸首，他俩吵了好半天，现在终于吵完了。他们决定不再去纠缠这件事。但只是说说而已。

你也知道，拉斯维加斯的每家酒店都有吸引游客的噱头。最大的噱头就是云霄塔①，号称有113层高。可依我看，他们测量楼层的时候，肯定用的是拉斯维加斯英寸，能按照你想兜售的谎言，随便什么谎言，伸缩到你想要的尺寸。不过话说回来，酒店看起来确实壮观，这个环形的玻璃顶镶嵌在造型优美的混凝土塔尖上。电梯服务生称，他们拥有西方文明世界速度最快的电梯。赌城人和他们的电梯。

四层的环形观光厅里有一个旋转餐厅，还有一个现场演奏音乐的休息厅。人们三三两两地坐在红色天鹅绒椅子上，喝着看起来有放射性、色彩如霓虹般鲜亮的饮料。塔上还有一些游乐设施。有一个游乐设施是用一根

---

① 云霄塔大饭店的一部分，兴建于1994年，1996年建成。——译者注

绳缆把你直接从108层的高空抛下去，接近自由落体运动。你掉下去的时候，下面可没有床垫护着。不过，会有一台摄像机一路跟着你下去，将你的模拟死亡记录下来，好让你拿回家，舒舒服服地坐在自己的客厅里，再次经历那惊心动魄的8.5秒钟。

“你要上去吗？”爸爸问，“没人排队。”

我刚开始以为他在开玩笑，不过从他眼里闪烁的亮光看来，他并没有开玩笑。我爸爸很少喝醉，可一旦喝醉，就成了办糊涂事的典型。

“不用了，谢谢！”我想开溜，却被他一把抓住。他说，这是个家庭活动，他有优惠券。买一送一，买二送二，特别划算。

“放松点，卡登，”他说，“把自己交给广阔的宇宙吧。”

爸爸没有经历过六十年代，可酒精却把他从一个登记在册的共和党人变成了一个混迹伍德斯托克音乐节的嬉皮士。

“你怕什么？”他不解地问，“绝对安全。”

在我们前面，一个穿着蓝色连体衣、系着防护带的人跳进了空中，从塔侧转眼就消失了，再也看不见踪影。人们拍手叫好，我的手指开始发麻。

“有没有人啪的一下摔扁的？”一个喝着霓虹饮料、脸色苍白的傻瓜问了管理员一句，然后跟他那群傻瓜朋友们一起大笑起来，“花钱看，我也愿意！”

“我们要么全家一起去，要么谁都别去。”爸爸说。这话一出口，妹妹便开始做我的工作，抱怨我总是毁了她的生活。妈妈呢，则一直咯咯地笑，因为玛格丽特酒[①]把她变成了装在四十岁身体里的十二岁女孩。

“来吧，卡登，”爸爸说，“活在当下吧，小伙子。这会成为你下半辈子永远难忘的时刻。”

没错。这个时刻，共有8.5秒。

我不再反抗了，因为现在是三比一。可之后在我看着爸爸的眼睛时，我分明看见了那个眼神。那个发名片的，那个我知道想把我们酒店烧了的瘆人家伙，就是这样一模一样的眼神。我爸爸到底是谁？万一他是某个秘密团伙的人怎么办？万一我的生活全都是骗局，就像赌城大道上的威尼斯一样，无非是为了把我带到这里，引诱我跳向自己的死亡，那该怎么办？这些人究竟是谁？我一边清楚自己的想法多么可笑，可一边又总是会给那些可怕的“万一”找证据。就是这后一部分，让我每次看完恐怖电影后，总要偷偷地在床底下和衣橱里查看一下。

还没等我搞清楚是怎么回事，我们已经穿上了蓝色

① 一种用龙舌兰酒配制的鸡尾酒，被称作“鸡尾酒之后”。相传它是用美国著名墨西哥裔电影明星丽达的名字命名的，而丽达原名玛格丽特。——译者注

连体衣。有生以来我第一次意识到，为什么连体衣在英文中的字面意思是弹跳衣。我们像一队宇航员一样，齐刷刷地站在台架上。我妹妹先跳，因为她想证明自己是地球上最勇敢的女孩。紧接着是我妈妈，她绑好安全绳，也跳了下去，咯咯笑变成了俯冲时的尖叫。我爸爸排在我后面，确保我在他之前跳下去，因为他知道，但凡有机会，我肯定会改乘电梯下去。

“很好玩的，你马上就知道了。”

可是根本就不好玩。因为藏在我脑子某个角落里的那片云团，那片在床底下查看的云团，此时已经变成了笼罩大地的雾气，笼罩在我的大脑上，仿佛死亡天使的阴魂笼罩在每个埃及人长子的身上。

人们透过云霄塔的玻璃墙，饶有兴致地看着这一幕。他们衣着讲究，在缓慢旋转的餐厅里，品尝着法式蜗牛，喝着放射性饮料。我这才发觉，我也是今天晚上娱乐节目的一部分。就像看马戏一样，每个人暗地里都想看别人啪的一声摔扁。

我的惊恐，不只是心里七上八下，不只是过山车到了顶点第一次俯冲时的肾上腺素激增。我清楚地知道——清清楚楚——他们只是假装把安全绳给我系上。我还知道，自己的生命即将在高速爆裂的痛苦中结束。真相就写在他们所有人的眼睛里。心里什么都明白的痛苦远比杀了我还让我痛苦。于是我跳了，只求早点儿了断。

尖叫，尖叫，不停尖叫着沿塔侧而下，落入如此真实的无底黑洞。我会一直、一直相信这是真的。然而8.5秒之后，我的速度慢了下来，塔底的一群人把我接住了。我简直不敢相信自己居然还活着，身上止不住地抖。这糟糕的一晚，我就在一件事上赢了，就是在我后面跳的老爸，落到半截的时候吐了。可就连这件事，都驱赶不走我心里那种地狱般黑洞的感觉，感觉自己依旧站在什么无法想象的东西边沿。

24 别以为那地方只归你

船猛烈地颠簸，将我从噩梦中惊醒，梦见了什么我已经记不清了。船舱里，悬在低矮天花板上的汽灯剧烈地摇来摇去，投下的影子如同海浪翻滚，摇曳不定。整条船嘎吱嘎吱地响着，发出痛苦的呻吟，船身的板条大汗淋漓，时展时缩，可怜那把板条拉在一起的黑色沥青饱受撕扯。沥青自己似乎都因为拼命用力在呻吟了。

领航员从上铺探出头瞟了我一眼，似乎并不在乎船就要被怒海撕成碎片。

“做噩梦了？”他问。

“嗯。”我的声音尖细。

“梦见你在厨房？”

我不由得大吃一惊。我从来没跟他讲过厨房的事呀。“你知道那个地方？”

“我们时不时地都会去白色塑料厨房逛逛，”领航员说，“别以为那地方只归你，不是的。”

我朝厕所挪去，厕所在走廊里。我的两只脚感觉像是被铁链拴在了地板上。双臂好像被拴在了墙上。再加上船不断地颠簸，上趟厕所变成了十五分钟的磨难。

等我终于回到床上，领航员扔下来一张撕破了的纸，上面又是线条，又是箭头，往这儿拐，往那儿拐的。

“出口，住口，住家，回家，”他说，“你下次去厨房的时候，把它带上，这是我想说的。上面画着出口。”

“可我没法把张纸带到梦里去。”我指出来。

“那随便，”他像受到了侮辱，“你算完了。”

25 未经允许

“画我，”鹦鹉盯着我的素描本说，“画我。”我不敢拒绝。

“摆个造型吧。”我对他说。他站在栏杆上梳理了一番，像个大人物似的把喙微微上扬，又把羽毛抖抖松。我不紧不慢地画着。画好之后拿给他看。画面上是一坨热气腾腾的屎。

他盯着看了好一会儿，然后说：“更像我兄弟。当然啦，是他被鳄鱼吃掉后的样子。”

这话倒真把我逗乐了。于是，我又画了一张，这次确实像鹦鹉了，还有眼罩什么的。

没想到，船长一直在监视着我们，等到鹦鹉很是自我满足地拍拍翅膀飞走之后，他把我的铅笔和本子全没收了。幸好，他没把我画画的手砍掉。有传言说，那些安着木头腿的船员，就是因为在甲板上踢足球被船长逮个正着。

“未经允许，你不能有才，”船长教训我，“也许会让其他没才的船员反感。”

有才就是有才，才不管别人是不是允许呢。虽然是这个道理，我还是低下头问了一句：“求您了，长官……您能允许我画画吗？”

“我会考虑一下。”他看着鹦鹉的肖像画，皱了皱鼻子，把它扔进大海里。接着，他又看了看那张热气腾腾的屎说：“太像了。”说完把那一张也扔进了海里。

26 所有不怎么样的东西

早晨，调酒师把我叫到瞭望台，为我调制属于我的鸡尾酒。今天没有人跳海，所以里面的人稀稀拉拉。

“这种鸡尾酒属于你，而且只属于你。”他一眨不眨地一直盯着我的眼睛，直到我点头表示接受。他这才满意了，从架子上抓了几个瓶子和药水，手快得让你觉得他的手不止两只。他把所有东西都倒进生了锈的鸡尾酒调酒器里摇匀。

“里面有什么？”我问。

他看着我，好像我是个大傻瓜似的，傻到居然去问。要不就是傻到以为能得到答案。“垃圾，香料，还有所有不怎么样的东西。”他说。

“具体说呢？”

“牛软骨，”他告诉我，“还有黑甲壳虫的脊椎。”

“甲壳虫没有脊椎，”我指了出来，“那是无脊椎动物。”

“一点儿也不假。所以这种东西很罕见。”

鹦鹉呼扇着翅膀，从下面很远的地方飞上来，坐在收银台上。看到收银台，我才想起来我无法付钱，就跟调酒师如实说了。

“没问题，”调酒师说，“我们走你的保险。”

他把调好的东西倒进一个细长的水晶香槟杯里，递给我。里面涌起红色和黄色的泡泡，可这两种颜色并没有混在一起。我的鸡尾酒像一盏熔岩灯。

“喝光，喝光。”鹦鹉叫着。他微偏着头，用那只好眼睛注视着我。

我呷了一小口。是苦的，倒也不是特别难喝。略微有点香蕉和杏仁的味道。“干杯！”说完，我一饮而尽，把空杯子留在吧台上。

鹦鹉非常称心地点了点头。

“好极了！以后你每天来拜访瞭望台两次。”

“万一我不想拜访瞭望台呢？”

他朝我眨了眨眼睛。“那瞭望台就会去拜访你。”

27 用洗手液洗手的众生

很久以前，我们全家一起去了趟纽约。所有的便捷酒店不是全订满了，就是贵得让你肉疼，我们只好选了冷门的旅游路线。

我们的酒店差不多是在皇后区[①]一个胖子的左胳肢窝里。皇后区的这个地方，不幸取了个“法拉盛”[②]的倒霉名字，和英语中冲马桶的拼法一样。纽约早期的缔造者们，就像大多数纽约客一样，特别会说反话。

借用纽约人常用的口头禅——长话短说，我们去哪儿都得乘地铁，次次差不多都是冒险。我敢肯定，有一次我们莫名其妙就到了史坦顿岛[③]，可是就没有一条地铁是去那儿的。交通卡里的钱动不动就花完了。每次刷卡过闸机的时候，交通卡都会吐出电子现金，而爸爸特别怀念当年用黄铜代金币投币的黄金年代，那个时候，你

① 位于美国纽约市东，是纽约五区中面积最大、人口第二多的区，经济繁华，人口多元。——译者注

② 英文是 Flushing，有冲洗（抽水马桶）的意思。——译者注

③ 美国纽约人口最稀少的区。——译者注

可以在手心里算行程。

妈妈对地铁乘坐规则了如指掌，比如多用免洗洗手液，千万不要跟其他人有目光接触，等等。

那个星期，我成了芸芸大众的研究者，研究着没洗手和没用洗手液洗手的众生。比如说，在大街上，我发现纽约人从来不会抬头仰望那一幢幢令人敬畏的摩天高楼。他们在乌泱乌泱的人群中穿行自如，快速而高效，仿佛抹了特氟龙涂层[①]，很少会互相碰撞。而地铁里，在列车咣当咣当一站站运行时，每个人都必须站得一动不动，不仅没有彼此的目光接触，而且都只存在于自己极其密闭的宇宙中，仿佛穿着隐身太空服。这有点儿像是在高速公路上开车，只不过你的私人空间只延伸到衣服外面半英寸[②]。我讶异于人们能生活得如此之近——周围实实在在有成千上万人与你只隔咫尺——却又完全彼此隔绝。以前我觉得很难想象，现在我再不觉得难以想象了。

① 一种不粘涂层。——译者注

② 1英寸约等于2.54厘米。——编者注

28 花生酱彩虹

我们家现在已经没有白蚁了，罪恶之城的种种奇观已经成了回忆，最好忘了。可是家里，却再也找不到舒适的感觉了。我有一种想来回踱步的冲动。来来回回，来来回回，毫无目的。没踱步的时候，我在画画；没画画的时候，我在思考——这只会让我又回到踱步和画画的状态。说不定我是被杀虫剂的残留物给毒着了。

我坐在餐桌旁，面前摊着一大堆彩色铅笔、油画棒和炭笔。我今天用的是彩铅，可是握笔太紧，下笔又太重，铅笔老是断。不只是笔尖断了，是整支笔断了。每用坏一支，我就扬手往背后一丢，毫不拖延。

“你跟个疯疯癫癫的科学家似的。”妈妈看着我的一举一动。

大约过了十秒，我才听见她的话。再接话有点儿太晚了，我索性什么也没说。反正我也忙得没空接话。我脑子里有这么一个东西，我得赶紧把它清除出来，弄到纸上，趁它还没来得及改变我的大脑形状，趁五颜六色的线条还没像钢丝奶酪刀切奶酪一样把它切开。我的素描已经不存在任何意义上的形状，都是些凌乱的线条和暗示，随意，可又不随意。我不知道别人能不能看到我在画里看到的东西。这些意象一定是有什么意义，不是吗？不然怎么会这么强烈？为什么我内心那个沉默的声音会那么坚定地想把它们弄出来？

洋红色的彩铅断了。我一把扔了，改用朱红色。

“我不喜欢。”麦肯茜从我身边走过，举着一勺花生酱像舔棒棒糖一样舔着。“看着瘆人。”

“我只画有感觉的东西。”我跟她说。灵感突然闪现；我探手用大拇指在她的勺子里蘸了一下，在纸上抹出一道赭色的弧。

“妈妈！”麦肯茜叫了起来，“卡登用我的花生酱画画！”

妈妈回了一句：“活该！谁让你在晚饭前吃花生酱呢。”

不过，妈妈还是从厨房里朝我和我的作品瞄了一眼。我能感觉到她的一阵阵担忧，就像户外取暖器一样——微弱，作用不大，却持续不断。

29 我的一些密友在讲“马戏团语”

我和几个朋友坐在一起吃午饭，可又没和他们在一起。就是说，我虽然人在他们中间，却没有感觉和他们在一起。以前，不管跟哪个朋友混在一起，我都能轻而易举地融入。有些人需要拉帮结派才有安全感。他们有这个小小的可以保护他们的朋友圈，所以轻易不敢离开。我从来不这样。我可以自如地从一桌蹿到另一桌，从这群人混到那群人。体育好的，智商高的，非主流的，搞乐队的，玩滑板的。我的人缘儿一向超好，在哪儿都受欢迎。我像变色龙一样，哪儿都能适应。所以，真是奇怪，如今我发现自己居然在一个人的小圈子里，哪怕现在是跟一群人待在一起。

朋友们狼吞虎咽地吃着午餐，为一件我没听见的事儿大笑起来。我倒不是故意要走神，不知怎么搞的，我就是没法融入他们的对话中。他们的笑声感觉那么遥远，我的耳朵里好像塞了棉花似了。这种情况越来越频繁。我感觉他们说的甚至不是英语——说的是加拿大太阳马戏团的小丑们瞎编出来的怪诞语言。我的朋友们都在用“马戏团语”聊天。往常，我都会附和几句。我会跟他们一起大笑，这样就能把自己伪装起来，假装是在跟周围的人步调一致。可是今天，我没心情假装。我的好友泰勒的观察力比其他人要敏锐一些，他注意到我一直心不在焉，就轻轻拍了拍我的胳膊。

“嘿，地球呼叫卡登·博斯——老兄，你在哪儿？”

“在天王星的轨道上。”我的回答把所有人都逗笑了，于是又开始了一轮粗俗的双关，听起来全都像“马戏团语”，因为我的心已经再一次先行告退了。

30 苍蝇的运动轨迹

在我们这些船员守着本分，在甲板上漫不经心地来回踱步之时，船长就站在我们上方的舵旁掌舵。他像个传道士似的，装模作样地宣讲着他的独家智慧之谈。

“掰着手指数数你们做过的好事，”船长说，“如果数不出来十个，就把余下的手指全砍掉。”

我看着鹦鹉给船员一个个地做检查，不是落到他们肩膀上，就是站在他们头顶上，待一会儿后再飞到下一个船员身上。我很纳闷，他在搞什么鬼？

“把你所有的桥都烧光，”船长说，“最好在过桥之前就烧光。”

领航员坐在一个很恶心的漏木桶上，桶里以前装满了食物，不过现在那些吃的早就烂成别的什么了，这股恶臭就是明证。他根据一群群苍蝇围着木桶飞的轨迹创作了一张新的航海图。“它们的运动轨迹比星星更真实可信，”他告诉我，“因为苍蝇长着复眼。”

“那有什么关系？”我大着胆子问了一句。

他瞧了我一眼，好像答案明摆着似的。“复眼挫败谎言。”

我终于明白他为什么和船长那么合得来了。

在我拖着脚，从甲板一头到另一头来来回回走的时候，鹦鹉落在了我的肩上。“博斯船员！稳住，稳住！”然后，他用那只没戴眼罩的眼睛朝我的耳朵眼儿里看了看，一边看一边不住点头。“还在，”他说，“恭喜！恭喜！”

我猜，他指的是我的脑子。

他飞走了，去检查另一个水手的耳朵了。低低的一声口哨，暴露了他的失望，为自己在那小子两耳之间找到或没能找到什么感到失望。

“没有什么好恐惧的，除了恐惧本身，”船长在舵旁高声宣布，“还有偶尔出现的食人怪。”

31 就值这点儿钱？

虽然房子里已经没有杀虫剂的残留了，我还是忍不住地想着白蚁。假如真像他们说的，抗菌香皂造出了超级细菌，万一用毒剂熏白蚁熏出了超级害虫怎么办？我手里拿着素描本，坐在客厅里具有新时代风格的那张摇椅上。这椅子在我和麦肯茜还是小婴儿的时候就有了，一直保留到现在，妈妈当年就是坐在这张椅子上给我们喂奶的。我敢肯定，我还对很久以前的感觉有点儿记忆，因为我坐在椅子上摇晃的时候，总能觉得稍微放松些，心里更舒服些。谢天谢地，我对母乳味道的记忆已经消逝在时间的隧道里了。

可是今天，我连一点儿放松的感觉也没有，总是忍不住地去想那些爬来爬去的虫子正进化的事。我开始动手把脑子里想的东西一点点画下来，仿佛画下来之后，就能把超级虫子从我的脑子里赶出来一样。

过了一会儿，我一抬头，发现妈妈正站在那儿看着我。我不知道她在那儿待了多久。等我再低下头时，看到眼前的纸上还是一片空白。我压根什么都没画。我甚至还往前翻了翻，看看是不是画在前一页上了，可是什么也没有。那些虫子还在我的脑子里，不肯出来。

她一定从我的脸上看出了不安，因为她说："一分钱买你的想法。[①]"

我不愿意把自己的想法跟别人分享，于是就反问了一句："说真的？难道我的想法就值这点儿钱？一分钱？"

她叹了口气："这就是个常用说法，卡登。"

"好吧，那就先查查这个说法是什么时候有的，然后再按通货膨胀率折算一下。"

她摇了摇头："只有你才会这么较真儿。"然后她就走开了，只留下我独自沉浸在自己拒绝出售的想法里。

---

① 英语中的一句惯用语，字面意思是："一分钱买你的想法。"实际意思是："你呆呆地想什么呢？"——译者注

32 一文不值

我以前看过一个报道，说他们总有一天会全面停用一分钱。我猜是因为一分钱除了能买想法，没别的用处。到时候，银行账户里的零钱会四舍五入，最小是五分。喷泉会拒收铜币[①]。法律会规定，商品售价的最后一位要么是零，要么是五，不得出现其他数值。只不过，除了零和五，还存在其他价值，即使人人都否认。

这就像纽约过去的地铁币一样。纽约人开始使用磁卡之后，地铁币就被淘汰了。没人知道该拿那些地铁币怎么办。就好比巨龙史矛革[②]在自己洞里囤的那些不值钱的黄铜，到头来连它那个一无是处的弟弟都不想要。纽约的房地产那么贵，囤积这些东西的费用恐怕也是个天文数字。我敢打赌，他们直接雇了黑手党，把地铁币统统都扔进了纽约的东河里，还把某个觉得地铁卡这主意不错的城市规划者的尸体也扔了进去。

如果一分钱不值钱了，是不是我们的想法也贬值到一文不值了？想到这儿，我觉得很悲哀：数以亿计的铜

---

① 美元硬币分为 1 分、5 分、10 分、25 分、50 分和 1 元六种面值，其中 1 分为铜币。——编者注

② 托尔金的著作《霍比特人》中的一条巨龙。——译者注

币顺着黄色漏斗旋转而下，从此湮没无闻。我很想知道它们去了哪里。所有那些想法总得有个归宿吧。

33 软弱离开身体

为了不让脑子闲着，也为了跟我的人类朋友们重新建立关系，我决定参加田径队的选拔。爸爸知道后欣喜若狂。我很清楚，他在暗暗地把这件事当作我的转折点——我焦虑日子的终结。我觉得，他对这一刻实在太渴望了，似乎没有注意到我仍然很焦虑。不过，爸爸觉得我好了，也会让我觉得自己好了。别琢磨太阳能了，要是你能把否定收集利用起来，其能量够这个世界运转好多代人。

“你一向跑得很快，”爸爸说，“你腿那么长，我敢打赌，你能成为跨栏高手。”

爸爸上高中的时候，是校网球队的。我们家有他那时候的一些照片。他穿的那条阿迪达斯短裤别提了，不给你留一丁点儿想象空间。照片上的他还戴着一个头箍，把一头长发箍在后面。现在那些头发，大多都已经冲进下水道了。

“教练让我们不管去哪儿都走着去，或者跑着去。”

我跟父母说。现在，我每天都走路上下学。两只脚都起了老茧，疼得厉害。脚踝也一直疼。

“这种疼对身体好，”爸爸告诉我，然后又引用了某位体育大牛的话，“疼痛意味着软弱正在离开身体。”

我们专门上街去买昂贵的运动鞋和更好的袜子。爸爸妈妈说，他们会尽量参加我的第一次比赛，哪怕请假也要去。一切都很好，只除了一件事——我其实没在田径队。

我没撒谎——至少刚开始没有。我确实报名参加了田径队的选拔，但只去练了三天。不管怎么努力，我就是没有感觉。最近，我总感觉被地铁里那种与人隔绝的泡泡裹着。每次和一群朋友，比如同队的伙伴热热闹闹地待在一起，这种感觉就更糟。“别轻易放弃。”爸爸总是这么说。我从小就是在这样的教导下长大的。可是话说回来，你要是从来没有真正加入过，能算是放弃吗？

所以，我现在放学后就走路回家，而不是跑步回家。以前，走路只不过是从一个地方去另一个地方的方式，可最近它好像既是手段也是目的，就跟我想用画画填满空白的那股冲动差不多。一看到人行道空荡荡的，我就必须得去填满它。一走就是好几个小时。脚上的老茧和脚踝的疼痛都是走路造成的。而且，我能看见某些东西。也不是看见，主要是感觉。从我身边路过的路人之间的关系；从树上俯冲而下的鸟儿之间的关系。世间万物都有意义，真希望我能参透。

有一天，我在雨中连续走了两个小时，连帽衫全湿透了，我浑身发冷，冷到了骨头里。

“我要跟你们教练好好谈谈，”妈妈边说，边给我倒了一杯热茶，“下这么大的雨，不该让你们跑步。”

“妈妈，千万别，”我说，“我又不是小孩子！田径队每个人都得跑，我可不想搞特殊。”

我都奇怪到底是从什么时候起，撒谎变得这么容易。

34 在她背后

“卡登，给你一个挑战，”船长说，“看你有没有完成任务的胆量。”他把一只大手搭在我肩上用力捏了捏，捏得我生疼，然后抬手往船头一指。

“瞧见那儿了吗？船首斜桅？”他指的是船头伸出去的那根像桅杆一样的长杆，活像匹诺曹撒了两次或三次谎以后的鼻子。“它让太阳晒得褪了色，又不断被海水侵蚀着，也该给它上上光了。”说完，他一只手抄起一块抹布，另一只手拎起一罐木材光亮剂，“去吧，小子。你要是给它上了光，自己还没上天，就能变成里面的人了。”

“我在外面待着也挺好。”我对他说。

“你没搞明白，”船长厉声说道，“由不得你选。”

他看出我还是老大不乐意，就咆哮起来：“你去过瞭望台了，对不对？你一直在喝那儿祭鬼的恶心玩意儿。看你的眼睛我就知道！”

我飞快地朝他肩膀上的鹦鹉扫了一眼，鹦鹉摇了摇头，明摆着是让我不要吱声。

“别跟我撒谎，小子！”

于是我没撒谎，而是说了一句：“长官，如果您想让我把这活儿干好，我需要光亮剂再多点儿，再来块大一点儿的抹布。”

他瞪着眼又看了我一会儿，然后放声大笑，命令另外一个船员给我找些更好的材料来。

幸好今天海上风平浪静。船破浪前行时，船头只是轻微上下起伏。没有绳子，也没有任何安全措施。我只能就这么左摇右晃地挪到斜桅的最前端，没有一丁点儿防护，全靠保持身体平衡才不至于掉进海里。真要掉进去，势必会卷入船底，被布满藤壶的船体撕成碎片。

我一手拿着抹布，一手拎着光亮剂，跨坐在斜桅上，大腿紧紧夹着桅杆，免得自己掉进无底的蓝色深渊。这活儿要想干完，唯一的办法就是从远远伸出去的那头开始刷，再摇摇晃晃地挪回来，因为木头一旦上了光，就光溜得根本抓不住。于是，我小心翼翼地挪到最远端开始干活，尽量不去想下面汹涌的海水。我的两只胳膊累得酸疼，两条腿也因为用力夹着桅杆越来越酸。感觉好像干了很久很久，我才终于回到了从船头出发的地方。

我小心翼翼地转过身来，面朝着船。只见船长咧着嘴笑得欢畅。“干得不赖！”他说，“赶紧下来，当心大海或海里什么东西把你这还有点用的臭皮囊给吞了。”说完，他就走了。看着我被折磨得够惨，他很满意。

也许是被自己的成功弄得有点儿得意忘形，也许是大海因为没要成我的命而耿耿于怀，就在我要爬回船头的一瞬间，突然一个大浪袭来，船猛地一晃，我失手从斜桅上滑落下来。

本来我的悲惨一生该就此结束了，可偏偏有人接住了我，在我一只胳膊悬荡在死亡边缘时，拉住了我。

我抬起头，想看看是谁救了我。那只抓紧我的手是棕色的，却不是皮肤的那种棕色。手是白蜡木的，手指粗糙而坚硬。我的目光顺着胳膊一路上移，最后才发现抓住我的，原来是这条船的船首雕像——一个刻进船首的少女木雕，就在斜桅的下方。我不知道是该更感恩，还是更害怕。不过，在我发现她居然那么美时，恐惧便渐渐消失了。她那木刻的秀发起伏，渐渐没入船身。躯干线条完美，再向下则如鱼尾渐收，与船首融为一体，仿佛船其余的部分只是她身体的一部分。她的脸庞——与其说似曾相识，不如说让我想起自己在梦中见到的那些女孩子。那些一想起来就让我脸红心跳的女孩子。

她仔细打量着还悬在半空的我，她的眼睛黑亮亮的，像桃花心木一样。

“我应该撒手让你掉下去，”她说，“因为你看我像看一个东西似的。”

“可你的确是个东西，”我脱口而出，马上意识到说错话了，除非我想找死。

“也许吧，”她说，“可我不喜欢被当作东西对待。”

“救救我行吗？求你了？”我请求着，虽然求别人很丢脸，可我觉得也没有其他选择了。

“让我考虑考虑。”她说。

她抓着我，抓得很牢，很有力。我知道，只要她还在考虑，就不会让我掉下去。

“我背后有事发生，是不是？”她问道。既然她是船首像，那答案当然就是“是”啦。

“他们说我坏话了吗？船长和他那个宠物？还有船员和他们那些藏在夹缝里的魔鬼。”

“他们根本没有提起过你，”我告诉她，“至少自从我到这儿以后没提过。”

这个答案惹得她不太高兴。“眼不见，一定真的是心不烦。”她说道，话里透出橡树汁那种黏稠的苦涩。

然后她又打量了我一会儿。“我可以救你，”她说，“只要你答应，把我背后发生的事儿统统告诉我。”

“一言为定。”

“好极了！”她把我的手捏得更紧了。我知道这回手上肯定会满是瘀青，可我不在乎。“那就常来看看我吧，让我的生活有些变化。”说完，她自鸣得意地笑了，“说不定哪一天，我会允许你也给我上上光，而不是只把那根杆子擦亮。”

然后，她拎着我左右荡了起来，越甩越高，最后把我猛地往船头一悠，我重重地落到了甲板上。

我四处看看，周围没有人，甲板上的每个人都自顾自地忙着。我暗自决定，要对这次会面保密。说不定以后需要的时候，这个木雕少女能跟我结成同盟呢。

35 不同寻常的嫌疑人

任务小组的人选已经定了。船长把我们六个人召集在海图室——他的待命室旁边一个类似图书室的房间，里面堆着一卷卷海图，有些图上显然已经被领航员做过多层标记。一张布满凹痕的桌子，两侧摆着六个座位，一边三个。我这边坐的是领航员，还有那个凶巴巴的戴珍珠项圈的女孩。桌子对面是另外一个女孩，头发蓝得像大溪地的海湾，旁边是个年龄稍大的男孩，一脸倒霉相，还忘了长颧骨，还有一个以胖为己任的男生。

桌子顶头站着船长，他没有座位，是故意安排成那样的。他居高临下地俯视着我们。身后的灯忽明忽暗，把他的影子投在整张桌子上。影子动来动去的，把他的动作模仿得惟妙惟肖，却又不完全相同。鹦鹉坐在几轴图上，两只爪子戳进了羊皮纸里。

水手卡莱尔也在。他坐在角落的一把椅子上，削着拖把的把手，好像要把它削成一根很细的图腾柱似的。

起先，他只是默默地观察着，一声不吭。

“我们漂浮在众多看不见的东西之上，”船长开口了，“神秘的高山低伏于不见一丝光亮、能把你骨头压碎的海底深处……可是众所周知，让我们着迷的不是高山，而是深谷。”

说完，他那只唯一能看见的眼睛看向我。我知道，他讲话的时候，跟我们所有人都有目光接触，可我总忍不住觉得，他拿词捏句地做这番海盗诗时，就是专门给我听的。

“对，深谷和海沟。特别是那一个，马里亚纳海沟……还有海沟冰冷深处的，挑战者深渊。”

鹦鹉呼扇着翅膀，飞到他的肩膀上。“一直在观察你们，我们。”鹦鹉说。他今天的腔调很像《星球大战》里的尤达大师。

“的确如此，我们在密切监视你们的一举一动，”船长加了一句，“并且极其强烈地认为，你们能在这项任务中发挥重要的作用。”

这海盗腔也用得太过了吧。我不以为然地翻了翻眼睛。我毫不怀疑，他念每个词都拖长音。

房间里一片沉默，过了一会儿，角落里的卡莱尔开口了，手上没停，连头都没抬一下。“当然，我只是个墙上的苍蝇，随便听听的，不过，要是你们六个都能说说自己的想法，这会就进展得顺利多了。”

“说话，”鹦鹉开始发号施令，“所有人都得谈谈对我们要找的地方有多少了解。”

船长一言不发。他似乎有点儿恼火，自己的权威居然被鹦鹉和水手挖了墙脚。他双臂交叉在胸前，显示自己大权在握，等着我们中的一个人开口。

“好吧，那我先来，”戴珍珠项圈的女孩说，“那地方又黑又深又吓人，里面那些怪兽我真是不想提……”然后，她开始没完没了地讲起了那些我们谁都懒得听的怪兽——直到胖子打断了她的话。

“不，”他说，“最可怕的怪兽不是海沟里面的，是外面守着的。你还没进海沟，怪兽就出现了。”

项圈女虽然口口声声说不想谈怪兽，可心里明明很想，因为她被打断之后很不高兴。现在所有人的注意力都转向胖小子。

“继续说，”船长严肃地说，“都好好听着。”

“哦……怪兽不让人靠近海沟，谁靠近就杀了谁。还有，就算你没被一只抓住，也得被另一只抓住。”

“很好，”船长道，“说得好！学问够多。”

“博学士，”鹦鹉叫起来，“让他当博学士。”

“就这么办，”船长同意了，“你来做咱们指定的学问专家。”

胖子吓傻了：“可我什么也不懂呀，只是听你讲过一次。”

“那就学。”船长伸手从几分钟前还不在那儿的一个书架上，抓起一本厚得像足本大辞典似的书，重重地摔到那可怜孩子面前的桌上。

“谢谢大家分享。”角落里的卡莱尔一边说，一边把木屑从小刀上弹到地上。

船长的目光转向蓝头发的姑娘，等着她发表看法。她说话时，眼睛一直看着旁边，仿佛不跟船长有目光接触，就是对权威的终极反抗。“一定有沉没的宝藏，或别的什么东西，”她说，“不然，你们干吗要去那儿呢？”

“没错，”船长说，“所有沉在海里的宝藏都会去全世界最低的地方。黄金，还有钻石，还有翡翠，还有红宝石，一旦被眼红的大海吞噬，就会被海用水做的腕足拖过海床，再扔进深不可测的挑战者深渊。值一大笔国王的赎金，还省了绑架国王的麻烦。”

“绑架，绑匪，废物，生物，”领航员说，“人眼从未见过的生物都在暗中埋伏，等待一位挑战者的到来。”

“那挑战者是谁呢？”没颧骨的男孩说。

船长的目光转到他的身上。“你既然问了这个问题，那就来预测一下答案吧。”说完，他扭头看了看鹦鹉，“给他把骨头拿来。”

鹦鹉飞到屋子的另一头，回来时嘴里叼着一个小小的皮口袋。

“我们就叫你预言家了，你就负责卜算骨头的卦象。”船长说。

“这些，”鹦鹉说，“是我爸爸的骨头。”

“被我们在一个还不赖的圣诞节吃掉了，”船长加了一句，“那次谁都不愿意当火鸡。”

我吓得咽了口唾沫，又想起了那个白色塑料厨房。然后船长就看着我，我这才发觉所有人都发过言了，就只剩下我。我想了想那几个人说的话，感觉怒气直往上蹿。在我面前的是眼里布满血丝的独眼船长，还有那只脑袋一伸一耸，就等着我再给这荒唐事添点儿什么鬼话的鹦鹉。

我开口了。“马里亚纳海沟，大约11.27千米深，位于关岛西南部，是地球上最深的地方——你那地球仪上居然没标出来。”

船长的眼珠子瞪得更大了，眼皮好像都没有了。“继续说。”

“1960年，雅克·皮卡德和海军上尉唐·沃尔什驾驶深潜器‘的里雅斯特’号，首次潜入马里亚纳海沟。他们没发现任何怪兽或宝藏。就算是有宝藏的话，你也永远拿不到。必须要有重型潜水钟（钢板至少有十五厘米厚的潜水器）才行。可咱们这艘船还是前工业化时代的，我认为根本不可能下去，因为你们没有那个技术，不是吗？所以这是白白浪费大家的时间。”

船长交叉起双臂。“看你这时间先后错的，”他说，

“你相信这个是因为……？”

“因为我有一篇作业写的就是这个，”我告诉他，“事实上，我还得了A呢。”

“我可不觉得，”说完，他冲卡莱尔大喊，“水手，这名船员刚才得了F，不及格。我命令你，把F烙在他脑门上。”

预言家在偷笑，博学士嘟囔着，其他人都等着看船长是不是吓唬人的。

“全体解散，”船长说，“除了我们这位傲慢无礼的F。”

其他人一个个拖着脚出去了。领航员同情地望了我一眼。卡莱尔急匆匆地出去，几秒钟后就回来了，手里拿着一把烧得红通通还冒着烟的烙铁，好像这把烙铁就在门外一直等着似的。两个我不知道名字的长官把我顶在舱壁上，我怎么挣扎都挣不脱。

“对不住了。”卡莱尔举着红热的烙铁对我说，那股热浪我在两英尺以外就能感觉到。

鹦鹉不想旁观，索性飞走了。船长下令打烙印之前，凑到我身边。我能闻见他嘴里的味道，是那种不新鲜的肉在朗姆酒里腌制过的味儿。“这个世界不是你想的那样。”他说。

“那这个世界是什么样？”我不愿意向自己的恐惧低头，追问了一句。

“你难道不知道？这是一个充满欢笑的世界，一个充满泪水的世界。”然后他掀起眼罩，露出一个吓人的大洞，里面塞着一个桃核，“不过大多数时候，是充满泪水的世界。”

他打了个手势，示意卡莱尔在我的成绩单上打上F。

36 没有她，我们就会迷失

自从我打上烙印，船长反倒变温和了，甚至流露出抱歉的神情，虽然他从没开口道过歉。他坐在我的床边，用水给我轻轻敷着伤口。卡莱尔和鹦鹉偶尔来看看我，不过只待一会儿。一旦看到船长也在，他们就撤了。

“都怪鹦鹉，”船长对我说，“还有卡莱尔。这两个家伙勾引得你东想西想，还趁我不在的时候让你心生怨气。”

“你一直都在啊。”我提醒他。他没接话茬儿，又敷了敷我的脑门。

“别动不动就跑去瞭望台，对你狗屁好处也没有。酒乱性，药毒心。记住我的话，那些邪性的东西会让你从里面开始烂掉。”

我没告诉他，是鹦鹉坚持让我给自己弄一种鸡尾酒的。

“你上那儿去是想合群，”他说，“这些事儿我都懂。最好就是趁没人注意，给它倒海里。”

“我会记住的。”我说。我想起装饰船头的那个孤独的少女，想起她让我当她在船上的耳目。我估计，船长要是愿意回答问题的话，现在应该就是最佳时机，趁着他对我那红通通的F还心存内疚。

“我在斜桅上的时候，看见船首雕像了。真漂亮。”

船长点了点头：“艺术品，那是肯定的。”

“以前的水手相信它们会保护船只。你也信吗？”

船长看着我，眼神里充满了好奇，倒没有多少猜疑。“这话是她跟你讲的？”

“她是一块木头，”我赶紧说道，“怎么可能跟我说话呢？”

“没错，”船长摆弄了几下胡子，说，“我们到达目的地之前，她会一直保护我们应对眼前的许多挑战，包括那些我们正驶向的怪兽。”

“她比怪兽厉害？”

船长小心地斟酌着措辞。“她会时刻守望。她能看见其他人看不见的东西。她的幻象在船上空荡之处回旋，使船更坚固，能抵御更猛烈的攻击。她就是好运，还不止如此，她的凝视能让所有水兽都神魂颠倒。”

“很高兴我们有这么好的保护。”我对他说。我觉得还是不要继续追问为好，他很可能会起疑心。

“没有她，我们就会迷失。”说完，船长站了起来，“早上点名的时候我要看到你。别发牢骚。”然后，他大步走了出去，顺手把湿手巾扔给领航员。领航员显然对护理我的伤口毫无兴趣。

37 瞎的第三只眼

头疼像是烙在我脑门的烙印，让我很难集中精力学习——做任何事都难。疼痛时有时无，每次再疼起来都更重一点儿。我脑子里想得越多，头就越疼。最近，我的脑子经常运转过度。我不停地冲澡，想让脑子降降温，就像机器过热了人们会往上泼水一样。通常要冲三次或四次澡后我才感觉好一些。

今天在冲了好几次澡之后，我下楼去问妈妈要阿司匹林。

“阿司匹林你吃得太多了。”妈妈说着，递给我一瓶泰诺林。

“泰诺林很烂。”我对她说。

“能退烧。”

“我没发烧。我脑门上正往外冒第三只眼呢。”

妈妈看着我，揣摩着我是不是说真的。这种眼光让我觉得不太舒服。“我开玩笑的。”

“我知道，”她边说边转过脸去，“我只是在看你怎么皱得一脑门抬头纹。那就是为什么你老是头疼。”

“好了，我可以吃阿司匹林了吧？”

“艾德维尔①怎么样？”

“唉，那行吧。”我应道。这药一般情况下还凑合，只是在药力快过的时候，会让我情绪特差，沾火就着。我拿着一罐激浪饮料走进浴室，一连吃了三片。我就是逆反，就是不想按说明书写的吃两片。从镜子里，我能看见妈妈刚才提到的抬头纹。我试着想放松，却放松不下来。镜子里的我显得忧心忡忡。我忧心忡忡吗？我今天倒没有这种感觉。不过，最近我的情绪波动性太大，我都没注意，它们就互相掺和在一起了。现在，我意识到自己的确是忧心忡忡。我为自己的忧心忡忡而忧心忡忡。

---

① 艾德维尔（Advil）布洛芬是美国辉瑞制药集团旗下镇痛退烧类非处方药品牌，能起到消炎、退热的作用，还能缓解一定的疼痛。——译者注

38 啊，喙在这儿

我做了这样一个梦。我从天花板上垂下来，脚离地只有几厘米。然后，我往下一看，看到自己没有脚。我的身体由粗变细，越收越小，最后就像是扭动不停的小肉虫，好像我就是我自己的幼虫版，悬在黑暗的地面上方。可是，是被什么挂住了呢？我发现自己被困在一张看着像渔网，但比渔网更天然的东西里。是蛛网，又黏又密。一想到哪种生物能织出这样的网，我就浑身一哆嗦。

我的胳膊可以动，不过得有超强的意志力才能移动两厘米，感觉不值得费这么大劲儿。我觉得这儿一定还有其他人跟我在一起，只是他们全不在我的视线内，都在我身后，刚好超出了我的周边视野。

四周一片黑暗。不过，用黑暗这个词描述并不确切，这更像是一种无光的状态。仿佛天地间尚无明暗之分，万物都处于一成不变的朴素的灰色之中。我猜，万物未生之时的虚空大概就是这样的吧。这个梦里，甚至连白色塑料厨房也不存在。

鹦鹉从无光的四周出现，趾高气扬地向我走来。可他的个头却跟人一般高。这么大的鸟，看着都恐怖得吓人。简直就是长了羽毛的恐龙，外加一口能把我脑袋咬下来的巨喙。他打量着我，带着不变的笑容，似乎对我无助的处境颇为满意。

“感觉怎么样？”他问。

“感觉像在等什么东西来吸我的血。”我是想这么说，可结果却只冒出一个字：“等。”

鹦鹉的目光越过我的肩膀，向我身后看去。我很想扭头瞧瞧他在看什么，却怎么都扭不过去。

“呀，口器来了！”他惊道。

“口器是什么？”我话已出口，才猛然意识到，这个词最好不要问得那么清楚为好，却为时已晚。

“就是蜇针。也就蜇的时候会疼一下。然后你就慢慢迷糊了，不会痛苦，像睡着了一样。”

确实是这样，我感觉被蜇了一下，蜇得又狠又疼。我说不出来那个我没看见的东西到底蜇了我哪儿，是后背？大腿？还是脖子？然后我发现是一下全蜇到了。

“喏，还不算太糟吧？”

我的恐惧还没来得及绽放，毒

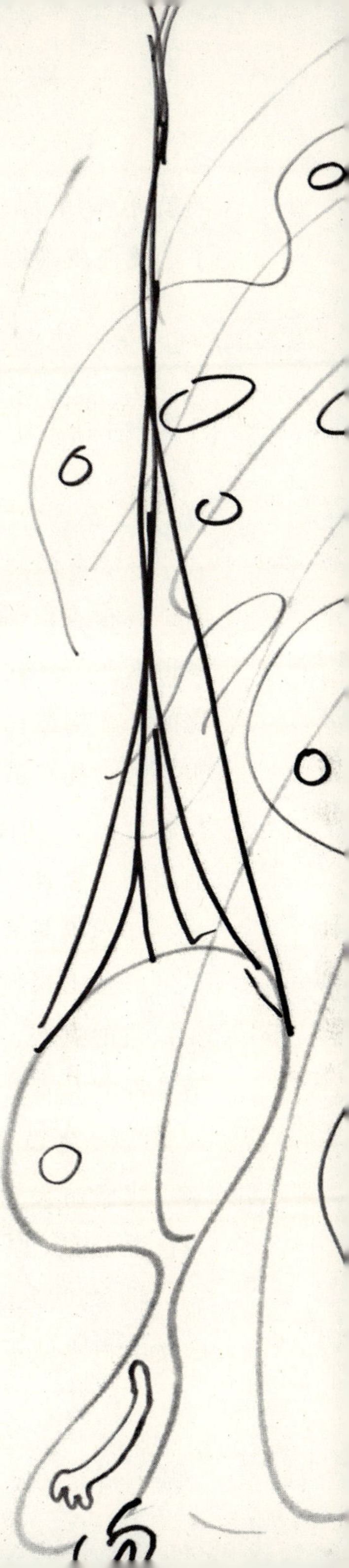

液就起作用了，刹那间，我不在乎了，什么都不在乎了。我挂在那儿，心如止水，一点点被吞噬。

39 答题卡上的星星

科学考试，就这一次我没好好准备。在我看，这门考试我根本没必要参加，因为我知道得比老师还要多。多得太多了。我知道书本里没有的东西。我知道所有生物的内在构造，细到细胞层面。因为我已经把什么都弄明白了。我知道宇宙是怎样运行的。我的知识多得快把我炸开了。一个人的脑子里怎么能挤得下这么多东西，脑袋还不爆炸？现在，我知道自己为什么老是头疼了。这些知识不是我能具体描述出来的。文字完全不管用。不过，画出来倒是可以。我一直都在画呀画呀。不过，我知道的这些，该告诉谁不该告诉谁，我必须要慎重。不是每个人都想让信息扩散出去。

“这次考试一共四十分钟。建议大家合理把握时间。”

我偷偷笑了。他的话不知为什么让我觉得很滑稽，我也说不清楚原因。

我拿到答题卡，把试卷前后扫了一遍，发现试卷上的文字根本就不是真正的考试题。真正的考试比这深多了。试卷上印着的问题没法让我集中精力，那显然就说明我必须去寻找更有意义的答案。

我开始用2B铅笔把一个个小圆圈涂黑，世界消失了。时间消失了。我找到了藏在格子里的图案。一切问题的答案，突然——

“铅笔放下！时间到了。把答题卡从后往前传。”

我没觉得已经过了四十分钟。我看了看答题卡的正反两面，看见了天空中原本不存在的野生星座，比我们平时看到的星星更真实。接下来唯一需要做的，就是有人把这些点都连起来。

40 人间海狱

蓝头发女孩被任命为“财政官”，于是满满一箱从各种沉船里找到的货物清单就交给她了。她的工作就是把清单从头看一遍，按照单子上所列的货物，找找是不是有财宝丢了。这活儿本来没那么糟糕，只是所有单子都已经碎成了纸片，必须拼成原来的样子。她日日夜夜都在忙活这事。

那个胖小子，现在人人都叫他“博学士”，每天抱着船长扔给他的那本大厚书，学得苦不堪言。倒霉的是，整本书是如尼文[1]写成的，我怀疑那种语言不是已经消亡了，就是根本没有存在过。

“纯属人间地狱。”博学士垂头丧气地对我说。鹦鹉好像总能在别人还没开口就知道别人要说什么似的，他立马接口道，既然根本看不见陆地的影儿，最好还是用“人间海狱”来形容吧。

项圈女孩负责鼓舞士气——真是怪事，因为她一向死气沉沉的。

“我们都会死的，而且会死得很痛苦。”她说过好多遍了，虽然每次稍微有点不同，但表达的基本都是同一个意思。士气算是完了。

那个负责骨头袋的小子对算命已经相当在行了。他握着装有鹦鹉父亲遗骨的小皮口袋，随时船长让算，他摊开就算。

骨头小子有一次向我透露说，他算的结果大部分都是胡编乱造的。但他会说得比较模糊，人心里想要什么，就会觉得他说的是什么。

“你怎么知道我不会泄密呢？”我问他。

他笑着说：“因为我随便一扔就能算出来，你会被一个将来命定有钱又有名的船员扔到海里去。”

---

① 又叫作卢恩字母，是一种已灭绝的文字，在中世纪的欧洲用来书写某些北欧日耳曼语族的语言。——译者注

他要真这么说，那肯定随便哪个船员，都想把我扔进海里。我不得不承认，这家伙绝对不傻。

领航员还在做自从我认识他以来一直在做的事——创作自己的航海图，寻找着意义和方向，好领着我们进入那条海沟，然后再回来。

“船长对你有特殊安排，”领航员告诉我，“我觉得你会喜欢的。”而且，他用了四个词，居然就从“特殊安排”拐到了“扁桃体肿大”，然后就开始惴惴不安地摸喉咙。

“你，我傲慢的F，就是我们船上的常驻艺术家。”船长对我说。他一提到我头上的烙印，就让我想起脑门上的疼痛一直没有消失。幸好船上没有镜子，我没法亲眼看见，只能感觉到。“你的意义就是用图来记录我们的旅程。”

“船长爱看图，不爱看字，”领航员对我耳语，“因为他不识字。”

41 没有感兴趣的东西

按理说，我应该对船长恨之入骨，可我却恨不起来。说不清为什么。原因肯定跟我们正在驶向的海沟一样深不可测。它肯定藏在什么地方，而那个地方除了你随身带去的光亮，再没有光能照到。此时此刻，我觉得自己仍然在黑暗中。

我的目光沿着船侧向下望去，琢磨着海水的深度，猜想有什么未知的奥秘隐藏在我们下面。看着涌动翻滚的海面久了，我就能从波浪的任意无序中看出东西来。那水里到处都是眼睛，严密观察着我，对我品头论足。

鹦鹉也在盯着我。他沿着栏杆昂首阔步地朝我走来。“当你凝视深渊的时候，深渊也正在凝视着你。”鹦鹉说，“但愿深渊没找到一丁点儿感兴趣的东西。”

虽然船长对瞭望台不屑一顾，我还是每天爬上去两次，喝点我的鸡尾酒，跟其他船员聊聊天。不过，这些人一旦魔药在手，就没有谁爱和我聊天了。

今天的大海就是一座过山车，除了没有螺旋旋转和回环之外，剩下的全有了。船一有颠簸起伏，瞭望台总是晃得最厉害，在主桅顶上前甩后甩的，像节拍器上加重的摆锤。虽然我拼命想把酒杯抓稳，可酒还是在杯子里晃荡，有一些溅到了地上，流进木条之间黑乎乎的空间里，转眼就不见了。

“那是活的，你知道吗？”警卫长说。他负责掌管大炮，是老船员了，两条胳膊从上到下都是些让人看着不舒服的文身。“那是活的，等着喂饱呢。”我这才发觉，声音不是从他嘴里发出的，而是他胳膊上那些骷髅头文身中的一个发出的。就是两个眼睛是色子的那个。

“什么是活的？”我忍不住问文身，“这艘船？”

骷髅头摇了摇头：“把船粘在一起的黑泥。”

“那是用来堵缝儿的。”我话音刚落，剩下那些骷髅头就全都哈哈笑了起来。

“继续跟你自己这么说吧，”色子眼的骷髅头说，“等你醒过来，发现自己少了几个脚指头，你就知道黑泥在品尝你的味道呢。”

42 战斗精神

半夜，我避开值班的船员，爬到了船首斜桅上。然后顺着锃亮的杆子滑了下去。那位少女，也就是船首像，一把接住了我。我就知道，她肯定会接住我的。刚开始，她只是抓住我的手腕，后来把我拉得很近，用木头双臂拥住了我。虽然只有她的双臂保护着我，让我不至于坠入深海中，可不知怎么回事，我觉得在这儿比在甲板上还要安全。

今晚，大海一片平静。只偶尔有几个涌浪，将薄薄的带着咸味的水雾喷在我们身上。她拥着我，我就在她耳边轻轻地讲着我了解到的事儿。

“船长相信你就是好运，”我告诉她，“他说你的目光能把海怪迷倒。”

“好运？”她哼了一声，“像我这样永远得在船头摆造型，海上风吹浪打什么都得受着，运气能有多好？至于海怪，除了把肚子填饱，没有什么能把它们迷倒——这是肯定的。”

“我只是把船长的话告诉你。”

一股涌浪袭来，船被高高抬起，然后又猛地落到低谷。她紧紧拥着我，紧得我都用不着再抓别的东西。我伸出手，轻轻地抚摸着她那飘逸的柚木秀发。

“你有名字吗？”我问。

“卡利奥佩。照着史诗女神的名字取的。我从来没见过她，不过我听说她很漂亮。”

“你也是。”

“小心点儿，”她嘴角露出一丝微笑，“虚假的奉承说不定会让我把手松开，那样的话你会怎么样？”

“浑身湿透。”我咧着嘴对她笑。

“你有名字吗？”她问。

“卡登。”

她想了想，说：“很不错的名字。”

“意思是战斗精神。”我告诉她。

“什么语里面的？”

“我不知道。”

她笑了，我也笑了。大海好像也笑了起来，不过不是嘲笑。

“给我温暖吧，卡登。”她对我耳语，声音如同小树苗的嫩枝一般轻柔，“我自己没有温度，只有太阳能带给我温暖，可太阳在世界的另一边呢。给我温暖吧。”

我闭上双眼，把身体的热量散发出去。能在这儿待着真好，我都不在乎木刺扎我了。

43 全是歌舞伎

“知道为什么叫你到这儿来吗？”学校辅导员问我。她叫瑟索老师。学生很喜欢念她的名字，因为这名字听起来很像别的词。

我耸了耸肩。“来跟你聊聊？”

她叹了口气，知道这次谈话肯定又是那类谈话了。“对，可你知道为什么要到这儿跟我聊聊吗？”

我一声不吭。我很清楚，说得越少，对局势的掌控力就越强。不过事实上，我的膝盖上上下下不停地抖，减弱了我的掌控力。

“叫你来，是因为你的科学考试。”

“哦，那个呀。”我避开她的目光，然后又意识到绝对不能避开学校辅导员的目光，不然她就会从你低垂的目光中发现深层次的心理问题。于是我强迫自己看着她的眼睛。

她打开一个档案。辅导员办公室有我的档案？还有谁有我的档案？谁能把东西放进去，再拿出来？这会跟我的永久档案挂钩吗？到底什么是永久档案？什么时候它才不再跟着你？难道我得一辈子都要为我的永久档案提心吊胆吗？

瑟索老师（这名字我也很喜欢念）从档案里拉出我数学考试的答题卡，上面涂黑的小圆圈比要求涂黑的要多得多。“你对考试的理解……很有创意。”

“谢谢！”

“能告诉我为什么这么做吗？”

在这种场合，真的只能给出这一个答案：“当时觉得这主意不错。”

她早就知道我会这么说。我知道她知道，她也知道我知道她知道。这完全像一场正式的仪式性演出，对我们俩都是。像日本的歌舞伎表演。我其实挺同情她的，不得不跟我一起受着。

“为你担心的老师，不仅仅有格斯里先生，卡登，”她尽量和善地对我说，“你缺了好几次课，注意力也一直不在学习上。这和以往的你一点儿也不像。”

以往？我居然被他们当作历史来研究？他们会不会

正在什么地方填写关于我的答题卡？对“我”这门科目，他们是按ABC给分，还是及格不及格？

“我们有些担心，我们只是想帮助你，如果你肯让我们帮的话。”

现在，该轮到我叹气了。我对歌舞伎表演可没什么耐心。“我直说吧。你是不是认为我在吸毒。”

“我没那么说。”

“那我也没有。”

她合上我的档案，放在一边。这个举动或许是在暗示，我们的对话不用再那么一本正经，可以私底下聊聊了。我可不吃这套。她身体前倾，离我更近了些，可她的办公桌就像横亘在我俩之间的荒原。

“卡登，我只是知道，事情有点儿不对劲。我很想听听，到底发生了什么事儿，如果你愿意告诉我的话。”

到底发生了什么事儿？我坐在过山车最后一节车厢里冲上最高点。前面几排已经在重力面前屈服了。我能听见前排人的阵阵尖叫，也知道没几秒自己也要尖叫了。我所在的这一刻，就是你听见飞机起落架猛地与地面摩擦发出很大一声，而你的理性思维还没来得及告诉你那只是起落架而已的那一瞬间。我从悬崖上一跃而下，结果发现自己会飞……然后才意识到，没有地方可以降落。永远没有。这就是正在发生的事儿。

“看来你不打算说点儿什么？”瑟索老师问。

我把手用力放在膝盖上，使劲按着，不让膝盖抖。而且我一直很认真地和她保持着眼神的交流。“是这样，我那天过得特不顺，就发泄在卷子上了。我知道这么做挺傻的，不过反正格斯里先生会去掉最低分，所以也根本不会影响我最后的成绩。”

她身体往后靠去，有点儿沾沾自喜，却又想掩盖。“你这个念头在交卷前就有，还是交卷后才有的？”

我向来不是打牌高手，不过现在，我发挥了最高水平来虚张声势。“得了吧，我要是真觉得这样会影响我成绩，你觉得我还会这么做吗？从以往来看，我还没蠢到那个地步。”

虽然瑟索老师半信半疑，但她毕竟是个很有经验的辅导员，知道逼我太紧只会适得其反。

“有道理。”她说。

可我心里清楚，根本没有一点儿道理可讲。

44 通关钥匙

我对走路的需求越来越强。本来该做作业，我却在房间里走来走去。本来该看电视，我却在客厅里走来走去。

今天下午，正常的电视节目换成了营救某个落井儿童的现场报道。堪萨斯州有个地方的小孩掉进了废井里。报道里采访了这个小孩泪流满面的父母、消防员、救援人员和懂井的专家——这年代什么都有专家。电视画面不断切换到直升机航拍的画面，仿佛在看一场飙车大赛，而井里的孩子却还在原地困着。

从头到尾，我都在走来走去，被现场一团忙乱吸引着，没法待着不动。

“卡登，想看电视就坐下来看。”妈妈拍拍沙发上她旁边的位置说。

“我在学校整天坐着，”我对她说，“我最不愿意就是坐着。”

为了不惹她心烦，我上楼到床上躺了足足十秒，然后爬起来去了趟卫生间，尽管我根本用不着去。然后，我下楼来拿了点儿喝的东西，尽管我一点儿也不渴。然后再回到楼上。

“赶紧打住，卡登！”麦肯茜在我第十次经过她房间时叫了起来，“你把我吓着了。”

这段时间，麦肯茜对一个电子游戏正上瘾，不打通关就誓不罢休，她至少还得再打四五十个游戏小时吧。我早就通关了，只是我怀疑自己现在还有没有耐心再玩一局。

“你能帮帮我吗？”她问。我看了看屏幕。一个像笼子一样的房间，看着进不去也出不来，里面有个大宝箱。宝箱一闪一闪地冒着金光和红光。有时候，你费了死劲，好容易找到一个宝箱，打开却发现，除了一枚不值钱的破卢比[1]，里面什么都没有。但这种冒着红光和金光的宝箱里面装的却是货真价实的宝贝。

“里面是通关钥匙，”麦肯茜说，“我花了一个小时才找到宝箱的钥匙，现在却打不开。”真好笑，你需要钥匙才能打开宝箱，而打开了宝箱只是给你一个更大更好的钥匙。

她继续在笼子房间外跑来跑去，好像下次再跑过来铁栅栏就不存在了似的。

“看上面。”我对她说。

她照我的话做了，看到在她游戏角色的头顶上方有一个秘密通道。知道答案了就简单得要命。

---

① 印度、巴基斯坦、斯里兰卡、印尼、尼泊尔和毛里求斯等国家使用的货币名称。——译者注

“可我怎么上去呢？”她问道。

“改重力方向就行了。”

“怎么改？”

“你不是找到操作杆了吗？”

她抓狂地冲我嚷嚷：“做给我看！”

可我早就没这心思了，因为我对走路的狂热已经到达临界点。“我不能每件事都替你做，麦肯茜。就好比数学，我能帮你，但不能直接告诉你答案。”

她狠狠地瞪了我一眼。“电子游戏跟数学不一样，千万别跟我说一样，不然我恨死你！”她不理我了，去找反重力操作杆，而我直接出门了。不只是走出她的房间，而是走出家门。虽然天已经黑了，虽然还有几分钟就要吃晚饭了，我还是必须得走。于是，就在麦肯茜在游戏殿堂里疲于奔命的时候，我一个人在社区周围漫无目的地晃着，毫无方向地左转右转，或许是在寻找我自己的通关钥匙。

45 有十个坟墓那么深

一个小孩得有多倒霉，才会掉进废井里？这种事你时不时就会听到。比如有个小孩带着小狗正在外面玩，忽地就掉下去了，掉到十五米或更深的地方，消失得无影无踪。

要是这个孩子运气好，而且狗也不傻，人们会及时发现，然后还会找一个没锁骨的人下到井里把小孩捞出来。然后，这个没有锁骨的家伙从此就会觉得，老天给他个看不出肩膀的溜肩是有原因的，他可以把他的这种特殊基因传给子孙后代。

要是这个小孩运气不好，那就会死在下面，故事的结局会很凄惨。

突然间被大地吞噬，发现自己身处几乎有十个坟墓那么深的地下，那是一种什么样的感觉？脑子里都会闪过什么念头？“哎呀，真倒霉！”显然不足以描述那种心情。

很多次，我觉得自己就是在井底嘶喊的那个小孩，而我的狗没去求援，反而跑去对着树根撒尿去了。

46 食物之战

“你都瘦得皮包骨头了。”第二天吃晚饭时，妈妈对我唠叨。

“他得多吃点儿肉！”爸爸马上就给出了解决方案。

他指责妈妈总是企图给我们吃素食，“蛋白质长肌肉。”

爸爸还没有注意到，其实我一直在拨弄着盘子里的食物，却没怎么吃。他认为吃饭就像呼吸一样，是必然发生的。他认定我吃饭这件事正在发生。倒是妈妈不得不把我盘子剩下的食物倒掉。

“我吃了。”我对他们说。这是大实话，只是我吃得没有以前多了。有时候没耐心吃，有时候自己忘了吃。

“营养品，”爸爸说，“我给你买点儿蛋白奶昔。”

“蛋白奶昔，”我重复了一遍，“好。”

我的回答似乎让他俩都很满意。可如今，他们对我的饮食习惯很警觉，他们看着我的盘子，像看一枚定时炸弹似的。

47 我们甚至还有了潜水钟

我们的船变成了铜船。就在一夜之间。所有的木头，我的铺位，还有屈指可数的家具。全都变成了色泽黯淡的金属，呈现出旧旧的一分钱的暗棕黄色。

“出什么事儿了？”我问，基本上是自言自语，没想到领航员从房间另一头回答了这个问题。

“是你说的，这艘船太过时了，根本完不成任务，你的话在这儿的影响大了。”他对我说，“影响，感想，干扰。我的意思是，你干扰了事物的秩序。你本该让它保留原样的。我喜欢这地方原来是木头的样子。”

我的手指慢慢地划过墙壁。这些不是光滑的金属板——你觉得金属船应该有的那种。墙还是由坑洼不平的板条拼接而成，但是好像分子结构上发生了变化，像是木头硬化成了铜。没有螺栓，没有铆钉，金属板条仍然是靠那些仿佛在缝隙间扭动的黑色沥青粘在一起。

我离开宿舍，走到甲板上，发现整艘船已经硬化成了棕色金属。有些地方亮闪闪的，但大部分地方都颜色暗淡。边边角角的地方已经开始泛绿，就和铜上长了铜绿一样。船还是原来那艘船，只不过现在变成了铜帆船。特有蒸汽朋克①的气派，除了没有蒸汽和朋克。我以前还不知道这世界上居然有那么多铜。

船长见到我就咧着嘴笑。“瞧瞧你的想法给你带来了什么。”他用手指着周围的铜甲板高声说道。他身上穿的不再是海盗服。现在这身制服更像是仿制的十九世纪海军服。蓝色的羊毛外套，超大的黄铜纽扣，镶着金

---

① 一个由蒸汽（steam）和朋克（punk）构成的合成词，最初由三位美国作家提出，代表了一种融合了科技与魔法的奇幻小说的类型，后被其他文化、艺术领域引用，多表现一种复古的机械或工业风。——编者注

色流苏的肩章，还有一顶同样滑稽可笑的帽子。

我低头瞄了一眼，看到自己的衣服也像水手服的样子了，虽说还跟以前一样陈旧破烂。脚上的套鞋是已经起皮的漆皮。条纹衬衫看着就像理发店前被太阳晒褪了色的旋转彩柱。

“经过慎重的考虑，我们已经按照你的提议进行了现代化改造。”船长这样对我说，虽然这艘船没有一点儿现代之处。“甚至还有了潜水钟。”他用手指着重重坐在甲板上的一座费城自由钟的完美复制品。钟的正面嵌着一扇舷窗，透过舷窗，我看见一个孤零零的水手被困在里面。我能听见他拍打金属的闷响，他在恳求人们把他放出来。

“看见你干的好事了吧？”船长肩上的鹦鹉说，“看见了吧？看见了吧？”

其他水手都盯着我，我说不清他们的眼神里是赞许还是鄙视。

48 真的那么孤单

船变成铜船的第一个晚上，我大着胆子偷偷跑了出来，想看看卡利奥佩是怎么应对这个变化的。我朝她滑了下去。她的双臂拥住了我，力度跟以往不同，力气太大了些。

“你不应该把那么多想法都告诉船长，”她说，“现在太冷了。我太冷了。”

确实如此。此时，她比以前冷得多，光滑得多，硬得多。

“给我温暖吧，卡登。我保证永远不让你掉下去。”

她每天面对着咸咸的浪花，铜的皮肤自然就变成了绿色，可就算是这样，她依然保持着威严高贵的气质。

“你现在就像……自由女神。”我对她说，可并没有能让她感觉好些。

“我真的那么孤单吗？”她问道。

“孤单？”

“一个女人可怜的躯壳永远得高举着火炬，而她身边的世界却自顾自地运转，”卡利奥佩难过地说，“你有没有想过，那个立在神坛上的女孩，该有多么孤单。”

49 不想来份大皇堡套餐吗？

我把小区里空荡荡的街道用我的身影来填满。今天是星期六，学校放春假，我有大把的时间。下午要跟朋友去看场电影，不过整个上午都可以走路。

今天，我开始了一个新游戏。路标上怎么写，我就怎么做。

仅限左转！

我向左急转弯，穿过马路。

行人止步！

我停了下来，数到十，然后才继续向前走。

十五分钟停车区

我在马路牙子上坐了十五分钟——我倒要看看自己能不能安安静静地坐那么久。

重复的路标太多了，于是我的视线扩展到其他标牌。公交车站旁的一个广告上写着："不想来份大皇堡套餐吗？"我不想，可还是去了离我最近的汉堡王快餐店点了一份。我不记得自己吃了没有，也有可能忘在店里了。

"该换手机了？今天就去你附近的威瑞森[1]店吧！"

最近的店其实离得也很远，不过我还是长途跋涉到了那里，店员花了二十分钟费尽口舌向我推销一款我根本不想买的手机。

外面的标牌实在太多了！一直到太阳落山，我还在外面晃荡，最终也没去成电影院。

---

① 美国三大电信公司之一。——译者注

记不清是从什么时候起，这已经不再是一场游戏。

记不清是从什么时候起，我开始相信这些标牌在给我指示。

50 车库寡妇

不是所有蜘蛛都能织出完美的网。黑寡妇蜘蛛就不能。我家车库里就有黑寡妇，至少在房子没罩起来灭白蚁之前是有的。不过，就算它们暂时不见了，一旦回来，那速度可比白蚁快得多。黑寡妇蜘蛛很容易辨认。它们的肚子上有一个红色的沙漏形图案，躯壳看着又硬又亮——简直就像万圣节的塑料蜘蛛。它们的毒性不像人们想的那么强。没有抗毒血清的话，最惨也就是丢条胳膊或者腿。要毒死一个成年人，得咬三四口，一只蜘蛛绝对不够。问题是，它们天生都很害羞，不轻易咬人，宁肯自己待着，特别喜欢隐居。讽刺的是，正是那种叫褐色隐士蜘蛛的蜘蛛极具攻击性，会主动咬你。它们的毒液真能毒死人。

车库里是不是有了黑寡妇蜘蛛，我总能知道，原因就在蛛网。黑寡妇蜘蛛的网乱七八糟的，毫无章法，仿佛它们小脑瓜里负责结网的装置坏了似的。它们缺乏建造技能，结不出像图片里那么完美、能捉苍蝇的网。也许它们就是不屑于去结。也许它们就喜欢这么随意。也许它们所画的线条对它们来说意义非凡，而蜘蛛世界的其他成员却视而不见。

因为这个原因，我每次用鞋把它们踩死时，心里的同情都比平时要多。

51 不完全是我了

“我控制不住自己了。”我对麦克斯说，当时我们俩正在我家客厅，一起做学校的一个课程作业。

“什么意思？开心还是怎么？”他正盯着在我电脑上创建的PPT，眼皮都懒得抬一下。我坐在椅子上，怎么都不舒服。心里琢磨着，是我确实看着很开心呢，还是他的观察力差得可笑。

“你有过灵魂出窍的感觉吗？”我问道。

“你是不是嗑药了？”

“我问了一个简单的问题。怎么回答起来就这么难？”

“不难啊，只是你的举动像个怪胎。”

“说不定我好着呢，其他人才是怪胎。你有没有想过？”

“随便你怎么说。”他终于抬头看我了，“你是打算和我一起做，还是全推给我一个人做？你是艺术家，PPT应该你来做。”

“数字这种媒介我不擅长。”我对他说。然后，我聚精会神地看着屏幕，这还是破天荒第一次。“是什么题目来着？”

“你在开玩笑吧？”

“对啊，当然是开玩笑。”但其实，我没在开玩笑，这让我有点儿不安。

麦克斯动起鼠标来，好像鼠标是活的似的。也许确实是。他不停地点击、拖放。他在建一个迈阿密的虚拟地震场景。科学课作业。现在我想起来了。经过了上次科学考试的风波，我清楚我必须把这个作业当回事。可我的脑子总是不断地飞到别处去。我们选择迈阿密，是因为那儿摩天大楼的设计都是防飓风的，而不防震。在我们的PPT里，玻璃大厦轰然倒塌。超级厉害的毁灭。我们肯定能得A。

可这又让我不由得想起中国的地震。我担心，我老是想着地震，可能真会导致中国发生地震。

“7.5级地震会有这么大的破坏力吗？”他问。我看着他的手继续移动着鼠标，但有时却感觉移动鼠标的是我的手，而不是他的。我能感觉到自己的手指在点击鼠标。真让人不安。

“我不全在我自己身体里。”我说。我本来只是在脑子里想想，没想到却脱口而出。

“闭嘴，别说得怪瘆人的，好吧？”

可我停不下来。我也不确定自己是不是想停下来。“有点儿像是我……在我周围。我在电脑里。我在墙里。”

“甚至在你身体里，”我告诉他，“其实我知道你在想什么，因为我已经不完全是我了。我的一部分在你脑子里。”

“那我在想什么？”

“冰激凌，”我立刻回答，“你想吃冰激凌。确切地说，是薄荷巧克力味的。”

“错了。我刚才琢磨的是，凯特琳·希克的搁物架在7.5级的地震中一定会跳得好高。”

“错，你弄混了，”我对他说，“那是我刚才想的事，我只是把它放进你脑子里了。”

几分钟后，麦克斯走了，几乎是倒退着从前门出去的，仿佛他面前有只狗，只要一转身，那只狗就可能咬他的屁股。“作业我会自己完成的，”他说，“没问题。我一个人来做。”我还没来得及跟他道别，就不见他的影儿了。

52 确凿的证据

在一顿我没有一点儿胃口的晚餐之后，爸爸用那种“我们得谈谈”的口吻叫我过去。我很想夺门而逃，但我没走。我很想在家庭娱乐室里来回踱步，但还是强迫自己坐在沙发上。我的膝盖还是在上下抖动，好像两脚踩着微型蹦床似的。

“我给田径队教练发了邮件，想要份赛程安排，”爸爸对我说，“教练说队里没有卡登这个人。”

我早就知道，这一刻迟早会来临。

“对，那又怎么样？”

爸爸气得长呼了一口气，足够把生日蜡烛全吹灭了。“你跟我们撒谎就够糟的了。不过这个问题我们下次再谈。”

“好，我可以走了吗？”

“不行。我想知道为什么，你放学后去哪儿了，你一直在干什么。”

“这是三个问题。”

“别没大没小的。”

我耸了耸肩。“我去走路了。”我照实说。

“在哪儿走？”

“就在附近。”

“每天都走？一连好几个小时？”

“对，好几个小时。”我两脚酸痛就是确凿的证据，但这还不是他想要的答案。

他用手指不停地捋着头发，想象着头发真给他带来了什么阻力。“这不像你呀，卡登。”

我站起来，发现自己在大喊大叫。我不是故意要喊，只是喊了起来。“**从什么时候开始走路也成了**

犯罪？”

“我说的不是走路，是你的行为，你的想法。”

“你打算给我定什么罪？”

“什么也不定！这又不是审讯。”

“我没被校队选中，行了吧？我被淘汰了，不想让你们失望，所以现在就改成走路，行了吧？你高兴了吧？”

“那不是问题的关键！”

可他明白的只有这一点。我朝门口走去。

“你要去哪儿？”

“出去走走。除非你因为我被球队淘汰就关我禁闭。”不等他再说什么，我就已经走出门了。

53 我脚边的后视镜

几年前，在送我们上学的路上，有一次爸爸反常得不对劲。之所以说反常，是因为平时但凡爸爸有什么不对劲，都会提前有些征兆。可这次却不一样。麦肯茜坐在后座上，我坐在副驾驶的位子上。从车离开家的那一刻起，爸爸就心神不宁，好像咖啡喝多了似的。我以为这可能跟他的工作有关，直到最后他心烦意乱地叹了口气，说：“不太对劲。”

我一声不吭，就等着他自己解释，因为他只要把什么不寻常的事说出来，都会自己解释一番。一直都是这样。可麦肯茜耐不住性子。

“什么东西不大对劲？”她迫不及待地问。

“没什么，”爸爸说，“我也说不清。”他有点儿心不在焉，结果没看见黄灯，眼看红灯亮了，只好猛踩刹车，车才没有冲到十字路口中间。他紧张地看了看我们周围的几辆车，说：“今天开车不太顺利。”

我开始担心，他会不会是心脏病发作或是中风什么的。还没等我把这些顾虑说出口，我注意到脚边紧挨着我双肩包的地方有个什么东西。是金属材质的，形状有点儿怪，但更怪的还是它放的位置。这是个挺普通的东西，不过平常不会看到这东西躺在地上。我捡起来之后才认出来。

“爸爸？”

他瞅了我一眼，看到我手里的东西，恍然大悟地笑了，只笑了一声，但所有的焦虑情绪都烟消云散了。“嗯，原来问题在这儿呀。”

坐在后座的麦肯茜往前探着身子。“什么呀？”

我给她指了指。“后视镜。”我跟她说。

爸爸把车停到路边，调整一下心态，准备去适应这种没有后视镜的驾驶状态。

我还记得，当时我看着前挡风玻璃上本来该粘着后视镜的地方，还直摇头，搞不懂爸爸怎么这么不小心。“后视镜没了，你怎么会不知道呢？”

爸爸耸了耸肩。“开车是下意识的，”他说，“不会刻意去想那些东西。唯一的感觉就是有点儿……反应迟钝。”

我当时没听明白，不过那种感觉——明明知道不对劲，却没法确定到底是哪儿不对劲——恰恰是我正越来越熟悉的一种感觉。不同的是，我一直没能找到像我脚边的后视镜那么好找又显眼的东西。

54 谨慎为上

我盯着作业发呆，没法提起笔做，仿佛我的笔重如千吨。也说不定是笔通电了。对，通上电了，我一碰就会被电死。或者纸会把我的动脉划开。纸割的口子最疼了。我不做作业是有正当理由的——怕死。不过，最大的原因还是我的心思不愿意去那儿，它在别的地方神游呢。

“爸？”

又快到“每年的那段时间”了。爸爸坐在餐桌旁，盯着笔记本电脑，被新出的税项代码，还有某个客户多得吓人的一堆发票搞得神经紧张，心烦意乱。“什么事，卡登？”

“学校有个男生想要伤害我。”

他看着我，仔细地看着我，看穿了我。我很讨厌他这么看我。他又看回笔记本电脑，然后深深吸了口气，合上了电脑。我不由得想，他这么做，会不会有什么事瞒着我？不，不可能。他能瞒什么呢？太荒唐了。不过……

“还是以前那个男生吗？”

“不是，”我告诉他，“是另外一个。”

“另外一个。”

“对。”

“另外一个孩子。”

“对。”

“你觉得他想伤害你。”

“伤害我。对。”

爸爸摘下眼镜，捏了捏鼻梁。“好吧。我们谈谈这件事吧。谈谈你现在的这些感受——”

“你怎么知道这只是一种感受？你怎么知道他没干过什么事？坏事！”

他又深深地吸了口气。“那他干了什么，卡登？”

我的嗓门越来越大。我没法控制自己。“不是他已经干了什么，而是他准备要干什么！我能从他身上看出来！我知道！我就是知道！”

“好了，先冷静一下。”

“你确实是在听我说话吗？”

爸爸站了起来，也许终于把这件事当回事了。“卡登，我和你妈都很担心。”

“哦，那就对了，不是吗？你们应该担心。因为他可能也不会放过你们。”

“不是担心他，”爸爸说，“是担心你。你明白吗？”

妈妈走进来，站在我身后，把我吓了一大跳。妹妹跟在她旁边。

我爸妈的眼睛对视了一下，像读心术。我能感觉到，他们的想法飞快地穿过我的身体：爸爸，传给妈妈，再传回爸爸。他们的思想，穿过我的灵魂，来回打着乒乓。

妈妈转身对妹妹说：“上楼去。”

“不，我想待在这儿。”妹妹哼哼唧唧的，一脸不情愿，可妈妈就是不答应。

“别跟我顶嘴。赶紧去！”

妹妹耷拉着肩膀，重重地踩着楼梯上楼了，每一步都走得极其夸张。

现在只剩下我和父母了。

“出什么事了？”妈妈问。

“还记得我以前跟你说的吗？他们学校那个孩子？”爸爸说。明摆着有什么要保密的事都不能跟他们俩任何一个说。我跟妈妈讲了一些细节，她的看法跟爸爸有点儿不太一样。

“那个，这事我们可能得好好调查一下。我们自己去查查这个男孩的情况。”

“喏，我就说是这样。调查一下！”放松的感觉微乎其微。

爸爸张开嘴，好像要说点儿什么，但又闭上了，重新考虑了一下自己的反应。“好吧，”他说，“我赞成谨慎为上，但是……”

“但是”后面的话，他没再说完，而是径直走到客厅，跪在书架旁。“去年学校的年鉴在哪儿？”他问，“我们先看看这是个什么样的孩子。”

现在他们终于相信我了，我顿时如释重负。但其实也没有。因为我知道，他们并不相信我。他们只是走走过场，想安抚我的情绪罢了，想让我觉得他们站在我这边。他们俩就像瑟索老师，还有我那些其他老师，还有那些心怀鬼胎看着我的同学。我感觉这两个人好像不是我的爸爸妈妈，他们只是戴了我爸爸妈妈的面具，我不知道面具下到底是什么，只知道我什么事都不能再跟他们讲了。

55 经常泛滥成灾

我一度以为甲板上出没的是老鼠，其实那些根本不是老鼠，虽然我打心眼里希望它们是老鼠。

“这东西特别讨厌。”卡莱尔对我说，他拼命地把它们从角落里戳出来，再用水从甲板上冲下去。它们躲着肥皂水四散奔逃。它们不喜欢把身上弄湿，更别提被肥皂水洗干净了。“你刚觉得控制住它们了吧，甲板上就有更多的冒出来了。”

有的船上，啮齿类动物成灾。有的船上，蟑螂成灾。我们船上成灾的，是散养的脑子。最小的有核桃那么大，最大的跟拳头一样大。

“这些该死的东西，趁水手睡着了，或是不留神，就从他们脑袋里偷偷溜出来，变野了。”卡莱尔挥起拖把，戳向一群蜷缩起来的脑子。那些脑子甩开紫色的小神经元树突腿，哗地逃开了。

“等到深潜海底那天，”卡莱尔对我说，“我决不会让甲板上有一个脑子来捣乱。”

“如果这些是船员的脑子，怎么会这么小呢？”

卡莱尔难过地叹了口气。“要么是他们不用脑子，脑子慢慢萎缩了；要么就是用脑过度，脑子烧糊了。”他摇了摇头，“真是浪费。”

他拎起拖把，在肥皂水桶里涮了涮，然后带着水向黑暗的角落甩去，把这些倒霉脑子从藏身处赶了出来，顺着船的排水孔把它们冲进大海。

他发现有个很小的脑子紧紧抓住拖把的纱条不放，就把拖把在栏杆上使劲磕了磕，把脑子磕掉了。“没完没了的。不过，我的任务就是趁它们繁殖之前，把它们统统赶下船。”

“那……那些没有脑子的水手会怎么样？”

“哦，船长找点儿别的东西填满他们的脑袋，然后就把他们打发了。他们还乐呵呵的呢。”

不知怎么，这在我听起来并不怎么乐和。

56 星星都是对的

已经是半夜了。我站在卡利奥佩上方的船头最靠前的地方，心里满是不祥的预感，就像你发觉自己马上要吐之前那五分钟的感觉。

海平线上起了风暴。远处的乌云被一道道突如其来的闪电照亮，但还离得太远，听不到雷声。海上的风浪太大了，大得让我没法落入她的臂弯。她只能在大海的咆哮中大声地喊，这样我才能听到。

“船长认为我有魔法，也不是完全没有道理。”她向我吐露心声，“我能看见其他人谁也看不见的东西。”

“海里的东西？”我好奇地问，“浪下面的东西？”

“不是。我的目光是投向海平线的。我能从跨在海平线上的星星里看见未来。不光是一种未来，而是同时看到所有可能的未来。我不知道哪个是真的。能看到所有可能发生的事，却永远不知道将会发生什么事，这简直就是一种诅咒。”

“你怎么可能在星星里看出东西来呢？”我问她，“星星都是错的。”

“不是，”她对我说，“星星是对的。错的是所有其他的东西。”

57 我俩之间的化学反应

麦克斯和谢尔比再也不来我家讨论游戏创作了。虽然说我家对麦克斯来说就像是第二个家，可他从那次之后就再也不来了，在学校里也躲着我。

谢尔比可不一样。在学校里，她想方设法想找我聊天，但我怀疑她别有用心。她要是真想跟我说话，就不会那么刻意。她到底在搞什么鬼？我不在的时候，她背地里跟麦克斯说了我什么？他们肯定已经找了别人给游戏画图。他们随时都有可能用这个突袭我。也许他们根本不打算告诉我。

谢尔比经常拦住我，要跟我说话。她老是想方设法跟我东拉西扯。她更喜欢自己说个不停，而不是安静地听。放在平时，这本来没什么，可是最近，我并没有用心在听。基本上，我会在合适的时候点点头，要是需要回应的话，我通常会说："对不起，你刚才说什么？"

但这一次，谢尔比不吃我这一套了。在学校餐厅里她让我坐下，逼着我看着她的眼睛。

"卡登，你到底怎么了？"

"这好像是本月最热门的问题吧。也许我该问，你们到底怎么了。"

她凑过来，沉默了片刻。"听着，这些事儿我都懂。我哥哥上十年级的时候开始酗酒，差点把他毁了。要不是看到酒把他害得那么惨，我说不定也会落到和他一样的地步。"

我刻意拉开距离。"拜托，我从来不喝酒，你知道的，偶尔会在派对上喝点啤酒，但仅此而已。我从来没醉过。"

"好吧，不管你现在在干什么，只管告诉我。我会理解的。麦克斯也会理解——他只是不知道怎么开口。"

突然，我的话对着谢尔比一股脑儿地冲了出来，语气饿得要命。“我好得很！我什么都没干。没喝过酒，也没嗑过药！”

“好吧，”谢尔比一点儿也不相信我的话，只是说，“什么时候你想聊聊了，我都在。”

58 撞头的人

二年级时，我认识这样一个小孩。他一生气，就用头撞墙，或撞桌子——撞所有离得近又能撞的东西。我们其他人都觉得很搞笑，一有机会就想方设法把他惹毛，就是想看他撞头。这坏事我也干过。所以，老师把他的座位调来调去，希望能在教室里给他找一个还算安全的地方。到最后，他的座位被调到了我旁边。我记得有那么一次，他正做数学题，我一把把他的铅笔抢过来，使劲压笔尖，用的劲儿刚好能把笔芯压折。他挺生气，但还没有那么生气。他瞪了我几眼，就去削铅笔了。他回到座位上之后，我等了一分钟，然后在他写字的时候，用力拽了一下他写字的纸，铅笔在纸上留下了一道划痕。他挺生气，但还没有那么生气。于是，我又等了一分钟，然后狠踢了他的课桌一脚，他的数学书从桌上啪地掉到了地上。俗话说，事不过三。果然如此。

他瞪着我，眼神特别吓人。我还记得我当时自言自语，说这次实在做得过火了。这回他肯定得使劲收拾我，这都是我自己咎由自取。可他没有这么做，反而使劲地用头去撞桌子。在场的每个人都哈哈大笑，老师只好使劲抱着他，才让他停下来。

问题是，我们从来没有把他当人看待，只把他当作一个活跃气氛的笑料。后来，有一天，我看到他在操场上，自己一个人玩。他看上去自得其乐。我不由想到，他怪异的行为搞得他没有朋友。一个朋友也没有，以至于他根本不知道该怎么跟别人相处。

我很想走过去和他一起玩，但我心里很害怕。不知道自己怕什么，也许是怕他撞头的毛病会传染，也许是害怕没朋友也会传染。要是我知道他现在在哪儿就好了，我就可以亲口告诉他，我理解他当时的感受，还理解了，一个人孤零零地待在操场上，原来是这么容易。

59 着了火的人

我从来没逃过学。未经允许就离校，处分至少也是留校察看。我不是那种爱逃学的孩子。可我现在哪有什么选择？好多迹象在那儿摆着。到处都是，我周围全是。我知道早晚会这样。我知道情况会很糟糕。我不知道来的是什么，从哪个方向来，可我知道它会带来悲伤、眼泪和痛苦。太可怕了。太可怕了。现在，他们已经是一群了。满脑子邪恶计划的孩子。我在走廊里和他们擦肩而过。刚开始只是一个，后来却像传染病一样蔓延开来。像是真菌。他们在课间碰到的时候会互相发送暗号。他们在密谋。而且，我都知道了，我就是靶子，众多靶子里的第一个。说不定密谋的不是孩子，说不定是老师，我没办法确定。

但我知道，只要我没卷在里面，事情就会平息。只要我离开，不管他们在谋划什么，都不会得逞。我可以拯救所有人，只要我离开。

下课铃响了，我从教室里飞奔出去。我都不知道刚才上的是什么课。老师今天讲的是马戏团语。今天，周围的动静和人声，都在恐惧的液体里变成了嗡嗡闷响。这种恐惧来得如此强烈，我觉得自己会溺死在令人恐惧的水里，而且永远不会有人知道，而我却慢慢沉入某个深不见底的海沟深处。

我的双脚在惯性的作用下想带我去下一节课的教室，可不知哪儿来了一股更强大的力量，此刻逼着我的双脚跨出了学校的大门，我的思绪就像一个着了火的人，飞奔在我前面。

“嘿！”有个老师大喊起来，但这个抗议既无效又无力。我已经出校门了，谁都拦不住我。

我几步蹿到了街对面。喇叭声四起。他们不会撞我的。我用意念把车都弄弯，绕过我的身体。听见轮胎的尖叫了吗？那是我干的。

学校的斜对面有一小片商业区，有餐馆、宠物店和甜甜圈店。我自由了，但又不自由。因为我能感觉到一片酸雨云在跟踪我。要出事了。要出事了。不是在学校——天哪，我之前想什么呢？根本就不会是学校。是家里！那儿才是要出事的地方。我妈妈，或爸爸，或妹妹会出事。他们会被大火困住。会有狙击手射杀他们。会有辆车失控，直接撞进我家客厅，但又根本不是场意外事故。也说不定是。我不太肯定。我唯一敢肯定的就是，要出事了。

我得去给他们通风报信，不然就来不及了。可等我把手机掏出来，才发现手机没电了。他们居然把我手机的电放光了！他们不想让我给家人通风报信！

我东奔西跑，不知道该怎么办，最后发现自己站在街角，哀求每个过路人，求他们把手机借我用用。他们向我投来的眼神直愣愣的，让我不寒而栗。他们对我视若无睹，或从我身边匆匆而过，也许他们能看见，那根惊恐的钢钉穿透了我的头盖骨，深深扎进了我的灵魂。

60 它们说的话

我的恐慌已经消退。那种让我无法忍受、总觉得要出大事的感觉已经渐渐平复，虽然还没有完全消失。我的父母还不知道我提前离校的事。学校倒是给我家打了电话，是语音留言，说“卡顿·布什”逃了一节或几节课什么的，自动语音总是不会念我的名字。我从语音留言里把它给删了。

我躺在床上，研究着那只装着我生命遗骸的神秘烟灰缸，想在混乱中理清头绪。

不是说我能控制这些情绪，也不是我乐意去想这些。它们就在那儿，就好像你收到的生日礼物丑得要命，你根本不想要，却又不能退回去。

我脑子里有很多想法，但又感觉这些想法并不真的是我的。它们就像好多个声音，会跟我说好多事情。今天，我在卧室窗边望着窗外，这些声音跟我说，一辆过路车里的人想要害我，说那个正测试喷水器的邻居并不是真在看管子漏不漏水，咝咝作响的喷水器其实是一条条伪装起来的蛇，他正在训练它们吃掉小区里所有的宠物。这个想法有点儿扭曲，但也说得过去，因为我听他抱怨过狗太能叫了。这些声音也挺有意思的，因为我永远不知道它们会说什么。有的时候，我被它们逗得哈哈大笑，别人都纳闷我在笑什么，可我不想告诉他们。

这些声音跟我说应该干这个，干那个。“把邻居家喷水器的喷头都拔掉，把蛇杀光。”但我不会听它们的。我不会去破坏人家的财产。我知道它们并不真是蛇。“看见住在这条街上的那个水暖工了吗？”这些声音又对我说，“他其实是一个做铁管炸弹的恐怖分子。进他卡车里，把车开走，把车开下悬崖。”但我也不会那么干。这些声音想怎么说都可以，但我实在不愿意做的事，它们也没法强迫我。可问题是，这也没法阻止它们继续折磨我，逼着我去想要不要做那些可怕的事。

“卡登，还没睡？”

我一抬头，看见妈妈站在我房门口。外面已经黑了。天什么时候黑的？“现在几点了？”

“差不多半夜了。你还在干什么呢？”

“只是想点儿事情。”

“你最近老是这样。”

我耸了耸肩。“有好多事要想想呢。”

她关上灯。“赶紧睡吧。不管有什么心事，到早晨都会好些，云开雾散。”

“对。早上就云开雾散了。”我说，尽管我知道到时候一样还是云里雾里。

然后，她在门口迟疑了一下。我在想，要是我假装睡着了，她会不会离开，可她没有。

“我和你爸都觉得，最好你能找个人谈谈。”

“我跟谁都不想谈。”

“我知道。这也是个问题。不过，说不定跟其他人谈会容易一些。不是跟我或者跟你爸爸谈。其他人。”

“心理医生？”

“治疗师。”

我没有看她。不想再聊这个话题了。“行啊，没问题，随便。”

61 检查大脑

汽车的发动机没那么复杂。不太了解的时候，你会觉得它们很复杂——所有那些管子、线路和阀门——但内燃机自从问世以来就没怎么变过。

至于爸爸的车，后视镜掉了绝不会是最后一个问题。他对汽车基本上一窍不通。他对数学和数字精通得很；对汽车却完全不在行。给他一个计算器，他能改变世界。可一旦汽车出了故障，修理工问他是哪儿出了毛病，他的回答一贯都是：“坏了。”

汽车行业最爱我爸爸这种人，因为这意味着他们能挣好多钱，不管需不需要修，一律都修。爸爸总是气得要命，不过他会这样去解释：“我们活在服务经济里。怎么也得养着它点儿吧。”

汽车生产商貌似也没什么用。我是说，都有现代技术了，你肯定觉得这些汽车应该能自我诊断了，结果根本不能。一旦有什么不对劲，仪表盘上只有个白痴一样的“检查发动机”灯亮着。这也证明，机动车比我们想象的更像个有机体。它们显然是仿照人脑建出来的。

“检查大脑”的故障灯亮起来的原因有很多，可最大的问题是：司机自己看不见。这就好比故障灯安在了汽车后座杯架上一罐已经放了一个月的空汽水罐下面。除了乘客，谁都看不见。除非乘客确实在找这个灯，或者灯过亮过热把罐子化掉了，把整辆车点着。

62 超出想象的生命力

“要教你的东西真不少。”船长一边说，一边在已经铜化了的甲板上溜达，双手背在身后。挺括的羊毛制服穿在他身上，让人看着已经差不多像原来那身海盗服一样自然了。他走路的姿态也和原先不一样了，更有王者风范。到底还是人靠衣装马靠鞍哪。

他四处巡视着，确定每个人都在为他们自己那些毫无意义的追求目标而忙碌着。我今天的任务是当他的影子，边看边学。

“发现之旅需要的，不仅仅是实用的航海知识，”船长的长篇大论开始了，“还需要直觉、冲动，有时也要像有点信仰那样犯点傻气。我的话你别当耳边风。”

“是，长官。”我回答。

“回答错误，”他呵斥我，“最好别被风吹着，会得流感的。”说完，他跳到主桅杆上网状的绳梯上，“跟我上绳梯。”他往上爬，我紧跟其后。

“我们是去瞭望台吗？”我问。

“当然不是。”他斩钉截铁地说。显然我的建议让他觉得受到了侮辱。“只是去看看船帆。”我们爬到了很高的地方，终于够到了主帆。“给你瞧个秘密。”他说。然后他从上衣里抽出小刀，在帆上割了个口子——一个大口子，足足有三十厘米长。风从割开的地方挤过，把口子撕得更大，像一只睁开的眼睛。

“这是要干吗？”

“仔细瞧着。”船长说。

我盯着破了口子的主帆，眼睁睁地看着它自己慢慢修复。帆就像细胞膜一样愈合了，只在刚才破了的地方留下一道淡淡的疤痕，颜色比其他地方的帆布米色略深一些。

“这艘船的生命力超出你的想象，小子。它能感觉到痛苦。它会受伤，但也能愈合。”

我紧抓着绳梯，一股寒意穿透了我的身体，但这与怒吼的狂风毫无关系。“是卡利奥佩的那种痛苦吗？”我好奇地问。

船长的目光转向我。“我不知道。你怎么会知道她的名字？”

我突然意识到自己说漏了嘴。不过，这也许是船长认可的那种傻气。“船员传的。”我说。的确如此，所以也不能说我在撒谎。可船长看起来还是疑心重重。

“知道她能不能感受到船的痛苦很重要。希望这个问题能有答案。”

“我会记在心里。”我对他说。我有点儿纳闷儿，不知道他这算是准许我跟她说话了，还是知道我跟她说过话了，想设个套儿来抓我。

63 我不认识的人在我看不见的地方

“我什么都感觉得到。”有天晚上，我正窝在卡利奥佩的金属臂弯里，高高地悬在平静的海面之上，她这样对我说。“不仅感觉到船帆，还有船体。不仅是整艘船，还有大海。不仅是大海，还有天空。不仅是天空，还有星星。我什么都能感觉得到。”

“怎么会呢？”

“我可没指望你能明白。”

但我确实能。“我也有这种和别的人或事物关联的感觉，”我对她说，“有的时候，我感觉自己是在周围人的身体里。我确定，我知道他们在想什么。或者这么说吧，就算不知道想的是什么，至少知道他们是怎么想的。有的时候，我敢打赌我跟地球另一端的人有关联。那些我从来没有见过的人。我的一举一动都会影响到他们。我向左，他们就向右。我往上爬，他们就会从楼上掉下来。我知道这都是真的，但我永远没法证明，我不认识的人在我看不到的地方到底出了什么事。”

“那你感觉如何？”

“非常美妙，但同时又很可怕。”

她脖子微倾，不再向前望着大海，而是凝视着我的眼睛。这比她用胳膊搂着我的动作要费劲多了。我听见铜在受力弯折时发出的尖响。“看来，我们俩并没有那么不同。”

我第一次知道，我真正参透了她的孤独，而她也参透了我的。

64 如果蜗牛会说话

这位医生拥有美利坚大学的心理学博士学位，这个校名听起来太泛了，泛得都不像是真的。裱起来的学位证书骄傲地挂在候诊室的墙上，下面是一盆榕树盆景，叶子绿得有点儿过了，也不像是真的。

“我想让你知道，你想跟我聊什么都行。”知心医生说道。他的声音带着一丝平静，又有一种刻意放慢的抑扬顿挫，有点儿像蜗牛，假如蜗牛会说话的话。“在这里，你无论说什么或做什么，我都会严格保密，除非你想让我跟别人分享。”

感觉他正在给我读我的反米兰达权利[1]。

---

① 米兰达权利，又称米兰达警告，是美国警察在审讯犯罪嫌疑人时必须告知的一项内容，即犯罪嫌疑人有保持沉默的权利。——译者注

“好，保密。明白。”

我明白，但我连半秒都没信过。一个连自己候诊室里的植物都显假的治疗师，你怎么能信得过？

我的父母现在就在候诊室。他们在那儿一边哗啦哗啦地翻看《今日心理学》和《家庭娱乐杂志》，一边聊着我。刚开始的几分钟，他们和知心医生还有我都在医生的办公室。我本来以为他们一来就会主动出击，把最近发生的所有事儿都一股脑儿地倒出来。但看得出，他们在陌生人面前谈论我的时候，显得很不自在。

“卡登的行为一直都——非同寻常。”爸爸绞尽脑汁地在找恰当的词。

医生让他们俩先出去的时候，他和妈妈好像都松了一口气。

房间里只剩我们两个人了。知心医生说："非同寻常。我们就从这儿开始聊吧。"

我知道，我得打起精神来。我感觉整个人生都要取决于此时此刻我能不能打起精神来。眼前的这个人不认识我，看不透我。他能得到什么，全在于我给他什么。

"这么说吧，"我说，"我父母的出发点是好的，他们觉得是在帮我，这我懂，可这是他们的事，不是我的事。他们绝对是压力太大，保护过度了。怎么说呢，你看到他们了，对吧？他们太紧张了，搞得我也很紧张。"

"对，我看得出你很焦虑。"

说话的时候，我很想让手不到处比画，很想让我的脚后跟一直老实地待在地板上，但不是很成功。

"跟我说说，"他说，"你睡眠有问题吗？"

"没有。"我应了一句。这是真话。我睡眠没有问题，只是不想睡觉而已。

"那学校那边怎么样？"

"学校还不就是学校嘛。"

他沉默了很久，久得让人难受。我受不了。我开始对那些离我近得让我心烦意乱的东西心烦意乱起来。我伸手摸了摸旁边桌子上的一盆小仙人掌，想看看它是不是也是假的。不料它是真的，还把我的手刺伤了。他递给我一张纸巾。

"我们做点儿放松练习怎么样？"知心医生建议。

建议——它不过是听起来像个建议而已。“身体往后靠，闭上眼睛。”

“为什么？”

“我等你准备好。”

我很不情愿地往后靠，强迫自己的眼皮合上。

“告诉我，卡登，你闭上眼睛看到什么了？”

我的眼皮又猛然张开了。“那是哪门子的傻问题？”

“只是个问题而已。”

“我应该看见什么呢？”

“什么都行。”

“那好，我看见的就是这个——什么都行。”我现在是站着的。我不记得自己站了起来，也想不起来我是从什么时候开始在房间里走来走去的。

这次谈话漫长得熬人，之后虽然只过了二十分钟，但对我来说却像永远都没有终点。我们压根儿没做完放松练习。我压根儿没回答他的问题。我压根儿没把眼睛闭上过，生怕不得不告诉他——告诉我自己——闭眼后看到了什么。医生换了个方式，跟我下起了国际象棋。我可没耐心仔细琢磨每一步怎么走，于是我故意乱走，想赶快下完。

该离开的时候，他向我父母建议，应该安排我们每周见一次面，而且也许，只是也许，应该考虑安排我去看一个有处方权的医生。我就知道他是冒牌的。

65 不可言喻的黑暗

我闭上眼睛看见了什么？有时，是不可言喻的黑暗。它有时无比绚丽，有时又极其可怕，我不知道下一秒它会是什么样。当它无比绚丽时，我很想待在那里。点点繁星连成一个遥不可及的巨壳，就像很早以前人们相信的那样。就像一个巨大的眼皮的内表面——我把眼皮翻起来时，眼前真的是无尽的黑暗——但其实那根本不是黑暗。只是我们的眼睛没法去看那种光而已。真要去看的话，它会晃瞎我们的眼睛，所以那个眼皮，其实是在保护我们。但我们能看到星星，那是我们唯一能感知到的光芒。

而我却到了那里。

我推开星星，挤进那一片黑暗的光中，你无法想象那是一种什么感觉。天鹅绒和甘草轻抚着你的所有感官：它溶为你纵身而入的液体；蒸发进你呼吸的空气。然后，你高高升起，在空中翱翔！你不需要翅膀，因为它心甘情愿地支撑着你——它的意愿和你的意愿共鸣——于是你觉得自己不仅万事皆能，而且你即是万物，包罗一切。你在万物中穿梭，你的心跳成为一切生命体的脉搏，同一个脉搏。而每次心跳后的沉寂，是那些没有生命的存在所拥有的安宁。石头、沙子、雨，然后你明白了，这一切都是必要的。必有静，才有动。你同时处于两种状态：在与不在。明白这一点是如此了不起，你忍不住想把它说出来。它逼着你去和别人分享——但你却不知道该用什么语言来描述。没有语言，没有什么途径可以分享那种感受，它要把你逼疯了，因为你的头脑不够大，装不下你拼命塞进去的东西……

但不总是那样。

有时，无尽的黑暗毫无绚丽可言，真的是绝无半点亮光。一团张牙舞爪、像饿死鬼一样的沥青把你往下拽。你被淹没，却又没淹死。它把你变成了铅，于是你在它黏糊糊的怀抱中沉得更快了。它夺走了你的希望，甚至连对希望的记忆也夺走了。它让你以为你一直都是这样，而且除了下沉，无处可去。它就这样慢慢地吞噬掉你的意志力，贪婪地把它消化干净，炼成制造噩梦的乌黑的原材料。

你熟悉超越绝望的黑暗，正如你熟悉高耸入云的山峰。因为在这个宇宙以及一切宇宙之中，都存在平衡。你不能只拥有一个而不用面对另一个。有时，你觉得自己可以忍受，因为欢乐抵得过痛苦。而有时，你知道自己无法忍受。你怎么竟会以为自己能忍受？这就像舞蹈，充满力量与柔弱，以及可托付的信任与四野无人的孤单。

我闭上眼睛看见了什么？我看见了黑暗以外的景象，俯仰间都是难以估量的壮观。

66 被你的厉害吓倒

可是此时此刻，我的眼睛是睁着的。

我就站在自家的前门口，不在里面，也不在外面，而是在二者之间。我想起上一次，我跟麦克斯说我灵魂出窍了。现在比那时还厉害。我已经分辨不出我和非我之间的区别。我也不知道该怎么解释这种感觉。就像是埋在墙里的电线。不对，不只是电线！我是穿越整个小区的高压电网。我正在以闪电的速度，在周围的一切中穿梭。我发觉“我”已经不存在了，只有共同的“我们”，这让我大吃一惊。

你明白这种感受吗？终于摆脱了自己，却又为摆脱了自己而恐惧。你觉得自己无人能敌，可又四面楚歌，仿佛这个世界——这个宇宙——并不想让你有这种令人目眩的醒悟。而且你还知道，总有些力量想把你的精神压垮。同时，你的精神则像气体一样四处散逸，填满所有的空间。现在，你脑子里的那些声音无比响亮、刺耳，就像你妈妈第三次喊你下楼吃晚饭那么响。你知道这是第三次，虽然你不记得听见她前两次的喊声，虽然你连上楼到自己房间也不记得了。

于是你坐在餐桌旁，拨弄着盘子里的食物，只有当别人提醒你没在吃的时候，才把食物胡乱塞进嘴里。可是你真正想要的，并不是食物。也许因为你不再是你了。你是周围的一切。现在你的身体，就像一个空壳，喂它有什么意义呢？你有更重要的事要做呢。你不断地告诉自己，朋友们不再跟你来往，是因为他们被你的厉害吓倒了，几乎跟你被自己吓倒一样。

67 中间的肉

拂晓时分，船长把我们几个召集在地图室的桌子旁。暴风雨依然在远处徘徊，不比前天晚上或大前天晚上离我们更近。我们前进，它便后退。

参加任务讨论会的，总是我们这几个人：我、领航员、骨头小子、戴珍珠项圈的女孩、蓝头发女孩，还有胖小子博学士。每个人都费尽心思，想在各自指定的职位上有所表现。我和领航员的日子相对容易。我的画和他的图，那都是不容置疑的。其他人呢，唉，一直都要弄虚作假。项圈女，我们这位心里灰暗、愁眉苦脸的士气官儿，学会了在船长瞪眼睛的时候，假装来几句肯定的评论。骨头小子呢，每次抛骨头占卜，都专捡船长爱听的说。蓝头发女孩号称在沉船撕碎的货单里，发现了各种值钱的东西，从达布隆金币[①]，到一箱箱的钻石。

然而，博学士却一股子危险的实诚劲儿。

“我做不到，”有一次小组会时，他对船长说，“书里的如尼文我从头到尾全都看不懂。”

船长好像扔进水里的海绵一样鼓了起来。“我们在乎的不是头，不是尾，只在乎中间的肉！”然后，船长叫卡莱尔过来。卡莱尔一直都潜伏在角落里，每次开会都是如此。“给我扔下去拖龙骨[②]。”

听到这个提议，博学士吓得呼吸急促，连忙抗议。这时，鹦鹉不知道从什么地方飞了出来，落在船长肩头。

“清理大炮！”鹦鹉说，“让他去清理大炮！”

船长一挥手，把鹦鹉打了下去。几根艳丽的羽毛掉了下来。但鹦鹉毫不退却。“大炮！大炮！”

“请原谅，长官，”卡莱尔说，“也许这鸟说得没错。拖完龙骨他就算死不了，也是废人了。而且我们要是准备跟前方怪兽作战，大炮得好好清理清理才行。”

船长死盯着卡莱尔，这种以下犯上让他怒火中烧——一个低等烂水手居然质疑他的命令。不过，他还

---

① 从前西班牙使用的一种金币。——译者注

② 一种把罪犯从水中拖过船底的酷刑。因船身遍布藤壶，受刑人往往会被刮掉一身皮。——译者注

是忍住了没发火。他大手一挥："照你说的办吧，只要让这小子为懒惰付上点代价。"

鹦鹉此时正站在一盏吊灯上，听船长这么一说，他瞅了瞅我，难过地摇了摇头。我把目光移到别处，不知道成为鹦鹉注意的焦点意味着什么，也不知道船长对此会有什么反应。

卡莱尔和另外两个肌肉发达的船员合在一起，才终于把博学士拖了出去。想到要清理大炮，博学士一路上又踢又叫地挣扎。我很纳闷，他怎么会觉得这比拖龙骨还惨呢？等他走了，船长又回到了正题。

"今天是个重大的日子，"船长对我们说，"因为我们要测试潜水钟，看看卡登的深海探险知识是不是可靠。"

我泛起一阵恶心，这跟船的晃动毫无关系。"可是……这个钟类型不对呀。"我说话的时候，感觉自己渺小而软弱。

"你提议的时候就应该预料到。"蓝头发女孩对我冷嘲热讽。

"咱们全完蛋了。"我们的士气官儿说。

68 里面有虫子

那种感觉就像这样：所有问题的答案，你都知道。你脑袋里的答案装得太满，脑袋就快爆了。它仿佛随时会爆，将致命性的放射物喷向所有人。你的人生会被划定为放射性区域，而且是好几百年。除非你能释放掉部分压力，把你所知道的真相告诉想听的人。那些线条，那些你在各种事物间看到的种种关联。

而且，你不能不跟别人分享。

于是，你走上大街，见到人就跟他哇啦哇啦地开讲，至于讲什么不重要，因为没有什么是不该讲的。人们用奇怪的眼神看着你。即使在他们的目光中，你也能看见你、他们，还有世界上其他人之间的种种关联。

“我能看见你身体里面，”你对一个拎了一袋东西从超市里走出来的女人说，“你心里有个虫子，不过你可以把它赶出来。”

她瞄了你一眼，然后转身匆匆忙忙地去找她的车了。你的话让她害怕。你感觉很好，却又不好。

你觉得脚下隐隐作痛，于是朝双脚瞟了一眼。你光着脚。你一直就这样走来走去，结果脚上起了泡，破了皮，还流了血。你不记得把鞋子脱下来，但你肯定是脱下来了，那么做一定是有意义的。意义就在于，你的血肉就此与大地相接，叫重力把你和其他人稳稳地拉着。你突然意识到，如果你在脚上穿了鞋，世界就会放手，所有人都会被抛进宇宙之中。一切就因为一层薄薄的橡胶切断了你和大地的联系。你是这世界的反重力杠杆。明白这一点固然感觉挺好，但你的力量居然如此之大，单单是对这种力量的敬畏就让你觉得害怕。不知怎的，你在那个女人心脏里看到的虫子跑到你身体里了。你现在感觉到的并不是心跳，而是一直在你心里啃食的虫子，而且你还没法把它弄出来。

超市旁边是一家旅行社，在旅游已经全都网上预订的时代艰难地生存着。你一把推开门走了进去。

“帮帮我，”你说，“虫子。虫子。它知道我知道的事儿，它想弄死我。”

可是一个穿着长裤套装的女人很粗鲁地把你推出门，冲你大声嚷道：“滚远点儿，不然我叫警察了。”

不知为什么，这句话让你笑了起来。你的两只脚还在流血，这也让你笑了起来。停车场里，一辆宝马车的头灯坏了，这又惹得你哭了。你靠在一堵墙上，顺着墙溜了下来，缩成一团。你的灵魂满是泪水。你不由得想起《圣经》里的约拿。他挨过了被鲸鱼吞到肚子的苦楚，却在看到为他遮阴的蓖麻被虫子咬得委顿枯死时，在山顶泪如雨下。一样的虫子。你理解了他的眼泪，理解了为什么当太阳炙烤在他的头顶，他会那么伤心，伤心欲绝。

“求你了，”你逢人就苦苦哀求，“请让它住手吧。请让它住手吧。”直到贺曼贺卡店出来一个人，一个比旅行社的女巫和善得多的女人，跪在你面前。

“需要我帮你给谁打个电话吗？”她和气地说。可是一想到她要打电话给你的父母，叫他们来接你，就已经足以让你站起来了。

“不用了，我没事。”说完，你便离开了。你告诉自己，只要能找到回家的路，就没事了。这儿没有把你一口吞掉的鲸鱼。正在吃你的那个东西，是从里向外吃的。

69 你的意思无关紧要

点名时间到了。天色已经发白，远处的海平线一片灰暗，微弱的闪电时不时地闪现——不单单是前方，四面八方都是如此。船长在顶层甲板上来回踱着，一边俯视着船员，一边滔滔不绝地讲这次任务有多重要，讲这个特别的日子有多重要。

“今天要测试测试海员卡登的潜水钟，下潜的方式将最终敲定。”他看起来威仪十足——现在，他穿着一身带黄铜纽扣的蓝色羊毛制服更是如此——但威仪和理智完全是两码事。

“那个不是深潜器！”我大叫，“不管用的！我说的潜水钟不是那个意思。”

“你的意思无关紧要。”

十几个船员一起使劲，才把这个角色严重错位的自由钟搬到了栏杆处。然后，船长一声令下，钟被扔进了大海里，像石头一样沉了下去。绳子——一直被野脑子咬来咬去的绳子——咔嚓一声绷断了，钟立刻坠入无底的深渊。一个泡泡浮出水面，好像打出的嗝一样。

船长叫道："试验成功！"

"什么？试验怎么就成功了？"我喊了起来。

船长向我踱来，步子很慢，很刻意。脚步踏在铜板条的甲板上咔嗒咔嗒响着。"这次试验，"他说，"就是为了证明，你那套如何到沟底的理论是错误的。"然后他爆吼一声："你错了，小子！你完全、彻底地错了。你越早认清你的错，就能越早为我效力，为这项任务效力。"说完便气冲冲地离开了，对自己的表现非常满意。

等船长走了之后，鹦鹉才飞到我的肩头——他很少这么做——对我说："我们得谈谈。"

70 银色鲨鱼

你正要出门，爸爸挡在门口。

"你要去哪儿？"

"出去。"

"又出去？"他问你的语气比上次要重得多，而且，他没有挪开给你让路。"卡登，你不停地这么走，脚上都是水泡。"

"所以我得买双更好的鞋。"你清楚，他理解不了你为什么非要走路。正是这种穿越世界的运动才让你不至于爆炸。它能让世界太平，让虫子安静。只不过，现在已经不是虫子了。今天，它是一只章鱼，触腕上长的不是吸盘，而是眼睛。它在你身体里，在你的五脏六腑里爬来爬去，在你的各个器官间游移，拼命地想让自己舒坦一些。但你不会跟父母讲。他们只会跟你说，那是肚子里的胀气。

“我跟你一起走。”爸爸说。

“不！不行。你不能这么做。”你从他身旁挤过去，走出家门。你走到了大街上。今天你穿着鞋，你才明白，穿鞋本身并不会阻止重力把万物吸在地球上。你以前的想法真傻。当时怎么会那么想呢？但你明确地知道，如果你不走路，地球某个地方就会发生很可怕的事，明天早晨就会在新闻里看到。这一点，你毫不怀疑。

走到离家三个街区远的时候，你一回头，看见爸爸的车慢慢地跟在你身后，就像一条银色的鲨鱼。哈！他们觉得你得了妄想症。要是你父母非得在你走路的时候跟踪你不可，那他们才病得不轻呢。

你假装没有看到车。你只管继续往前走，直到天已经黑了很久。一刻不停，不跟别人说话。你就让他一路跟着你在周围晃悠，然后再一路跟着你回家。

71 第二号对头

我一觉醒来，发现鹦鹉正在床脚注视着我。我倒抽了一口气。他跳到离我更近的地方。我能感觉到他锋利的爪子踩在我的胸膛上。还好，爪子没有嵌进肉里。他只是小心翼翼地走过我破旧的毯子上，直到近得他那只唯一的好眼在我的双眼之间来来回回地看。

“我对船长有点儿担心，”他说，“担心，担心。”

“那跟我有什么关系？”

领航员在睡梦中稍稍动了几下。鹦鹉等他完全睡安稳了，才凑到我身边。我能闻见他嘴巴里呼出的瓜子味。

“我担心船长根本不关心你想要什么。”他小声对我说。

“你什么时候开始关心起我想要什么了？”

“幕后，幕后，我一直是你幕后最大的支持者。你想想看，你为什么会打入船长的内圈？你想想看，为什么你没被拴在潜水钟上，跟着它沉下去？”

“是因为你？”

“这么说吧，我说话是有分量的。”

我不知道能不能相信这只鸟，但我愿意相信，他也许不是我的对头，至少不是我的死对头。

“你干吗要跟我说这些？”

“说不定需要……”说到这儿，他的头开始紧张地上下耸动，于是他一张脸在我面前写起了8。

“需要什么？”

他开始在我胸膛上来回踱步。好痒。“肮脏的勾当，肮脏的勾当。”他平静下来，沉默了一小会儿，然后盯着我的左眼，“如果船长辜负了船员的信任，我得知道我能指望上你。”

“指望我干什么？”

然后，他把喙直戳到我的耳边。“当然是把他干掉喽。”

72 我们唯一的希望

你躺在床上，衬衣脱了，看不见火的高烧烧穿了你的脑子。外面的雨下得像世界末日到了。

“出事儿，”你含混不清地说，“要出事儿了。学校要出事儿了，因为我不在那儿。”

妈妈来回摸着你的后背，就像你小时候一样。

“上次你在那儿的时候，家里就出事儿了。”

她没听懂我在说什么。

“上次我以为家里会出事儿，我没猜对，”你对她说，“可这回我准没错。我知道。我就知道。”

你转头看着她。她的眼圈红红的。你想告诉自己那不是哭红的，是因为睡眠不足。

她没有睡觉。爸爸也没有。你也没有。你已经两天没合过眼了，也许是三天。

他俩都没去上班，轮流照顾你。你想一个人待着，可又害怕一个人待着，又害怕他们不让你一个人待着。他们会听你说话，却没有真正听进去。

那些声音在跟你说，问题的一部分就在你父母身上。

“他们并不是你真正的父母，对吧？”那些声音说道，“他们是冒充的。你真正的父母早就被犀牛吃掉了。”

你知道这是《詹姆斯和大仙桃》[①]里的情景。那是你小时候最喜欢的一本书。可现在，这些全都混在一起了。这些声音说得言之凿凿，你已经分不清什么是真、什么是假了。

你知道这些声音不是在对着你的耳朵说话，可它们也不在你的脑子里。它们好像是从你不小心误闯进去的另一个地方向你召唤，就好像手机串线了，你听见有人

---

① 英国儿童文学作家罗尔德·达尔的经典作品，书中的小男孩詹姆斯四岁时，父母被犀牛吃了。——译者注

在用什么外语交谈——不知怎么地，你却能听懂。它们在你意识的边缘徘徊，好像是你将醒未醒、梦境还未在真实世界的重压下崩塌时听到的那些动静。可是万一你醒了以后，梦却不醒，那该怎么办？万一你失去了分辨的能力，怎么办？

这些声音不是真的，但它们的拿手本领就是让你忘记这一点。

“它们告诉我，不管发生什么事，要是我阻止不了，世界末日就到了。”

“是谁告诉你的？”妈妈问。

但你没有回答。你可不想让父母了解这些声音。于是你好像很难受地哼哼着，心里想着所有电影里那些单枪匹马拯救世界的孤胆英雄。“你是我们唯一的希望。”电影里总是这么说。那么，万一那些英雄从来不肯面对自己的命运，怎么办？万一他们只是懒懒地躺在床上，让他们的妈妈给他们摸后背，怎么办？万一他们撒手不管，怎么办？那又是哪一类电影呢？

73 仪式

船长把我叫到书房。书房里只有我和他，鹦鹉不见了踪影。上次见到鹦鹉，他在下面厨房里，正从这个肩膀跳到那个肩膀，仔细检查水手的耳朵，确定他们的脑子还在。现在，鹦鹉只要见到我，就冲我眨眼，时刻提醒我别忘了我俩那次密谈。

“卡登，你信任我吗？”船长问道。

我要是撒谎，他准知道，于是我对他讲了实话。“不信。”我说。

听了我的回答，他笑了。“好小子。说明你在不断学习。我为你骄傲。你不知道我有多么骄傲。”

我一时不知所措。“我以为你很讨厌我呢。”

“怎么会？”他说，“我让你经历那些考验，是为了把糠烧尽，为了使你洁净。你可别搞错了，小子，你是这次任务中最大的希望。我所有的希望都寄托在你身上了。”

听了这番话，我不知道该说什么才好。我猜想，他会不会对所有的船员都这么说。但也不知为什么，我觉得他很真诚。

“说真的，小子，我对咱们的船非常担心，担心的不是船外的大海，而是船里的波浪。”说完，他凑到我身边，“我知道她跟你说话了，那个卡利奥佩。她把从不跟别人讲的事跟你说了。那就证明你与众不同。证明你被选中了。”

我一声不吭。不摸清他葫芦里卖的是什么药，我就不开口。

“她要是知道什么事，一定会告诉的那个人就是你。”

我猛然意识到，也许我终于能小小地讨价还价一番了。“她就算告诉我什么事儿，那也是要我保密的。我为什么要泄密告诉你呢？”

“我是你的船长！”见我没反应，他便咆哮起来，气冲冲地在桌子后面来回踱步。“要不你就是在给鹦鹉效力。”他的拳头重重地砸在舱壁上，“那只造反的臭鸟！就坐在我肩膀上，居然也敢在船员中散布造反的种子。”

然后他一把抓住我，那只好眼紧紧盯着我，就像鹦鹉之前那样。“卡利奥佩有没有说过会发生叛乱？她有没有说那鸟会赢？”

我依然保持着冷静。“我会问问她。”我对他说。

他稍稍松了口气。“好小子。我就知道你很忠诚。”说完，他压低了声音，“等到时机成熟的时候，仪式我让你主持。”

“什么仪式？”

他笑了。“宰鹦鹉的仪式。”

74 我们笃信命运

小时候，每次看到美元纸币[①]，我总有种奇怪的感觉，总觉得华盛顿总统在瞪着我。这挺滑稽，也有点儿吓人。不光是华盛顿。汉密尔顿脸上永远挂着那种嘲笑，对你品头论足。杰斐逊最差劲。大脑门高得让人看着难受，眼神盛气凌人，分明就是指责我乱花钱。只有富兰克林比较友好，但并不总能经常看到他。

也许这本来就是个征兆，说明我已经很不对劲了。也说不定，所有人都会有这种荒唐想法。我的意思是，并不是我以为他们真的在看着我，这只是一个无缘无故冒出来的滑稽念头罢了。我从来没有因此就不用钱，一直到最近为止。

每次出了问题，我们总是会寻找之前没有留意的征兆。我们变得像侦探一样，挖空心思地想要破案。因为如果找到了线索，说不定就能获得更大的主动权。当然，已经发生的事我们没法改变，但如果能把足够的线

---

① 美国纸币的正面大多印着美国历史上著名总统的肖像。1 美元上印的是乔治·华盛顿，2 美元上印的是第三任总统托马斯·杰斐逊，5 美元上印的是第十六任总统亚伯拉罕·林肯，10 美元上印的是美国第一任财政部长亚历山大·汉密尔顿，100 美元上印的是政治家、科学家、作家本杰明·富兰克林。——译者注

索串在一起，就能证明，无论降临到我们身上的是怎样的噩梦，我们原本都有可能避免，只要当时够聪明。我猜想，我们宁可相信自己笨，也不愿意相信，哪怕所有证据都找到了，也还是什么都改变不了。

75 安全锁

“我们要去旅行。”你爸爸告诉你。你知道他最近一直都在哭。

“什么样的旅行？坐游轮吗？”

“要是你想坐的话，”他说，“我们得走了，船就快开了。”

你想不起来上次睡觉是什么时候了。失眠一词对你不适用，说抗眠才对。病毒性的清醒，传染性很强。你要是挨得够近，能把死人都传染得醒过来。对此你确信不疑。它让你害怕。每个进了你脑子的想法，都成了让你害怕的事实。

那些声音还在说话，不过因为它们也没睡着过，所以现在只是叽叽咕咕地冒胡话。你还是体会到了那些混沌含糊背后的感受——并不美妙的感受，充斥着不祥的、痛苦的警告，还有种种暗示，暗示你在宇宙中的重要性。

这次旅行你不想去。你得待在这儿保护妹妹。现在，她跟几个朋友一起出去了，不在家。可你要在她回来的时候待在这儿。然后，你注视着父母布满血丝的双眼，你意识到他们也想保护她。而她需要的是你的保护。

此时你坐在车里。你的父母在说话，但他们的话就像你脑子里的声音一样混乱不堪。你明明知道这辆车就是辆性能可靠的家用本田小轿车，但你感觉坐在前排的父母离你越来越远。突然间，你坐在了一辆加长豪车的后座，有人正把车里的氧气往外吸。你无法呼吸。你拼命地想打开车门，跳到公路上，可门就是打不开。有人锁上了儿童安全锁。你骂着，尖叫着，说着很难听的话。只要能让他们停车放你出去就行，但他们就是不停车。他们想方设法要让你安静下来。你这么闹腾，你爸爸几乎没法安心开车了。你怀疑，自己担心可能会出的事儿，就是一场全家丧命的车祸，而且你说不定就是造成车祸的罪魁祸首。于是你把头埋进两只手中，不再千方百计地想要逃跑。

你下了一个陡坡。突然间，车又不是加长版豪车了，而是内层衬了软垫的电梯轿厢。你沿着黑色金字塔的斜坡一直向下，进入了隐蔽的地下，很深、很深的地下。

汽车开进了山脚下的停车场。前面的标牌上写着

“海景纪念医院”，但这是骗人的。一切都是。

五分钟后，你父母坐在了一个女人对面。那女的两颊鼓得像花栗鼠，一张大脸显得眼镜小得可怜。他们在填表。不过你不在乎，因为你并不是真的在这儿。你在遥不可及的地方远远地看着这一切。

为了不让自己来回踱步，你全神贯注地看着鱼缸。一个液体的绿洲，陷在坐着难受、看着丑的椅子围成的沙漠中。狮子鱼、小丑鱼和海葵，在一个被压缩、被囚禁的海洋中。

有个小孩用巴掌啪啪地拍打鱼缸的玻璃。鱼到处乱窜，鼻子砰砰地撞上装着它们整个世界的无形障碍。你知道那种感觉。被一个难以理解又比自己大得多的东西折磨的感觉。你想逃离，却又被自己那个宇宙的大小所限，寸步难行，你知道这是一种什么样的感觉。

男孩的妈妈用西班牙语叫他，见他还不过去，就把他拽走了。你开始琢磨，我是在鱼缸外面还是在鱼缸里面？因为“这儿”和“那儿”的界限在你脑子里已经不清晰了。你是你自己，但也是周围的一切物体。也许你是在鱼缸里，正和它们一起。这些鱼说不定是怪兽。你也许正在一艘注定死路一条的船上——十有八九是海盗船上——漂着，驰于险地，却对这危险之广之深浑然不知。你牢牢地抓着那艘船，不管多么吓人，总比无船可抓好吧。你知道，你可以让那艘海盗船变得和其他所有东西一样真实，因为想法和现实之间已经再无区别。

76 无法阻止

我陷入了阴谋中的阴谋。一方面，鹦鹉和我在密谋兵变。没什么口头交流，主要是靠眼神和点头。他那只能看见的独眼偷偷摸摸地朝我眨几下。我的画上满是给他留的密文。至少他是这么想的。

而另一方面呢，船长和我密谋要把鹦鹉干掉。他也用那只唯一管用的独眼冲我眨几下，还用他所谓的“常胜船长之前瞻”把自己船舱的墙装饰一番。

“别跟任何人分享你作品中的隐秘意义，”他对我耳语，“我们要用鹦鹉来喂深渊里的怪兽，就像你画里暗示的，没人会知道。”

我知道，这两个阴谋迟早会像物质和反物质一样相互作用，让我在爆炸中灰飞烟灭。我却根本逃不开，也无法阻止这一切。这一刻肯定会来，就像保护挑战者深渊所有秘密的那些怪兽肯定会来一样。

77 浮油

医院的文件签好了，跟魔鬼的买卖成交了。那位鼓脸、小眼镜的女士友善地看着你，假惺惺的友善但训练有素。

“没事的，宝贝。”她说，你扭头朝背后看了一眼，心想她说不定是在对别人说话。你和父母被领到医院的另一侧，专用的一侧。你父母紧握彼此的手，一个四只眼睛都在流泪的生物。

你以为自己对这些无所谓，因为你仍然在远远地看着这一切，直到你父母要向门口走去，你才意识到你离得根本不远。你就在这儿，马上就要被困在这儿，孤单得可怕。你马上就要被罚去拖龙骨了。所有前兆都合为一体，你坚信加确信，他们一旦把你丢在这儿，就会有很可怕的事儿发生在你身上、你父母身上、你妹妹身上，还有你朋友身上，不过主要是你身上。

于是你慌了。你从来没有过这么强的攻击性，但此刻，你的生死全看你能不能打出一条路，从这儿逃出去。整个世界的命运全看是不是待在别的地方，只要不在这儿就行。

但他们很精明，很狡猾。几个穿着粉色护士服的彪形大汉从天而降，压住了你。他们抓着你，把你拉住了。

“不要！”你扯着嗓子尖叫，“我会听话！我会改！”你甚至都不知道要改什么，管它是什么呢，只要不把你一个人丢在这儿，你都改。

听见你苦苦哀求，你父母在门口有些犹豫，似乎要改主意，可这时偏偏一个穿着淡粉色护士服的护士来到你和他们中间。

“你们待得越久，”她对你父母说，“他就越难适应，我们的工作也越难做。”

“他们要杀了我！”我尖叫着，“他们要杀了我！”单是听你自己这么一说，这事儿就变成真的了。可你父母却转过身，从一连串像运河水闸一样次第开关的门中逃了出去，消失在一片仿佛几秒钟前刚刚降临的夜色之中。现在，你觉得你以前想得没错，他们也许根本不是你的父母，是假冒的。

肾上腺素让你差点儿就比抓着你的那三个粉衣大汉还有劲儿。差点儿。最终，他们把你扭进一个房间，按到了床上，你感觉屁股上猛地一阵刺痛。你一回头，正看见一个护士把皮下注射的针头拔了出来，致命的剂量已经进入了你的身体。几秒钟之内，你的胳膊和腿就已经被带海绵垫的约束带牢牢捆住，你感觉那一针开始起作用了。

“好好休息，亲爱的，一切都会好起来，”护士对你说，“这样对你更好。”

他们打进你屁股的毒药转到了你的脑子里，你的思维慢慢地摊成薄薄的一层，就像海面上的浮油。

就这样，你第一次找到了白色塑料厨房，一个你将要一次次造访的地方。这个入口，通往所有你不愿意去的地方。

78 手下留情的太阳王国

我做了这样一个梦。我躺在不知是哪儿的沙滩上，那儿的人不说英语——就算说英语，也只是因为那儿的美国游客太多——他们把还没挣到的钱花在不需要的东西上，在毫不留情的骄阳下，烤得一身龙虾红。

太阳却对我手下留情。它对我们所有人都手下留情——我妈妈、我爸爸，还有我的妹妹。它将温暖和光洒在我们身上，不以任何后果相威胁，不用涂防晒霜。

这里的声音全都是欢快的——笑声。孩子们在玩耍。沙滩上小贩在讨价还价，他们卖的小玩意儿亮闪闪的，让人无法抵制诱惑。心满意足的游客们裹金带银地走开了。每走一步，新买的首饰就叮当作响，像圣诞铃铛一样。

我妹妹在柔和的绿松石色海浪里玩耍，寻找贝壳。

碎浪在她的脚踝边轻嘶，如柔柔的叹息，仿佛大海找到了自己永恒的满足。

我的父母手牵着手，沿着海滩散步。爸爸戴着他最喜欢的白色草帽。只有在热带度假他才戴这顶帽子，因为要是在别处戴，会显得特别滑稽。不谈账单，不谈税，也没有数据要算。妈妈开心地光着脚，不管阳光多暖和，沙子都一直是凉凉的。她今天不用给任何人洗牙。两个人悠闲地漫步，没有明确的目的地。

我呢，正坐在沙子里，尽情享受着细沙从我扭动的脚趾间流过的感觉。我手里举着高玻璃杯，里面装着冰镇饮料。杯子上一层凝结的水珠，在阳光下像万花筒似的折射出五彩的光。我就这么坐在沙滩上，什么都不做，什么都不想，满足于当下。

这个地方没有厨房，只有远处的沙滩上一个户外烧烤点可以吃烤虾。香味很诱人，仿佛向无限假期之神献上的燔祭①冒出的肉香。

这个地方没有船，只有时髦阔气的游艇驶出海湾。量身定制的微风轻轻吹拂，把它吹到比这儿还有异国情调的地方。

这个世界，一切都感觉那么正常……

可悲的是，我知道这是一个梦。我知道，它一定会

---

① 一种献祭形式，将一只全兽烧掉用以祭祀。——编者注

很快结束，而当梦醒的时候，我会被清清醒醒地扔到另外一个地方，一个不是我出了毛病就是这世界出了毛病的地方。

于是，我诅咒这片完美的沙滩，诅咒那杯清凉解渴的饮料，那杯我手能感觉得到，却永远举不到嘴边的饮料。

79 提交请您批准

一旦你被打满了精神药物，意识便成了一个相对概念，不是非此即彼的命题。仿佛睡与醒之间的接口变成了超新星，炸裂开来，用宇宙的碎片吞噬了它周围的一切。什么也没留下，只有一种身在别处的感觉挥之不去。这个地方，时间不是可预见的直线，而更像是蹒跚学步的孩子打了死结的鞋带。这个地方，空间起了泡，还扭曲着，像四维空间里的哈哈镜一样，每个人都是可怕的小丑。你就是《阴阳魔界》开头那个没有五官的小人儿，跌入一个影子与物质的世界，棉朵般的想法一个接一个地从你椭圆形的脑袋里泄露出来。

罗德·瑟林[1]能创作出那部连续剧，精神一定是严重错乱了吧。

80 咸味鼻涕虫

有时候，你知道自己是躺在医院的病床上。有时候，你坚信这里是白色塑料厨房。还有的时候，你敢肯定自己是被缝在了鼓满的船帆上。眩晕感是真实的，有些面孔也是真实的。但要搞清哪些面孔是真实的，他们到底长什么样，那就得看运气了。他们跟你说，你只是在第一天晚上看起来攻击性很强的时候，才被“约束”过，可是你觉得自己好像还是被绑在鼓起来的床上。

人们来了又走，走了又来，跟你说话。你听见自己回答，却又感觉不到自己的嘴唇在说这些话。你也感觉不到自己的脚趾或手指。

“感觉怎么样？”

这个问题，你被问了好多遍。也有可能你只被问了

---

① 美国著名剧作家，他创作的电视连续剧《阴阳魔界》（*The Twilight Zone*）涉及科幻、悬疑、恐怖等多种类型，自 1959 年至 1964 年连续播放五季，在欧美家喻户晓。——译者注

一遍，其他那些遍都是回声。

“带咸味的蜗牛，”你听见自己在药力作用下含糊不清地说，“我觉得我尿裤子了。”

“别担心，我们会处理的。”

你心想，他们也许会给你换上成人纸尿片。转念又一想，也许他们早就给你用了，你分不清楚，也不想弄清楚。你想缩进自己壳里，绕着圈地使劲往里缩，使劲往里缩，可却发现自己没有壳。你更像一只鼻涕虫，而不是蜗牛，什么保护也没有。

从头到尾，你脑子里的那些声音都在不停地跟你说话。可它们早就飘飘然了，所以对你没多大影响。你终于明白，这跟癌症化疗的感觉没什么太大区别。都是用些破玩意儿对你的身体狂轰滥炸，希望能把疾病干掉，让其他部分活着。可问题是，给那些声音下毒会让它们死掉呢，还是会让它们暴跳如雷？

81 复仇女妖之战

“今天，”船长用最威严有力的声音说道，“我要给你们讲一个这些海域的故事。这个故事不需要博学士证实，因为我早就烂熟于心了。”

鹦鹉的警惕性越来越高，他往旁边横着跨了明哲保身的一步，大概是不想跟船长说的任何话有瓜葛吧。

“故事的开头是一位伟大的船长，名叫亚哈[1]，”他开讲了，“故事的结尾还是一位船长，名叫尼摩[2]。”

我明知要冒着脑门上再烙个戳儿的危险，还是忍不住插了一句：“打扰一下，不过我觉得这两个虚构人物并没有碰过头。”

“当然碰过，小子！”船长说道，说的时候那么耐心，让我完全没有料到。“事实上，他们俩关系还相当铁。这也是出问题的一个原因吧。但这个故事跟他们俩关系不大，主要是讲了不起的复仇女妖。”

我本来想指出来，那个是复仇女神，不是复仇女妖，后来想想，还是算了吧。

“‘鹦鹉螺’号，就是那艘很神秘的、尼摩船长开着潜到海底两万多里的潜水艇，老是被大章鱼围攻，面临沉入深渊的威胁。最后‘鹦鹉螺’号开得飞快，终于摆脱了大章鱼，碰巧遇到正在追大白鲸的‘披谷德’号捕

---

① 美国著名小说家赫尔曼·麦尔维尔的代表作《白鲸》中的主人公，是捕鲸船“披谷德”号的船长。《白鲸》是一部海洋题材的小说，于 1851 年出版，描写了亚哈船长为了复仇，最终与白鲸同归于尽的故事。——译者注

② 法国科幻作家凡尔纳在《海底两万里》中塑造的主要人物。他制造并驾驶“鹦鹉螺”号，在海底探险。——译者注

鲸船，还有亚哈船长。两条船撞到一起，把‘披谷德’号撞沉了。”说到这儿，他看了看我，用嘲弄的语气说，“你肯定会对我说，是鲸鱼把船连同船长一起拖下去的。其实麦尔维尔搞错了。他的故事全是水手以实玛利[①]编出来骗他的，以实玛利发誓要给船长保密。”

鹦鹉吹了声口哨，不知道对这种生拉硬扯是厌恶，还是欣赏。

“不管怎么说，”船长继续说道，“尼摩把亚哈从水里救了起来。两位船长一见如故，惺惺相惜，于是就一起乘着潜水艇出发了，最后终于找到了‘绿海’[②]，从此以后快乐地生活在一起。”他停顿了一下，或许是在期待掌声。可偏偏没有人鼓掌，他只好继续讲下去：“可是，他们的野兽却彼此看不顺眼。”紧接着，船长张开双臂，眼睛也睁得很大，“都是大家伙，大白鲸和大章鱼。都是自然界的怪兽，但又完全不同。大章鱼感觉灵敏，性格古怪，一团墨汁把周围的海水搞得乌七八糟。它是八爪怪兽，蔑视一切逻辑的混乱之兽。鲸鱼可不一样，充满理智，举止得体。它那回声定位的脑子很了不起，

---

① 小说《白鲸》中的另一位主人公，乘坐“披谷德”与亚哈船长一同出海猎鲸。作品通过以实玛利的视角将惊险的故事徐徐展开。——译者注

② 绿海（Sea of Green）是一种大麻种植法。——译者注

能计算体积和距离。它对自己居住的世界了解得很，所有该知道的事全都知道。而章鱼呢，只看得见自己那团墨汁，黑云外的什么都看不见。自然而言，它们俩互相瞧不上。”

说完，他一拳重重地砸在桌子上，我们全都吓了一跳。鹦鹉的翅膀扇得过猛，羽毛掉了几根。“了不起的海上人绝不能抛弃他们的野兽！”船长大声说，“现在，都是因为那两个人疏忽大意，他们的复仇女妖早晚得打起来，一直得打到世界末了。两人现在的火气是一年比一年大！”他停了一下，把我们一个个盯得都躲开他的视线，他才接着说：“有问题吗？”

我们全都面面相觑。明摆着，问题有一大堆呢，可没人愿意提出来。最后，骨头小子战战兢兢地举起了手。等船长让他说的时候，他倒来了一句：“啊？”

船长深吸了一口气，然后长长地叹了口气，好像肺都叹空了，我感觉像是刮了一阵大风。“故事的寓意就是，我们决不能让自己与自己的野兽分开，决不能。这世界上所有东西全都可以抛弃，除了自己的野兽。斗要斗，喂也要喂，孤独和痛苦我们只能受着，没有逃离的希望。”

戴珍珠项圈的女孩赞同地点点头：“我明白了。”

但我觉得船长这番话太没有道理了，忍不住发出了反对的声音。“这么说不对！”

所有眼睛都转向我。我已经看见我那个F的旁边又烙上一个减号。

“解释清楚！”船长咆哮起来。我知道这是警告，但我拒绝理会。

“如果那两个船长想办法摆脱了自己的野兽，那他们无论找到什么样的安宁，他们都应该享受。至于野兽嘛……这么说吧，它俩就活该互相折磨。”

谁都没有动。一个也没有，除了鹦鹉，他正在梳理自己的羽毛。我不由得觉得，他为我刚才的话感到自豪。我居然在乎，这让我很不爽。

船长的耐心，甭管刚才有多少，现在已经一点儿不剩了。他看起来就像是一座即将喷发的火山。“和平时一样，海员博斯，你的无礼只会被你的无知超越！”

领航员见状，赶紧帮我解围。

“无礼，无知，武力，切尔诺贝利。不能动核武，长官，船员们受了辐射可活不了。”

船长考虑了一下，然后决定再发出一声狂风般的叹息，把愤怒的压力安全地发泄出来。“个人意见就像沙尘暴，海员博斯，”他说，“在大海上毫无立足之地。”说完，他捏了捏我的鼻子，就像对付一个淘气的孩子似的，然后让我们解散了。

我们刚走出地图室，上了甲板，领航员就开始训我：“你什么时候才能吸取教训？你要跟船长步调一致，不然就得走跳板[①]。这可是铜的，别指望它到时候能弹起来，让你跳得优雅。”

我突然意识到，虽然瞭望台上跳海的人我见过不少，可我还从来没见过船上的跳板呢。此时，我正远望

---

① 海盗中流行的一种死刑。受刑者被绑上双手，蒙上双眼，被迫走上从船舷上伸出的一块木板，最终掉进海里淹死。——译者注

露天甲板的另一端，跳板忽地出现了，从船侧硬生生地戳了出来，就像竖起的中指在骂人。一提到它，它就冒出来了，我倒没觉得诧异。我已经学会，不对这里的任何一件事感到诧异。

我们下去之前，蓝头发女孩转头看着我。我每跟船长顶一次嘴，她似乎就对我更尊重一点儿。“我敢打赌，我们船长也有一只很坏的野兽，”她说，“你觉得我们会不会碰见它？”

我抬起头，看见鹦鹉从地图室猛地俯冲下去，在前桅杆的高处落了脚。

“我想我们已经碰见过了。”我对她说。

82 深陷毁灭的咽喉

半夜，我被几个不认识的船员绑架了，被弄去清理大炮。不用说，这是惩罚，谁让我跟船长顶嘴呢。我拼命反抗，可我的四肢全都变成了橡胶，就和当初整艘船变成铜的一样。我的胳膊和腿朝着各个奇怪的方向弯曲拉伸，在我想站起来的时候撑不住我，在我想反抗的时候帮不了我。我的胳膊像面条一样，冲着绑架我的人挥来舞去。

我们进了一个漆黑的舱口，巨炮就在那儿等着。“每次航行，每个船员至少必须清理大炮一次，”他们对我说，“管你喜不喜欢，都得干。”

这个地方黑乎乎、阴森森的，还混杂着油脂和火药的臭味。炮弹摞成了金字塔的形状，正中央坐着的，就是那门大炮，重得出奇，下面的铜板条都压变形了。黑黑的炮口比船长那只瞎眼还吓人。

“这炮漂亮吧？”警卫长说道。他就是那个头发花白、肌肉发达的职业海员，浑身文的都是斜眼骷髅头。

大炮旁边是一桶光亮剂，还有一块破布。我用橡胶胳膊拿起破布，往光亮剂里蘸了蘸，便开始一层一层往炮管上抹，可警卫长见了却哈哈大笑起来：“不是那么擦，你这个傻瓜。”然后，他那两只强壮的胳膊一把抓住我，把我直接拎了起来，“要清理的不是外面。”

我听见更多的笑声，有那么一小会儿，我以为还有其他人躲在屋子里，没想到笑声是从骷髅文身发出来的。几十个声音冲着我咯咯地笑。“把他推进去！”它们叫道，“把他塞进去！”“把他填进去！”

“别！住手！”可是我的恳求无济于事。我被头朝前塞进炮口里，沿着大炮冰冷粗糙的喉咙滑了下去。我感到憋闷，就像得了幽闭恐惧症。我几乎无法呼吸。我想扭动扭动，没想到警卫长冲我喊了起来：“千万别动！动弹一下，大炮就会发射！”

“不让我动，那怎么清理？”

“那就是你的问题了。”他和身上的墨水一起放声大笑，笑了好一阵子，之后是一片寂静……然后，他开始用铁杆不停地敲炮筒。不变的节奏无比响亮，在我的脑壳里震个不停。

当！当！当！当！

“别动，拜托！”骷髅文身纷纷地喊，“不然你得再重干一遍。”

感觉等了很久很久，敲打的节奏才有了点儿变化。

嗒，嗒，嗒，当！嗒，嗒，嗒，当！嗒，嗒，嗒，当！

这没完没了的打击乐让我的脑子恨不得从耳朵里溜出去，赶紧逃跑。我这才恍然大悟，原来是这么回事！原来水手的脑子就是这样从脑袋里被赶出去的！我可不想成为另一个没脑子的水手。我可不想让卡莱尔用拖把把我这个离经叛道的脑子赶进大海。

咔啦，咔啦，当！咔啦，咔啦，当！咔啦，咔啦，当！

敲打的模式又循环了两遍，一次比一次响亮，直到整个世界充斥着噪声，我的脑袋里有牙齿咔嗒咔嗒响的声音。我心里很清楚，没有人会来阻止。我孤零零地待在炮筒里，没有人可以救我。

83 发条机器人

你父母每天都会在探视时间来看你一次，他们就像一对发条机器人。你们会在娱乐室见面，每天你都苦苦哀求，死缠硬磨，求他们把你带走。

“这儿全是疯子！”你压低声音对他们说，不想让你说的那些人听见。

“我跟他们不一样！我不属于这儿！”

虽然他们没有直白地说出来，但他们的回答就在眼神中。你跟他们一样！你属于这儿！为此，你恨他们。

“只待一小段时间，”妈妈对你说，“等你慢慢好转。”

“你要是没来这儿，”爸爸态度很坚决，“肯定现在情况更糟。我们知道这很难，不过我们也知道你很勇敢。”

你可没觉得自己勇敢，你对他们也没信任到把他们这话当真。

“告诉你一个好消息，”他们说，“你的核磁共振结果出来了，没问题。说明你没长脑瘤什么的。”

他们要是不提，你都没想到过自己可能得了脑瘤。现在提了，你又不相信检查这些结果。

“做起来不难受吧？核磁共振？”

“太吵了。”你对他们说。一想到它，你的牙齿又开始咔嗒作响。

你的父母来了又走，走了又来。你只能用这种方法来算天数。他们俩谈到你的时候，以为你没在听——仿佛出了毛病的是你的听力，而不是你的脑子。可是就算他们在房间另一头，你也还是能清楚地听见他们说话。

“他现在眼神有点儿特别，”他们说，“我不知道怎么描述。我不敢看他的眼睛。”听到这话，你差点儿笑出声，因为他们看不到你在他们眼里、在每个人眼里看到的东西。你能看见别人都看不见的真相。种种阴谋与关联扭曲而粘黏，就像黑寡妇蜘蛛结的网。你在世人的眼里看到了魔鬼，而世人在你的眼里看到了一个无底洞。

84 失去的风景

有时候，你进不到自己的脑袋里。你可以在它周围转，可以把它撞墙上，可就是进不去。

“倒不是件坏事，”波洛医生告诉你，“因为现在那里面的东西对你也没多大好处，对吧？”

“对我也没多大好处。”你重复了一遍。要么是他在重复你的话？你一直都不是特别确定，因为因果关系变得像时间一样捉摸不定。

波洛医生有一只玻璃眼。要不是室友跟你讲，你还不知道。不过你看得出来，这只眼比另一只眼睛略小，而且转动也不如那只灵活。波洛医生穿着鲜艳的夏威夷衬衫。他说，这会让他的病人感觉更舒服。波洛医生是按照法语的发音来念自己的名字的。"就像阿加莎·克里斯蒂侦探小说中的大侦探波洛[①]。"他告诉你，"你年纪太小了，可能没听说过这个人物。时代变了，时代变了。"

波洛医生有一张单子，你所有的事儿他都能从上面知道，包括连你自己都不知道的事。你怎么可能开始信任这种人呢？

"忘了外界的烦恼吧。你现在的任务就是好好休息。"他边翻看你的人生档案边说。

"我的任务就是好好休息。"你重复了一遍，又有点儿生自己的气，气自己除了能当回声，说不出别的。你不清楚这到底是药物的作用，还是你的脑子失灵了。

"你的脑子打了石膏，"他说，"不妨那么想。它骨

---

① 指的是赫尔克里·波洛（Hercule Poirot），英国著名小说家阿加莎·克里斯蒂所著系列侦探小说中的主角，主要的出场作品有《罗杰疑案》《东方快车谋杀案》《尼罗河上的惨案》《ABC谋杀案》等。——译者注

折了，现在打了石膏。”

你问能不能从家里带点儿东西过来，却不知道想让带什么。你可以穿自己的衣服，但不能系腰带或戴首饰。书可以看，但不能用很尖的铅笔或圆珠笔。所有可能会当成武器攻击别人或伤害自己的东西都不能用。娱乐室里允许使用书写工具，但要在粉衣人的时刻监视下才行。

那天快到中午的时候，你把吃下去的早餐，还有早晨吃过的药，在娱乐室里一股脑儿地狂喷出来。之前胃里一点儿征兆都没有，莫名其妙就吐了。拼图桌子上吐得到处都是，就像急流上的白色浪花。

那个好像一辈子都在拼图桌前打发时光的女孩立刻发作了。

“你是故意的！”拼图女孩开始大喊大叫，“我知道你是故意的！”她满脑袋蓝头发，发根是金黄色的。你觉得可以从她的发根准确地算出她在这儿待了多久。她一看你吐到了她的拼图上，整个人立刻向你扑过来，狠狠把你顶到了墙上。而你正被药弄得晕晕的，根本无力反抗。如今，你胳膊上青紫了一大片，可青紫处的痛感也已经麻木了，就和你其他部位的神经系统一样。

拼图女孩还没来得及把你眼睛挖出来，一个粉衣面具人很快就把她控制住了。另一个粉衣面具人则护送你离开。总是有很多粉衣面具人在这儿晃荡，一旦有人不老实，就立刻做出反应。要是情况实在严重，穿黑衣服的保安就会出面。但你倒不认为他们身上带了武器，因为对一个铤而走险的人来说，要想把武器夺过来实在是易如反掌。

离开的时候，你听见拼图女孩号啕大哭。你也想哭，哭她失去的风景。可没想到发出的却是大笑。这让你感觉更糟糕了，于是你笑得更响了。

85 所有的肉必须做嫩

又在白色塑料厨房里了。周围的各种形状，有时候说得通，有时候说不通。居心叵测的各种怪物戴着千变万化的面具。各种声音汇成了含混不清的大合唱。你说不清它们到底是从哪个方向，或者哪个空间维度传过来的——是标准的三维里的一维，还是只有通过你脑袋里整天疼的那个部位才能进去的维度？

今天晚上，你大汗淋漓。厨房里太热了。这也让你的头疼得更厉害。

“我得了脑瘤。”你对一张没有躯体的面具说。它旁边悬浮着一个病历夹。

“不，你没得。”它说。

"手术治不了。"你坚定地说。你分不清这面具是男是女。你觉得那一定是故意的。

"你的核磁共振和CT扫描结果都没有显示异常。"它看着病历夹说。你没有争辩，因为你不想再被塞进大炮里了。

面具长出手来——也可能它一直都有手，只不过你现在才看见。你感觉上臂有压迫感，一瞧，发现你整个胳膊被卡进断头台的凹槽里了。

"别动，我只是测几个基本项[①]。"这个面具人说。

断头台的铡刀切了下来。你眼睁睁地看着自己的胳膊猛地落在地上，就像船里的一条鳟鱼。你呻吟了几声，面具说："太小了。扔回去，行吗？"然后，它把胳膊从一个打开的窗口扔了出去。这个窗户几秒钟之前还不在那儿。可你仔细一瞧，胳膊还连在你身体上呢。

"收缩压还是很高。我们要加大可乐定[②]的剂量，"它说，"要是还不管用，我们只好把你的头吹起来，像吹气球那样。"

这些话，有些是明明白白说出来的，有些不是。不过你都能听见，没什么差别。你分不清哪些话是别人说

---

① 一般是指测呼吸、心跳、血压、脉搏等主要生命指征。——译者注

② 一种降血压的药，能抑制中枢神经，降低血压。——译者注

出来的，哪些是你的心灵感应到的。

“我们看看那片瘀青。皮肤太嫩了，疼吧？”面具人看了看蓝头发的拼图女送你的那一小块紫色的肉。

“嗯——又好又嫩。”面具人说，也可能没说，“好极了！我们所有的牛肉都应该嫩得切起来像黄油一样。”然后，你被丢在那儿，在自己的肉汁里慢慢地炖着。

86 心理治疗中的驯牛表演

在这光秃得让人难受的医院围墙里，你不知道他们给这些孩子吃的是什么。鸡肉，也许是……炖牛肉？你能清清楚楚认出来的，只有果冻。好多果冻。小小的桃子粒或菠萝粒陷在里面，悬在红色颤动的透明之中。你对它们的困境感同身受，尤其是药效发作的时候。有时候，世界就像明胶一样粘在你的周围，想稍微动动，都得要超强的意志力，怎么看也不值得费这个劲儿。

你存在于一顿饭到另一顿饭之间，尽管实际上食物对你已经没有了意义，因为你既不觉得饿，也尝不出滋味。这是你那神奇的药用鸡尾酒的副作用。

“只是暂时的，”波洛医生说，“只是暂时的。”

这话对你来说其实没太大意义，因为时间不再向前走，也不再横着走。现在，它就在原地打转，像一个把自己转晕了的小孩。

你学会了用多少次疗程来算时间。

一天三次，每次一个小时。他们把你赶进圈子里，逼着你听别人讲特别可怕的事儿，吓得你想忘都忘不了。有个女孩翔实生动地描述了她一次次地被继母带来的儿子强奸，最后她试图割喉自杀的情景，极富画面感。有个男孩则从静脉注射海洛因开始，到为买毒品在大街上出卖肉体是什么滋味，一步一步地解释了一遍。这些孩子招惹的魔鬼太可怕了，你很想转身逃走，捂住耳朵，可是他们逼着你听，因为这是在“治疗”。你就纳闷了，让这些伤痕累累的孩子，听着彼此经历的噩梦，以此来折磨他们，究竟是哪个可恶的白痴觉得这是好主意。

你跟爸妈讲了这事，没想到他们居然和你一样气愤。

“我儿子才十五岁！”你爸爸对粉衣人的头儿说，“你们让他面对孩子不应该面对的吓人事——更何况他现在还生着病——那就是你们所谓的治疗？”

好样的，爸爸。这是第一个征兆，也许他根本就不是骗子。

你父母的投诉很管用。一个新的“引导师”接管了心理治疗小组，帮助控场，让治疗的驯牛过程不至于对这些敏感的年轻心灵造成过度伤害。“我来不是要给你们洗脑，”他说，“只是帮你们把心里话说出来。”

他的名字叫卡莱尔。

87 我们辛苦得来的一切

“你的那些梦搞得我心神不宁，”船长说，“散发着图谋不轨和企图颠覆的恶臭。”

我俩坐在他书房里，只有我们两个。他抽着一支烟斗。烟斗闷烧着，里面塞满了从海面上捞起来的海藻。鹦鹉的栖木空空的。

“可是梦会让你看清一些事。”我指出。

船长向我凑过来，烟斗里呛人的烟熏得我眼睛疼。“这些梦可不会。”

我老是等着鹦鹉发表意见，却忘了他不在书房里。我早已习惯了船长与鹦鹉的组合，鹦鹉不在，我反倒不太自在了。

“你提到的那些戴面具的魔鬼，你梦见在白色厨房里的那些，很可能会把我们辛苦得来的一切都毁掉，”船长说，“我们的航行将一无所获。”

我在想，鹦鹉会不会已经落得和他父亲一样的命运，心不甘情不愿地去了厨房？那个厨房可远远不如我梦里的厨房那么明亮，一尘不染。他已经和砧板约好了吗？我以前总是想，要是鹦鹉不在就好了。可是现在，一想到他不在这儿，我就有种不祥的预感。

船长不可能已经把他干掉了，因为船长和我是一伙儿的。只要我在船长和鹦鹉各自的阴谋中是重要的一分子，那么只要我不采取什么行动，他俩就都安然无恙。有的时候，我希望他俩都活着。有的时候，我希望他们俩全死光。可如今，我却生活在恐惧之中，唯恐他们俩只剩下一个。

"好好给我听着，"船长下令，"你不许再去白色厨房。闭上眼睛，不要看见它明亮的光。把全身细胞都调动起来抵制那个地方。一切都指望着你跟我们在一起。跟我在一起。"

88 有毒的潮水

你与其说是睡觉，不如说是从死神那儿借了八个小时。药力最强的时候，你进不到自己的脑子里，也进不到梦里。也许午夜后黎明前那几个小时，就在马上醒来之前，你会溜进自己的无意识中，但没一会儿你就醒了。

你渐渐了解了那些化学品对你身体特定的轰炸模式。药物刚进入身体时，人会麻木，注意力无法集中，有人造的安宁感。随着药力逐渐减弱，妄想和焦虑感会越来越强。你状态越差，在自己思想的危险水域里就走得越远。水域里的威胁越大，你就越向往，俨然已经习惯了那些一心想拉你入怀、要把你挤死的恐怖触手。

有些时候，你能明白自己为什么需要鸡尾酒。还有些时候，你无法相信自己居然有过那样的念头。如是反复，涨落如潮，同时既有毒性又能治愈。

涨潮的时候，你信任这个地方的围墙。退潮的时候，你又改信了别的东西。

“等你脑子里的化学反应开始平复了，”波洛医生说，“真实与不真实之间就会越来越清晰。”

你并不百分之百相信这真是好事。

89 布满血迹的绿色街道

“他整天都在看地图，”卡莱尔，那个负责治疗的家伙，告诉你，“我们叫他领航员。”

那个孩子坐在娱乐室角落里的一张桌子旁，正仔细地看一张欧洲地图，眼睛张得很大。你忍不住好奇。

“你为什么倒着看呢？”你问。

他没有抬头，依然盯着地图。“想看出来到底是什么，得打破已知的模式。”说得有点儿道理。你有过这种经历，所以你明白他是什么意思。

他用一支绿色马克笔，在城市之间很有目的性地画了一些线条，好像他很清楚自己在干什么。地图是一张乱七八糟的绿网。“模式问题解决了，一切就迎刃而解了。”他说。这句话让你不寒而栗，因为让你不由自主地想到自己。你在他对面坐下来。他比你大一点儿。说不定十七岁。他有一小撮淡得不得了、正努力想表露自己的山羊胡，不过这恐怕还得再等六个月才能实现。

终于，他抬头看你了，用刚才审视地图时那种热切的目光。“我叫哈尔。”他边说边把手举起来，要跟你握手。可还没等你握上去，他又把手放下了。

“哈尔？哈泊度[1]的简称？”

“你真可爱。是哈罗德的简称。不过，那是父母给起的。比起哈罗德，我更喜欢当塞特，就是古埃及神话中的混乱之神[2]。塞特是我的中间名。”

---

① 一种治疗精神疾病的药物，英文拼写为Haldol，前三个字母正好是哈尔（Hal）的名字。——译者注

② 塞特（Set），古埃及神话中的力量、战争、沙漠、风暴之神。他保护沙漠中的商队，但同时又发起沙暴袭击他们。——译者注

他把马克笔在几根手指间来回转着，嘴里含混不清地说出几个和“中间”押韵的词。当他说到维也纳时，突然放下了笔。

“莫扎特！”他感叹，“小提琴是他自己挑选的乐器。这就是他去世的地方，当时贫困潦倒。”他把笔搁在这座城市的位置上，绿色的墨水渗入郊区。“就是从这儿开始。”他说，“我还以为我昨天就找到了，结果却搞错了。这次对了。”

“什么东西要开始？”你困惑地问。

“这要紧吗？”说完，他叽里咕噜地念叨，“要紧，腰子，胖子，帽子，疯帽子[①]！”

他一下子从椅子上跳了起来，跑去问离得最近的粉衣人，问他们能不能放《爱丽丝漫游奇境记》——约翰尼·德普主演的那部惊悚片——因为这片子有点儿重要，他必须要马上看到。

“我们没有那部电影，”粉衣人告诉他，“看迪士尼的动画版怎么样？”

哈尔不屑地挥了挥手。“为什么这儿的人一个个都这么没用？”他说，然后看了看你，“我身边这位除外。”

生平第一次，你没被归在没用的人之列，这种感觉真好。

---

① 疯帽子（又译为疯帽匠，帽子先生）是《爱丽丝漫游奇境记》中的一个人物，电影中由美国影星约翰尼·德普扮演。——译者注

90 迷失的地图

他们让哈尔当你的室友。你原来的室友——你早就忘了他的名字和模样——那天早晨出院了。他的床还没有变凉，哈尔就被送进来了。

“你们俩看来很合得来，”一个粉衣面具人对你说，“哈尔向来跟谁都不能住同屋。但你呢，他倒喜欢你。真搞不懂。”

你也不知道这话是恭维还是侮辱。

哈尔来的时候，带了塞得鼓鼓的一大夹子地图，不是从地图册里撕下来的，就是从美国汽车协会顺手拿来的。

“我妈有时会带些新的过来，”他对我说，“每多一幅，就向着正确的方向迈进了一步。”

他在城市之间画了很多线条，又在线条上写了一些神秘的字。他的遐思随想很有深度，他演讲般的表达让人无法质疑，让你都想把他的话写下来，挂在墙上。可惜他们只让在娱乐室用书写工具。

“人类时常处于一种逻辑的迷失状态，技术上的，生理上的，或占星层面的。这种状态就像用少量却能感知到的威士忌勾兑过的虚空。”哈尔说。你希望自己能记住这句话，好回头背给父母听，让他们瞧瞧，你也很深刻——可是最近这些日子，东西已经不是左耳进右耳出，纯粹是意念传送，连中间的空间都省了。

哈尔谈数学，谈欧几里得的完美数公式，还谈黄金分割。你跟他讲了你感觉到的那些有意义却不可见的线条，说那些线条正不断延展，蜿蜒地穿透并环绕着你生命中的众人。他听了兴奋极了，这让你也很兴奋。

“你明白了！”他说，“你看见了大格局。”虽然你的大格局跟他的不一样，它们似乎整整齐齐地叠在一起，像乐谱上的乐章，对看不懂乐谱的人来说像是天书，直到所有的乐器开始演奏时才能明白。

“你的作品就是地图，”他对你说，“直线和曲线勾勒出了意义的大陆，点是商业和文化。每条曲线里都有贸易和旅游线路。”墙上贴着你最近画的一幅画，他的手指顺着画中的线条一路画着。

“我们视为艺术的东西，宇宙视为方向。”他宣称。然而，是去哪儿的方向？你俩谁都不确定。

91 根本不在奥运会

你心不在焉地吃光了盘子里的午餐。你盯着空空的餐盘，有那么一小会儿，你出现在了奥运会上。你就是那位掷铁饼者。你的身体转呀转呀，硬顶着化学引起的厚重的空气，把盘子抛了出去。你敢肯定自己能得金牌。盘子撞到墙上，没有碎，因为它是塑料的。你这才发觉，自己根本不在奥运会上。太扫兴了。不到一秒的工夫，粉衣人就出现在你左右两边，他们确定你刚才有暴力倾向，想防止你再犯。

“你那样可没法把墙推倒，”哈尔坐在餐厅另外一张桌子旁，平静地对我说，“也没法打碎窗户。我试过。试过，打过，打开，解开。他们连鞋带都不许我们用。鞋带！他们明明知道，我多讨厌该死的拖鞋。”

92 更大的未知

自从我几乎毫发无损地从大炮里出来后，其他水手都开始用敬畏的目光看着我。

“他很特别。”船长说。

“的确如此，的确如此。”鹦鹉附和着。

他们俩都在逢场作戏，假装很友好，不过也只有这样，才会让最后的背叛来得更甜蜜。虽然他们俩我谁都信不过，但我知道，最终还是要选择一边的。

“当我的第二只眼吧，”船长说，“你可以得到你想象不到的荣华富贵和奇异探险。”

“当我的第二只眼吧，”鹦鹉说，“我会给你船长永远也给不了你的东西——离开这艘船的办法。”

我决定不下哪个提议更好，因为我不知道哪一个未知更可怕：船长的探险，还是岸上的生活。

我很想把这种困惑跟卡莱尔谈谈，可又不知道他到底对谁忠心，所以我必须小心翼翼地措辞，才不至于引起他的怀疑。

“假如有两个同样危险的动物，从两个方向同时攻击我们的船，”我问他，“我们手头只有一架大炮，那怎么决定该打哪一边呢？”

“我不知道，”卡莱尔说，“幸好这儿不用我做决定。”

“可万一要你决定呢……”

他放下手中的拖把，想了想，说：“要是让我决定的话，情况会好很多。”说完，他又加了一句，“也可能糟很多。”

卡莱尔不愿意发表任何看法，哪怕是对自己的看法，这真让我抓狂。

“如果你渴望的是远见和智慧，那你知道该去问谁。”说完，他向船头望了望，让目光将自己的想法补全。

93 没别的办法

对于我那两只野兽的难题，卡利奥佩也没有答案。

“我关注的是未来，不是假设，”她觉得被我的问题侮辱了，不高兴地对我说，“这个问题你自己处理吧。”

我差点儿就把事情的真相告诉她了，可转念一想，她说得没错。就算我告诉她真正的野兽是船长和鹦鹉，她也会这么回答。我只能自己决定，没别的办法。

暴风雨依然在海平面上故弄玄虚，我们并没有离得更近，船长变得越来越沮丧。

“洋流就像船龙骨下面的跑步机，”船长对我说，“它把我们拉回来的速度和风推着我们前进的速度一样。我们的船走得很快，却总在原地转悠。”

“我们需要更大的风。”我对他说。

“或者更轻的船。”他的眼睛恶狠狠地瞪着我。他依然认为，我要为这船变成铜船的事儿负责。说完，他的态度缓和下来，他抓住我的肩膀。“不过，我们这艘船现在比木头船要结实多了——在天空和大海的背景里，浅绿色更好伪装——能保护我们躲过那些怪兽时刻扫描的可恶的眼睛。”

94 临界质量

今天你在医院，或者说，至少今天早晨在。这一小时，这一分钟。三分钟以后你会在哪儿，谁都不知道。不过，你开始注意到，你游离在身体之外的那种感觉一天比一天少。临界质量到了，此刻你的灵魂坍塌下来。你又重新回到了自己的身体里面。

就一个。就你自己。就一个个体。

我。

我不太清楚这是什么时候发生的。就像时针的移动一样，慢得肉眼根本看不见，可等你过会儿再看的时候，时针已经从一个数字神奇地跳到了下一个数字。

我在这儿，在白色塑料厨房里，可这儿不像我记忆中那么白，我躺着的那张桌子也化了，软成了一张床。我的身体感觉像橡胶，脑子像口香糖。头顶上的灯亮得刺眼。到底是什么东西，人人都那么想看，需要灯那么亮？为什么我还是感觉自己快被吃掉了？

没有人来，很久很久，一点儿动静也没有。后来我才晃过神来，对面的墙上有一个开关。我能把灯关掉。我能，却又不能，因为我是果冻里的菠萝粒。什么也别想让我下床，除了实在要去厕所。既然我现在没有要去的感觉，所以我不能动。显然，哈尔也不能动。我看不出他究竟是睡着了，还是只是卡在房间另一边的果冻模具里动弹不了。我时睡时醒，实在分不清自己是睡着还是醒着。然后，床下的地板开始翻滚，我顿时放松了，我知道用不了多久，我就会回到大海上，在海上我有意义，哪怕其他一切都没意义。

95 我思维的风车

你怎么解释，同时既在这儿又在那儿呢？

这有点儿像你想起某些记忆深刻的重大时刻的感

觉，也许是你在附加赛中踢进制胜一球的那一刻，也许是你骑自行车被汽车撞了的那一刻。不管是好事还是坏事，你肯定会时不时地在脑子里重温一遍——有时是在你去那儿之后，而再回来又把自己吓一跳。你得不断地提醒自己，你已经不在那儿了。

现在，想象一下你一直都处于那种状态——永远不确定什么时候会在这儿，或在那儿，或在中间的某个地方。你唯一能衡量真假的工具就是你的头脑……那么当你的头脑变成一个病态的骗子时，又该怎么办？

还有那些声音。情况特别糟的时候，还有幻视。可是“在那儿”不单单是说听见什么或看见什么，而是相信什么。看见一个现实存在，却相信它完全是另外一种东西。

堂吉诃德，那个文学作品里著名的疯子，曾与风车搏斗。人们以为他看着风车的时候是看见了巨人，但我们这些有过这种经历的人都知道是怎么回事。他看见的是风车，就像其他人一样，但他相信风车就是巨人。最可怕的事儿，莫过于你永远不知道自己突然会相信什么。

96 神圣的贩子

我朋友谢尔比跟我父母一起来看我。她慢慢地穿过果冻向我走来。真神奇，她居然能从果冻里穿过来。

“我以前来看过你，还记得吗？你知道我是谁吗？”

这个问题问得我想发火，却又感觉不到心里有火。我什么感觉都没有。“不，知道。”我对她说，“我不记得了，但我知道你是谁。”

“上次你有点神志不清。”

“现在没有吗？”

“凡事都是相对的。”

我坐在那儿，沉默不语。我觉得她会觉得别扭吧。我没有那种感觉。我觉得我很有耐心，我可以永远等下去。

“对不起。”她抱歉地说。

“没事儿。”

“对不起，我当时以为你……你懂的。”

“以为我……”

“以为你在吸。”

“哦，那个呀。”我把我们俩在学校的最后一次对话拼接起来，感觉像是好几辈子以前的事。“我当时确实在吸，”我对她说，“上帝是我的毒贩。”

她听不懂。

“栽在我自己脑子里的化学品上了。我吸的东西当时已经在里面了。”

她点了点头，好像是懂了，然后便换了话题。我无所谓。“我和麦克斯还在一起设计那个游戏。”

“好呀。”

“等你出院后，我们演示给你看。”

“好呀。”

此时，她的眼里泪光闪闪。“坚强些，卡登。”

“好的，谢尔比。我会坚强的。”

我记得我爸妈跟我们一起打牌来着，打的是“苹果派对”[1]，不过我感觉那局牌大家都玩得很不顺。

97 我能信任你吗？

那个女孩站在占了整面墙、从地板直到天花板的大落地窗前，面向窗外。医院把这个房间叫作“景观室”。

---

① 一种英文字配对游戏。游戏卡牌分成红、绿苹果两种形状。“红苹果”上是名词，例如人物、活动、地方。“绿苹果”上是形容词，例如圆的、平坦的。——译者注

房间的设计，原本是想让病人在幽闭的无菌环境中有自由和身处户外的感觉，但实际上却没起到那样的效果。

那个女孩差不多总是站在那儿，如一块巨型独石，透过巨窗向远处眺望。映衬着窗外明亮世界的一个黑色剪影，永远凝视着前方。

我不太敢上前去跟她搭话。最早几次见到她，我一直有意保持着距离。可是现在，像菠萝粒一样凝在果冻里的感觉已经不如以前那么强烈了。我就在这儿——不在别的地方——我决定要好好利用一下这个事实。我下了好大的决心才迈步向前，一点点向她挪去。不一会儿的工夫，我就离她很近了，近得她眼角的余光可以扫见我。

她纹丝不动，对我的到来毫无反应。我说不准她是什么族裔的。她棕色的头发如丝一般，皮肤细腻，肤色跟抛光的橡木色差不多。我从来没见过哪个人能那么直直地站那么久。也不知是因为她吃的药，还是她本来就是这样。我觉得很不可思议。

“外面有什么？”我大着胆子问。

“所有这儿没有的东西。”她冷冰冰地说，稍有一点口音，但足以让我听出来。她是印度人，也可能是巴基斯坦人。

窗外是起伏的小山，山坡上有一排排的房子，每到夜晚灯光亮起，就像一串圣诞节的彩灯。山的另一边是海。

“我看见一只鹰俯冲下来，叼走一只兔宝宝。”她对我说。

“哦，”我接过话茬儿，“这可不是每天都能看到的。”

“我能感觉到它在死去，”说完，她摸了摸身上可能是肝脏的位置。“这儿能感觉到，”——然后把手往上移，摸着脖子一侧——“还有这儿。”

沉默了片刻之后，她接着说：“波洛医生告诉我，这都不是真的。还说，等我好些了，自然就会知道。你相信他的话吗？我可不相信。”

我没有回答，因为我觉得鹦鹉说的任何话都不大可信。

“鹰是我的希望，兔子是我的灵魂。”

“好有诗意。”

她终于扭头看我了，黑色的眼睛燃烧着愤怒。

“不是什么诗意，是事实如此。你是波洛手下的，对吧？他派你来的。你是他的耳目。”

“去他的波洛，”我说，“我在这儿是因为……”我一时语塞，找不到合适的字眼把话说完，于是她帮我说完。

“因为你别无选择，和我一样。”

“对，确实如此。”我们俩终于达成了共识。说不上舒服，但至少没那么别扭了。

“其他人在议论我，是不是？”她问道，目光又转向了远处的地平线。“我就知道他们会那样。他们老在我背后说坏话。所有的人。”

我耸了耸肩。这儿的孩子大多好像不会主动去注意什么事儿，除非这件事侵犯了他们认为的私人空间。当然，对他们有些人来说，私人空间可以从地球延伸到月球去。

“我从来没听到他们说什么。”我告诉她。

“可是你要是听到，愿意告诉我吗？我能信任你吗？”

“我都不信任自己。”我对她说。

听到这话，她笑了。“你承认你连自己都不信，反而让你更可信了。”她再次转过身来，眼睛仔细地打量我的脸，从上到下，然后从左到右，仿佛是在测量我两耳之间的距离似的。“我叫卡利。”她说。

“卡登。”

然后，我和她一起，眺望窗外，等待着鹰来抓兔子。

98 腐烂的潜力

以前，我很怕死。现在，我很怕没有活着。两者是有区别的。我们一辈子都在筹算未来，可有的时候，未来永远都不会到来。我指的是个人的未来，确切地说，我的未来。

有时候，我能想象十年以后，认识我的人回顾现在时，会说“他太有潜力了”“好可惜”之类的话。

我想到所有我想要做的事，想成为的人——离经叛道的艺术家、企业家、大名鼎鼎的游戏设计师。“唉，他以前多有潜力。”未来的幽灵们悲伤地哀叹着，摇着头。

害怕自己没有活着，是一种持久的、深深的恐惧，唯恐“应该会”被“现在是”碾压时，你只能眼睁睁看着自己的潜力腐烂成无法挽回的失望。有时，我觉得比起这个来，死也许更容易。因为“本来可能”比“本来应该”更被看重。死去的孩子立在神坛上，受人崇拜，而有精神疾病的孩子被藏在地毯下。

99 在土星环上奔跑

波洛的办公室有一幅励志海报，上面是一位在比赛快结束时正冲破终点线的奥运跑步选手。图片旁的文字写着：“你可能不是第一名，可能不是最后一名，但你一定会越过终点线。”我不禁想起那个我其实没有真正加入的田径队。他的海报在骗人。你要是在第一次田径比赛前就退出了，不可能越过终点线。

“它对你说话了？”波洛碰巧看到我盯着这幅海报，便问了一句。

“要是真说了，你八成得给我换药吧。”我回答。

听我这么说，他轻声笑了起来，问我最近怎么样。我告诉他，一切都很糟糕。他说了声抱歉，可除此之外，没做一件让我感觉不那么糟糕的事儿。

他让我填了一张极其没有意义的问卷。“是保险要用的，”他说，“他们喜欢搞这些文档。”可话说回来，从摆在他面前的我的档案来看，他自己也在培养对文档的迷恋。

“你父母告诉我，你画画特别好。”

“我想是吧。”

“我让他们带些美术用品过来。当然，我们不允许用可能造成危险的东西——工作人员会决定你能用什么。我敢肯定，你能很有创意地表达自己的想法。”

“好哇。”

他对我的态度毫不计较，就像不计较空气中的香气，然后写下了什么。我怀疑，我的鸡尾酒会因此有所变化。我现在除了偶尔打一针哈泊度之外，每天吃四片药，一日两次。一片关掉我的想法，一片关掉我的行动。第三片解决前两片产生的副作用。再来第四片，第三片就不觉得孤独了。最后的结果，就是我的脑子被丢在了土星之外的某个轨道上，在那儿它不会打扰到任何人，尤其是我。

不知怎么搞的，我怎么也想象不出，一个在那么老远跑着的人怎么能很快穿过终点线。

100 她的手脚

“我一直在全神贯注想我的腿。”卡利奥佩对我说。此时她正用她那熟悉又冰冷的双臂凌空拥着我。她的铜手太硬了，弄得我身上青一块紫一块的。她手上的颜色，比船上其他地方还要绿得多。氧化的痕迹最初只出现在眼角和飘逸的铜发褶皱之间，如今已经遍布全身，原有的光泽已黯然失色。

“你没有腿。”我提醒她。

“我觉得我现在有了。腿和脚。脚趾和脚指甲。我的全神贯注已经把这事做成了。”然后，她对我耳语，“你对谁都不能说，尤其是船长。他不会赞成的。”

“他挺怕你的。”我提醒了一句。

“凡是他控制不了的，他都怕。他要是认为把我腿砍掉我就不会离开他，他就真能干得出来。”她稍微动了动，但紧抱着我的双手一点儿都没有松开。“要是我有脚，那一定是嵌在我后面。在艏楼里。去那个地方找找，就是主甲板下面，左右舷汇成船头的地方。找到那个地方，告诉我到底有没有腿，告诉我你能不能救它们出来。”

101 一块丝凯

“卡利老坐在窗前，不是因为她喜欢这么做，而是因为她需要这么做。”

这是我从蓝头发女孩——就是那个拼图女孩那儿知道的。你要是敢吐到她的新风景拼图上，她绝对跟你拼命。她只有在想说别人坏话时，才愿意跟我说上两句。“她是我室友，相信我，她绝对是怪人。她觉得她不看的时候，外面的世界就会消失。”

我看着她使劲想把一片拼图塞进一个显然塞不进去的地方。然后，她摸了两下鼻子，又拿同一片拼图在同一个地方试了一遍，然后又摸了两下鼻子。这个模式重复了三遍，她才另换了一片拼图。

“她不是觉得世界会消失，”我解释道，“她是害怕世界会消失。喏，这是两码事。她一直努力回避的，就是那种恐惧。”

“反正都挺傻的。”

我真想冲她发飙，告诉她，傻的人是她。没准儿再把桌子掀了，让拼图碎片飞得到处都是。但我没这么做，因为这跟傻不傻无关。我怀疑卡利非常聪明。也许蓝头发女孩也是。不对，这跟聪不聪明无关，跟地板上的后视镜有关。跟没用的破“检查发动机”灯有关。唯一有资格检查发动机下面的那些人却没法把这该死的东西打开。

不，我没有发飙。我反而平静地问她：“如果你不在鼻子上摸两下，是害怕会发生什么事吗？”

她气得朝我直瞪眼，好像刚被我抽了一个耳光似的。但她看得出来，我没有半点儿取笑她的意思，我真的是在问问题。我真的很想知道。

她又低下头看着拼图，这次倒没有想方设法把哪一片拼图放到合适的位置上。“要是不摸，”她平静地说，“我就感觉自己在往下掉。要是不摸，我的心脏会开始跳得飞快，我害怕它会爆炸。要是不摸，我就呼吸不上来，好像空气全被抽走了。”说完，她很难为情地摸了两下鼻子，接着拿起一片新的拼图琢磨起来。

“你不是怪胎。”我轻轻地对她说。

“我从来没说我是。”

我站起身正准备走，不料她一把抓住我的手腕，用力一攥，我的手只能张开。然后，她把一片拼图塞到我手心里。是蓝色的。一小片天空。上面没有一点儿明显的记号，看不出它到底属于天空的哪个部分。最难拼的一种。

“这片可以借给你，”她说，“只要在我全部拼好之前还回来就行，可以吧？”她又加了一句，“这是我的名字——丝凯[1]。名字很傻，对吧？”

虽然这一小片拼图对我来说没什么用，我还是收下并谢过了她。因为我知道，关键并不在于它对我多么没用，而在于她选择与它分开。

“我会保管好的。”我对她说。

她点了点头，又回到她那套拼图仪式当中。“卡利喜欢你，”她说，“可别干傻事把关系弄砸了。”

102 过分的指甲

哈尔很少有访客。要是有，也只有他妈妈。哈尔的妈妈是一个特别漂亮的女人。她看上去年轻得很，一点儿不像有个十七岁的孩子。她每次来，都像是刚去做过头发似的，但我觉得她一直都是那样。

---

① 英语中和天空同音。——译者注

她在一群父母里不仅很显眼，而且很离群。她好像裹在一层保护性的光晕里，就像穿了一件隐形的化学防护衣。这个地方碰不到她。哈尔那些狂野、深刻、前因不搭后果的逻辑也碰不到她。

她最近一次来，我无意中听到她在抱怨一只苍蝇。那只苍蝇好像被她的香水吸引了，一直不让她清净。

“苍蝇是可怕的秘密警察，把我们像腐肉一样撕碎，”哈尔对她说，“我们的思想浅薄如皮。”

她依然淡定地小口喝着健怡可乐，聊着天气。“凉得不合季节。”我根本都想不起现在是什么季节，但肯定不是冬天，因为冬天是唯一不可能凉得不合季节的季节。

哈尔妈妈的指甲太长了，长得干什么都受影响。上面的指甲油涂得极其匀称细致，几乎要把目光从她的胸部吸引过来了。她的胸，就像一座文艺复兴时期的雕塑，明摆着是经过了艺术大师们的精雕细琢。

有一次，我问哈尔她是干什么工作的。

“她是个收藏家。”他告诉我，但不愿再多说。

哈尔不是她带大的，是外公外婆一直带着他。外公外婆去世后，他就被送去了寄养家庭。

“大家都觉得她这个母亲不达标，虽然她其实每天都去健身房。”哈尔有一次告诉我。他还告诉我，被他搞得面目全非的第一幅地图就是这个州的地图。他把他住过的所有地方之间都连上了线。他发现那些图案特别让他着迷。

哈尔的妈妈和哈尔说话的时候，总是特别简短，言简意赅得好像预先练习过似的。她问问题的时候，像在主持脱口秀，跟他讲新闻的时候，像个新闻主播。她用指甲使劲嗒嗒地敲着桌子。不一会儿，这声音就成了我在娱乐室里听到的唯一的噪声。我只能离开，因为我能感觉到她的指甲正慢慢扎进我的脑子里。然后，我开始相信真的扎进去了，我这后半天就全给毁了。

人长得漂亮，哪怕做了错事也常常会被原谅——也许她一直是这么过来的，但我不会原谅她的任何错误——虽然我不知道，她除了做家长不达标之外，还做过什么坏事。不过，她最让我恼火的一点是，她居然还有脸让我对我的父母更感恩一些。

103 魔咒和狮子狗气球

我爸爸有一个很让我受不了的习惯，每次遇到糟心事，他都是那一句。“这个，最后也会过去。”他说。让我恼火的是，每次都让他说对了。而让我更恼火的是，等到事情确实过去以后，他又总会扬扬得意地提醒我：

“早跟你说过了吧”。

他现在不跟我这么说了，因为妈妈跟他说，这话别人听腻了。也许是吧，不过我发现，这句话我现在反而会跟自己说了。不管感觉多么糟糕，我都会让自己这么说，即使我自己对这句话也不完全信。这个，最后也会过去。这种点滴小事居然有那么大的作用，真是神奇。

这就好比耐克公司以前那句广告词——“只管去做。”我妈妈爱讲一个故事，说她生了麦肯茜之后，体重剧增，而锻炼又让她望而却步。她不知道该从哪儿开始，所以干脆就放开肚子吃，结果越来越胖。终于有一天，她对自己说：“只管去做。”这句话就像魔咒一样，让她开始了定期锻炼。麦肯茜还不到两岁，她的体重就降下来了。可是话说还有这么一个诡秘的邪教异端，他们穿着崭新的耐克鞋集体自杀，以自己扭曲的方式向“只管去做。”“致敬”。

我猜，哪怕是一条简单的广告，也能被扭成我们想要的任意形状，好比一个动物气球。我们甚至还可以把它往后绕一个圈，变成一个绞索。最终，从我们的动物气球的形状上，就能看出我们是谁。

104 造反的羊肉

船首像只能看见船前面的东西，看不见船里面的东西，所以卡利奥佩只能大致猜测从哪里进入艏楼，也就是她的两条腿——如果存在的话——可能嵌着的地方。她以为，我从下甲板就能进入艏楼，可她猜错了。进入艏楼唯一的路，就是穿过主甲板上的一个格栅。格栅被一把钢挂锁锁着。锁锃亮锃亮的，与整艘船其他地方黯淡的铜绿形成了鲜明对比，颇有几分嘲讽的意味。我朝格栅里面瞧了瞧，却只能看见黑乎乎的一片。

“在找什么特别的东西，特别的东西？”

鹦鹉的尖嗓门把我吓了一跳。顺着他的声音，我朝船头前方望去，见他正站在卡利奥佩的头上。她没想把他甩下去，也没有伸手去抓他。我怀疑鹦鹉可能都不知道她已经活了。她之所以一动不动，也许是因为故意不想让他知道。

“什么特别的也没有。”我答了一句，心里清楚，要是说不出一个让他信服的答案，就别想走了。我扒着艏楼上的正方形格栅使劲往里看。“我只是纳闷那下面是干什么的。”

“储藏，”他说，“储藏、统舱、统率、轻率。”他故意模仿领航员的嗓音说到，说完便大笑起来，对自己的模仿扬扬自得。差远了。声音应该还可以，可节奏不对。节奏，节气，洋气，羊肉。这还差不多。

“保持警惕！”鹦鹉提醒我，“别被亮闪闪的东西分了神，别忘了我之前跟你说过的关于船长的事，别忘了可能要办的事儿。”

“羊肉，扬帆，造反，造谣。”我连声说道，让他的模仿相形见绌。

“很好，很好，”他说，“我对你充满信心，船员博斯。我相信，对于一件正确的事，你一定会做出正确的选择。”说完，他就朝瞭望台飞去了。

那天晚上，鹦鹉安排了让羊肉出现在菜单上，他无非想提醒我，别忘了我们之前的谈话。只是我不知道，他们在海上从哪儿能找到羊，我担心那可能根本不是羊肉。

105 偏离

“看待世界的方式有很多种。”有一天，波洛医生趁我头脑比较清醒的时候，对我说了这句话。他知道我这时候能消化得了，而不是一味地重复他的话。“我们都有自己的思想架构。有些人觉得这世界邪恶，有些人觉得这世界总体来说还算美好。有些人在最简单的事里看到了上帝，有些人则看到虚空。这些是谎言吗？是真的吗？”

“你为什么要问我？”

“我只是想指出，你的架构偏离了现实。”

“万一我喜欢自己的‘架构’呢？”

“它非常有诱惑力，非常有诱惑力。但活在这种架构中会代价惨重。”

他沉默了一会儿，让他的话在我脑子里沉淀，等着我领会。但是最近，我的思维总是要飘来飘去，沉淀不下来。

“你的父母和我——还有这儿的全体员工——我们都是为你好。我们是要帮你一点点好转起来。我需要知道，你相信这一点。”

“我相不相信有什么关系吗？反正你们还是会帮我的。”

波洛点了点头，对我笑了笑。我感觉这是挖苦的笑，我脑子里有个古怪的声音告诉我，这是笑里藏刀。虽然药物会让脑子里的声音变得低沉含混，但它们没有完全沉默。

“我相信你们想要帮我，”我对他说，“但五分钟以后，我可能就不相信了。”对此，他完全接受。“你的诚实对于康复很有好处，卡登。”

他的话让我很不爽，因为我根本没有意识到，我那是诚实。

回到房间，我让哈尔对这个话题发表一下高见。他相信他们这儿做的一切都是为我们好吗？

哈尔迟疑了好半天。自从上次他妈妈来过之后，他变得越来越孤僻了。

显然，那是治疗的一种模式。他们提高了他的抗抑郁药剂量，这没怎么减轻他的抑郁症状，而是帮他忘记了自己的抑郁。

“他们在这儿做什么对中国的茶叶价格毫无影响，”他终于开口了，“或者也可以说，对土耳其的瓷器价钱毫无影响。”

“或者说，”我补充道，“对丹麦的火鸡价格没有影响。”

他抬起头，严厉地看着我，一根手指摇了摇。

“别把丹麦扯进来，除非你已经准备好了应对后果。”

既然我还没准备好，我就没再提别的国家。

106 我们的旧皮囊

我和卡利不在同一个治疗小组。我请求换到她那组，不过估计这样的请求不会被批准的。

“我敢肯定，跟你那组没什么两样。”有一天吃早餐的时候，卡利对我说。“只是我这组没有一个是第一次进来的。大概我们都不那么幼稚了。以前吧，我们太自负，以为再也不会回到这地方。现在呢，我们更谦虚了，或者更不爽了。或者两种感觉都有。”

“哈尔在我那组，他可不是第一次到这儿来。”我指了出来。

“哦，他一直进进出出的，”卡利说，“但我觉得他从第一次进来就没有出去过。”

只要可能，我都会在景观室的落地窗前陪着她。只要我的两脚能让我在一个地方老老实实待着。

今天，就在她大无畏地站在那里观察世界的时候，我在画着随意进到我脑子里的东西。他们最近通融了一下，允许我在娱乐室外使用马克笔。我想，那说明我在进步。不过，铅笔还是不能用。毡头笔尖的马克笔不大容易伤人，不管是有意的还是无意的。

有时候，我和卡利会聊上几句。有时候，一句话也不说。有时候，我握着她的手——严格地说，我们不该这么做。身体接触是不允许的。在这儿，人与人之间的互动只能是语言互动，要么就别互动。

“有你拉着我真好，”有一天我牵她的手时，她对我说，“这样我就不会掉下去了。”

从哪儿掉下去？我不知道。也没有问。估计她想告诉我的时候自然会告诉我。

她双手冰凉。她说，她的手脚血液循环不太好。“是遗传的，”她告诉我，“我妈也是这样。她给你拿过来饮料的工夫，就把那个饮料冰镇了。”

我不介意她的手凉。我平时总是太热。而且，她的手被我一握，很快就暖和起来了。很高兴我对她能产生这种效果。

“我是第三次发作了，”她悄悄告诉我，“我的第三集[①]。”

“集。”

“他们是这么叫的。”

“更像是电视迷你剧。”

听了这话，她只是微微一笑，没有笑出声来。卡利从不放声大笑，但她微笑时的真诚弥补了这一切。

“他们告诉我，哪一天我不再向窗外眺望了，我大

---

① 原文episode为多义词，既有电视剧的剧集之意，又表示病症的发作期。——译者注

概就能回家了。”

“那你快了吗？”我问道，心里很自私地希望她说没有。

她没有回答。她只说：“我迫不及待地想离开这儿……可有时候，家比这儿还难受。就像热辣辣的夏天跳进冰凉的海里。你迫不及待地想跳进去，但又不想感受凉水的那一激。”

“那种感觉我倒挺喜欢的。”我对她说。

她转身看着我，抿嘴笑了，捏了捏我的手。“你好奇怪。”说完，她又开始注视窗外。今天的景色没有变化，天空中连一只寻找兔子的鹰都没有。

“回家了，他们就觉得你已经好了。”她说，“他们说是理解你，但真正理解你的，只有那些到过那个地方的人。这就好比男人跟女人说，他了解生孩子的感受。”她的目光从窗前移开了一会儿，转向我，“你永远不会了解，所以别假装你了解。”

“我没有。我是说，我不会假装的。但我确实有点儿了解你的感受。”

“我相信。可你又不能在我家陪着我。只有我的父母和姐妹们。他们全都认为，药就应该有魔力，药没效的时候，他们就跟我生气。”

“真替你难过。”

“但如果我忍着的话，”她说，“到最后我总会习惯。

我会不知不觉变回原来的样子。我们都会，你知道的。变成原来那样。虽然一次比一次不容易。一天天过去。一个星期一个星期过去。最后，我们又自己挤回到那个还没发生这些事之前的老皮囊里。我们又重整旗鼓，继续生活。

她的话让我不由想起爱拼图的女孩丝凯，还有她给我的那一小片拼图。我把它装在兜里提醒自己，可到底要提醒我什么呢，我已经想不起来了。

107 艏楼的钥匙

领航员还算得上聪明，但我实在不敢向他打听艏楼的情况，打听怎么进去。因为他的好奇心也重。他肯定想知道我为什么打听。我没跟他说过我跟卡利奥佩待在一起的事，因为我知道，他守不住秘密。他会把这些添油加醋地和盘托出，搞得所有人都知道了。另外，领航员的脾气比以前更差了。他开始什么也不跟我说了，就像不跟别人说一样。在他眼里，我又可疑又危险。

于是，我只好大半夜去找卡莱尔打问。他正在船尾离后桅不远的地方拖地板，清理甲板上的污垢和偶尔蹿出来的脑子。

“瘦楼？”他问道，他是按水手惯用的腔调来念艄楼的。“你想到瘦楼干吗？”

“我只是想知道里面有什么。”

他耸了耸肩。“那是放系泊缆绳的地方，”他对我说，“不过离上次看到港口已经好久了，要是缆绳已经进化成高等生命了，我也不会吃惊。”

“我要想进去的话，到哪儿能找到钥匙？”

“为什么想进去？”

“我自有道理。”

他叹了口气，四下望望，确保没有人盯梢。他尊重我的隐私，没再继续追问理由。“只有一把钥匙能开那把挂锁，在船长那儿。”

“他放在哪儿了？”

“你不会喜欢那个地方。”卡莱尔警告我。

“就告诉我吧。”

卡莱尔盯着桶里脏乎乎的肥皂水沉思了一会儿，最后说道：“在桃核后面，他那只瞎眼的眼窝里。”

108 向上还是淹死？

甭管这个世界看起来多么理智，你永远不知道突然会有什么破事儿冒出来。有一次，我在新闻报道里看到这么一件事：有个住在曼哈顿一幢摩天大楼里的上流人士，从顶层乘电梯，下了六十七层——要是把一二楼之间的夹层算进去的话，一共六十八层——到地下室的车库去开她的奔驰车，准备到麦迪逊大道的一家美术馆去逛逛，或者找点儿曼哈顿上流人士打发时间的消遣。

她不知道的是，紧挨着大楼的一个水管主管道几分钟前刚刚爆了。结果电梯到了地下室，门一开，冰凉的水就猛地灌了进来。她能怎么办？就没有针对这种问题的最坏打算，因为谁都想不到会发生这种事。

短短五秒钟之内，水就没过了她的腰，然后没过了脖子，再后来，她就淹死了，永远也不明白到底发生了什么事，也不知道这么可怕的事怎么居然有可能发生。我的意思是，想想看吧：淹死在一幢摩天大楼的电梯里。这也太不对劲了，不管在六十七个楼层的哪一层都不对劲，还没算夹层。

奇怪的是，每次听到诸如此类的故事，都会让我在冥冥之中对全能的神感到亲近，因为这就证明，哪怕是上帝，也有精神病发作的时候。

109 文身捣蛋的时候

我上了瞭望台，想好好思考一下，要拿到这把特别的“通关钥匙”会遇到哪些障碍，会有哪些后果。依我看，这是个不可能完成的任务。我坐在吧台前，一边小口地品着鸡尾酒，一边跟调酒师诉说了我的困境。因为众所周知，调酒师一向能给出好建议，而且我还知道，瞭望台上的员工对船长既谈不上热爱，也谈不上忠诚。我在这儿遇到过好几个调酒师。他们轮班的时间不一样，因为瞭望台一天二十四小时都开着。今天的调酒师是一个身材苗条的女郎，眼睛在她的脸盘上显得格外小。为了能显得眼睛大点儿，她上了睫毛膏和青绿色的眼影，所以两只眼睛看起来有点儿像两根孔雀毛。

“最好把这件事忘了，”调酒师建议，“我是说真的。你记得越少，它就越看着不重要，它越看着不重要，你就越不那么焦虑了。”

“我不想不那么焦虑，”我对她说，“至少拿到钥匙以前不想。”

她叹了口气。“抱歉，我倒真希望能帮到你。”

她看我没听她的建议，显得有点儿恼火。也有可能是为我老在酒吧里晃荡而恼火。瞭望台的人好像不太喜欢我在这儿待太久。跟其他的服务部门一样，他们就希望顾客来得快，走得也快，越快越好。我更喜欢慢慢来。

坐在我旁边高脚凳上的，是警卫长。他没喝鸡尾酒，只是在跟调酒师搭讪调情。她好像并不介意他在那儿待着。他胳膊上那些不怀好意的文身看着我，各种情绪都有，从好奇到鄙视。然后一个喜欢流行曲调的骷髅头突然唱起了惹人亢奋的“你好，多莉！”——这个调酒女郎的名字恰好就是多莉——惹得其他骷髅头都纷纷抱怨起来。

“你怎么受得了文身在那儿捣蛋？”我好奇地问。

有那么一会儿，他就那么看着我，好像我是从火星来的，然后慢吞吞地说：“我只是……不去……理睬。”

我觉得，想“不去理睬”要有很强的自律才行。我知道，我脑子里的那些声音失控的时候，就像是在纽约证交所的交易大厅。至少他还能用一件件长袖和一层层衣服把声音闷住。

“你见过船长上这儿来吗？”我问，但警卫长好像不搭理我了。我只好把这个问题抛给嘴里叼着朵玫瑰花的一个骷髅头，我猜想它可能是性情最温和的一个。“船长以前来过瞭望台吗？”

“从来没有，”这个文身咬牙切齿地说，“他巴不得谁都不要上来。除了他自己，船长不喜欢任何人把水手的脑子搞乱。”

“那他怎么不直接把这个地方关了呢？我是说，他是船长，他在自己的船上想干什么都行，对吧？”

“哈！”色子眼的骷髅头叫道，“这就看出你知道多少了。”

“有些事哪怕是船长也没法控制。”叼着玫瑰的骷髅头说。

“什么事儿？”

那个夸张做作的骷髅头立马唱了起来：“在天际徘徊的风暴前锋；所有思想都在那里死去的白色塑料地方；水手和鸡尾酒，还有鹦鹉鲜艳的翅膀；这些是他最不喜欢的几样。”

其他骷髅头都痛苦地哼唧起来，我却笑了。如果船长不是全能的，说不定那把钥匙也不像我原来想的那么难拿到。

110 非尘世乐园

我和哈尔坐在娱乐室里。他全神贯注地看着地图，而我在全神贯注地画画，尽力待在这儿，不到别的地方去。

“我给我自己写了一种混沌语言，”哈尔告诉我，“里面有很多符号、信号、符咒和铙钹。但因为它本性混沌，我记不住。”

“铙钹是在你特别无聊的时候负责把你叫醒吗？”我问他。

他用手指着我。“你小心点儿，不然我在你睡着以后给你下个掉头发的符咒，然后你就会变成你爸那样。”

符咒，我想起来在一些暗黑连环漫画上看过，那是中世纪魔法的符号。那时候识字的人少得可怜，能识字在大家眼里已经和会魔法差不多了。一个男人能阅读，那就是天才。一个不用动嘴唇就能读的男人，不是被奉为圣人，就是被斥为魔鬼，全看宣讲的人是什么立场。

今天，宣讲的事哈尔一个人全包了，通常情况都是这样。

“符号是有力量的！”他宣布，“你看见一个十字架，心里会是一种感受。看见纳粹的万字符，又是另一种感受。可是万字符同时也是印度教里的一个符号[1]，意思是‘吉祥美好’，这就说明符号是可能被彻底破坏的。这就是为什么我要编写自己的符号。它们对我来说很有意义，这才是最重要的。”

他画了一个被正弦波穿透的旋涡，还画了两个互相交叉的问号，交叉的角度很奇怪。他说得没错——它们

① 两个符号不完全相同，旋转的方向是相反的。——编者注

都有巨大的威力。他让它们有了威力。

“这些是什么意思？”

“跟你说过了，这种语言我忘了。”说完，他朝我的素描本瞅了一眼，发现我不仅抄了他的几个符号，还在上面添了几笔，把它们都变成互相打斗的样子。我把他的符号破坏了。不知道他会怎么治我。

“你的姓是博斯，”他说，“你们是亲戚吗？”

我猜他是在问，我和画家希罗尼穆斯·博斯①是不是亲戚。那位画家画过些相当怪异的东西，小时候我差点儿被他画的那些东西吓死，直到现在，遇上我状态不好的时候，那些画还会绕着我的脑袋跳舞。

“也许吧。不知道。”

他点点头，安然接受了这种不确定，然后说道：“别把我放到你的尘世乐园里，否则别怪我在你的脑门上画夺命符。”

就这样，我和哈尔达成了共识。

---

① 希罗尼穆斯·博斯（1450—1516）：荷兰著名画家，其画作大部分以《圣经》为主题，描绘罪恶与人类道德的沉沦，画面复杂难解，充满天马行空的想象力，大量使用各种象征与符号。代表作有《尘世乐园》（又译《人间乐园》）、《干草车》、《愚人船》等。——译者注

III 为你而热

半夜，我睁开眼睛，感受着一半清醒一半在药物作用下的那种熟悉的麻木感。我的头是大雾笼罩的机场，所有想法都无法起飞。即使是这样，我还是能隐约感觉到有人在注视着我。我强迫自己穿过药剂的迷雾，翻过身来，只见一个人站在我床边。借着走廊透进来的昏暗灯光，我能看得出那是件绿色睡衣，上面满是卡通海马。我听见咯咯咯的响声，过了一会儿才意识到，原来是牙齿打战的动静。

“我好冷，”卡利说，“你总是这么热乎。”

她站着一动不动，只有牙齿在咯咯作响。我朝房间另一头望了望，看到哈尔正在打呼噜。卡利在等待邀请。我把被子掀起来。邀请的意思够明显了，她钻了进来。

她确实很冷。不光是手和脚，整个身体都冷。我拉起被子，盖在我俩身上。她转过身背对着我，这样我就更好搂着她，把身上的热乎气匀给她些。我们紧紧贴着，像一对勺子。我能感觉到她脊椎的凸起顶着我的胸脯。我能感觉到她的心跳比我的要快得多。我们的身体组成了一个符号，估计和哈尔的某个符号一样有力量。我突然想到，世间最有意义的符号一定是以两个人各种不同的拥抱方式为基础的。

“别有什么想法。”她说。

“没想法。”我昏昏沉沉地重复着这个词。即便我真想，我也绝不可能有那种“想法”。药量这么高的时候，任何躁动都被消灭干净了。其实这样我还挺高兴的——至少是在此时此刻——因为没有任何期待，也就丝毫不觉得尴尬。目的只有一个：为她取暖。

我倒是有点儿担心。我知道，有几个粉衣人在值班，他们定时查房，查看每一个房间。到处都是摄像头。医院不遗余力地监视我们的一举一动，但依然可能有人疏忽大意。卡利在这儿这个事实就是最好的证明。

“万一被他们看见了呢？”

“他们能怎么办？把我们扔出去？”她回答。

我意识到我才不在乎他们看见什么，说什么或做什么呢。不管是波洛医生，粉衣人，还是我的父母。他们都与此刻毫不相关。他们没有权利。

我把她搂得更紧了，紧紧贴着她，后来连我自己都觉得有点儿冷了，这说明她确实吸收了我身上的一些热量。过了一会儿，她的牙齿不再打战了，我们俩躺在那儿，呼吸一致。

“谢谢！”她最后说道。

“你冷了随时过来。”我对她说。我本想在她耳朵上轻轻地亲一下，却没有这么做，只是挤得更紧些，凑到她的耳边悄悄说:“我喜欢为你而热。”

说出口之后，我才意识到这句话有歧义。就让她以为我是故意的吧。

她什么也没说。她的呼吸渐渐变慢了，我也睡过去了。等我再睁开眼睛的时候，发现床上只剩下我一个人了。我有点儿纳闷，昨晚的事到底发生过吗？不会又是脑子想象出来的吧？

直到早晨，我才发现我床边的地板上放着她的一只拖鞋——不是偶然留在那儿的，不是不小心留下的，而是专门的恶作剧。

等吃早餐时我会把拖鞋给她带去，跪到她面前，把拖鞋穿到她的脚上。就像童话故事里那样，这只鞋一定很合脚。

112 抽象的尖角的焦虑

小组分享时，卡莱尔给每个人发了素描纸和马克笔。“今天，我们让嘴好好休息一下，”他对我们说，“还有其他表达自我的方式。今天，我们要充分运用非言语表达法。”

那个大家都叫他“骨头”的怪孩子看了看丝凯，向她做出一个非言语的、明显带性暗示的手势，引得丝凯回了他一个也是非言语的、竖了某个手指的手势。骨头男孩偷偷笑了，卡莱尔假装没看见两人之间的交流。

“今天的目标是要画出你们的感受。不一定非要画得像，怎么画都行，没有对错之分，没有好坏之分。”

“幼儿园的小把戏。”脖子上贴着邦迪的女孩亚历克莎大声说道。

“除非你硬把它变成这样。”卡莱尔对她说。

大家盯着自己的纸，好像一片嘶吼的空白已经在侵占他们脆弱的头脑。也有人盯着四周淡绿色的墙发呆，好像答案写在墙上了似的。骨头男孩阴险地咧嘴笑了笑，开始动笔画了。他想要画什么，我知道得一清二楚。我们全都知道。而且今天，我们谁也不会承认用了读心术。

这个任务对我来说不成问题。反正我每天大部分时间都在做这件事。有时候比其他时候更有激情，更加迫切。卡莱尔很清楚，也许这就是为什么他今天选择了一个画画活动。

短短几分钟之内，我的纸上就呈现出一幅嶙峋的内心景观，边缘凌厉，裂缝深狭，没有重力感或透视感，有的只是抽象的尖角的焦虑。这个我喜欢。我会一直喜欢下去，直到我烦它为止。

其他人画得就没那么快了。

“我画不出来，”丝凯抱怨道，“我的脑子不会把感觉看作图画。”

“试试看，”卡莱尔温和地说，“你在上面画什么都行。又没有人会评判你。”

她又朝那张白纸看了一眼，然后推到我面前，说：“你来画。”

“丝凯，你没明白……”卡莱尔说。

我还是把纸接了过来，把丝凯琢磨了一会儿，就开始画了。我画了一个超级抽象的东西，介乎变形虫和蝠

鲼[1]之间，在莫名其妙的一些地方长着些眼睛，还有些嘴。前后也就用了一分钟。画完之后，丝凯目瞪口呆地望着我，眼睛都圆了。我本以为她会对我竖起中指，没想到她却说："你怎么做到的？"

"做到什么？"

"我不知道那上面画的是什么，但那就是我现在的感受。"

"丝凯，"卡莱尔开口了，"我真的不觉得——"

"我不管你觉不觉得，"丝凯说，"他画的就是我想的。"

"下一个轮到我了。"骨头男孩说。他停下手上正画的阳物，把纸翻了个面，好让我在背面画。

我瞅了卡莱尔一眼。他扬起眉毛，耸了耸肩。"画吧。"他说。我喜欢他见风使舵，而不是顶风逆水。不晕船的好水手。

我给骨头男孩画的是一条波浪形的曲线，隐隐约约好像有豪猪的样子。等我画完，他笑了出来。"天哪，你绝对是灵魂艺术家。"

其他人都心急地等着轮到自己。就连那些思维已经彻底混沌了的船员们也都看着我，好像我画的东西能救他们的命似的。

---

① 一种生活在热带和亚热带海域底层的软骨鱼，又称魔鬼鱼，身体平扁，宽大于长，尾细长如鞭。——译者注

"好吧，"卡莱尔斜靠在地图室发绿的铜舱壁上说，"卡登可以画，不过他画完以后，你们每个人都要来讲一讲是什么意思。"

他们把羊皮纸全都推到我面前，我发狂似的把他们的感受全化作线条和颜色。我为博学士画的，是个浑身都是眼睛，还长了好多刺的什么东西。为戴着珍珠项圈的亚历克莎画的，是一个被上升气流托起来的长了触手的风筝。唯一没有把羊皮纸给我的是领航员。他一个人默默地画着自己的地图。

所有人都声称，我画出了他们的心思，趁着他们对比着画和自己内心的时候，我走到卡莱尔身边，心里有点儿不安。"你认为船长会赞成这么做吗？"

卡莱尔叹了口气。"我们就先顾眼前这儿吧，行不？"

虽然这让我有点儿紧张，我还是同意试试看。

113 他们就是那样的人

凡·高割掉自己一只耳朵，把耳朵寄给了自己深爱的女人，最终他选择了自杀。虽然他的艺术想象力新颖得令人惊叹，但这世界却用了很多年才学会欣赏。他的画作无法把他从受尽折磨的心灵深渊中解救出来。他就是那样的人。

米开朗琪罗——无疑是有史以来最伟大的艺术家——对大卫的雕塑痴迷到了病态的地步，多少个月都不洗澡，对自己也漠不关心。那么长时间，他一直都穿着工作靴，从来没脱过。等到最后脱掉靴子的时候，他脚上的皮肤跟靴子一起掉了下来。米开朗琪罗就是那样的人。

最近，我看到一个故事，讲的是洛杉矶街头一个患有精神分裂症的流浪艺术家。他的画都是精美绝伦的抽象画杰作，人们把他和艺术大师们相提并论。如今，他的作品能卖好几万美金，因为有个富翁帮他造势，引起了媒体的关注。画廊开幕那天，他西装革履，打着领带。展览一结束，即使有很多机会向他敞开，他还是选择回到大街上流浪。因为他就是那样的人。

那么，我是什么样的人呢？

114 快乐的纸杯

“对不起，我没听明白。”

“我是在问，你有没有注意到感觉上有什么不同，卡登。”

“感觉上有什么不同。”

“对。你注意到了吗？”

波洛医生有个很讨厌的习惯，那就是爱点头。我不说话的时候他也点头，让我很难知道自己到底有没有回答他的问题。

“我注意到什么了？”

他拿着钢笔，若有所思地在桌子上敲了一会儿。这让我一下子分了神，不仅忘了我们谈话的主旨，连谈话的整个走向也忘了个一干二净。我们刚才在聊什么来着？也许是晚餐？

“羊肉。”我说。

“羊肉。”他说，“羊肉怎么了？”

“我也不肯定，但我觉得我们正在吃那些没脑子的船员。”

他非常凝重地考虑了一会儿，然后抓过他的小本子，飞快地写了几笔，给我开了新药方。“我准备给你把维思通[①]加上，”他说，“我相信，这个药应该有助于延长你思维清醒的时间。

① 一种治精神分裂症的药。——译者注

"你怎么不把氯羟安定[1]、维思通、思瑞康和双丙戊酸钠[2]统统并到一个药丸里呢？"我提议，"就叫氯羟维思瑞康戊酸钠。"

他轻声笑了起来，然后把处方单撕下来。他还算明智，没有把单子直接递给我。一旦单子进了我的病历，病历会送到粉衣人手里，粉衣人会把它带到药房。晚饭前，一粒新药丸就会跑进我快乐的纸杯里。

115 不惮辛劳不惮烦，釜中沸沫已成澜[3]

一粒药丸，大概99%的成分都跟药没什么关系。为了着色、包衣，还有让药丸不散掉，他们额外添加了多种成分，比如，从细菌中提取出来的黄原胶，与墙漆一样同属于丙烯酸聚合物的卡波姆，还有牛软骨

① 一种治疗焦虑症及由焦虑或暂时心理紧张所引起的失眠症的药。——译者注

② 思瑞康，用于治疗精神分裂症的药；双丙戊酸钠，一种用于治疗全身性癫痫的药。——译者注

③ 出自莎士比亚名剧《麦克白》第四幕第一场，三个巫婆围着她们的魔药在吟唱这首歌。《哈利·波特》的霍格沃茨校歌中也用了这个典故。——译者注

制成的明胶。

在我的想象中，辉瑞、葛兰素史克或其他大型制药公司里某个隐秘所在的深处，有一个戒备森严的地牢，三个驼背女巫搅拌着一个超级大的工业大釜，里面尽是些我不想知道的破玩意儿，但我必须每天把它吞下去。

更何况，仿制药[①]还不是真正的女巫造的。

116 脏马提尼[②]

到底还是发生了。

我的脑子从我左鼻孔逃跑了，四处野去了。

我脱离了身体，疾行在午夜的甲板上。整艘船笼罩在大雾之中，看不到星星的迹象，也看不到我们的前方——也许，只是我的思维之眼看不到那么远的地方。我一靠近，其他脑子便开始嘶叫。我发觉，我们都是喜欢独处的生物。喜欢独处，生性多疑。离甲板这么近，

---

① 指在药学指标和治疗效果上与品牌药（或原研药品）相同的药品，不同之处在于仿制药通常以其有效成分的化学名命名。——译者注

② 马提尼的一种，指加了橄榄汁的马提尼。加橄榄汁之后，酒会看起来有些混，故称脏马提尼。——译者注

我能看见铜板条之间一大片又黑又黏的东西。那堆黑乎乎的烂泥充满了种种我宁愿不知道的企图。

我那长了节瘤的紫色双腿，模样像树根一样，闪着智慧的火花，也说不定只是一连串短路而已。这两条扭曲的树突腿陷在了沥青里，然后这东西开始把我往下拽，好像我是失足掉进沥青坑里的恐龙。我知道，我要是没法脱身，就会被拽进铜板条间狭窄的夹缝中，然后被沥青挤碎，再消化掉。虽然得有极强大的意志力才行，但我最后还是挣脱出来了。

该上哪儿去呢？

可不能让卡利奥佩看见我这副样子。我现在太吓人了。于是，我往船尾跑去，像壁虎似的，爬上通往船长待命室的舱壁，尽可能把自己压平，好从门底下悄悄溜进去。如果说，我在这次任务中的作用确实很关键，那他肯定会来救我的。他会想办法解决这个问题。

船长正坐在桌边，在一根半融的蜡烛下，仔细地研究我画的一张符号和标志图。他一抬头看见了我，愤怒的目光就像火焰喷射器一样。

“把那个鬼东西赶出去！”他大吼。

他没有认出我来。当然认不出来——在他眼里，我只不过是一只在他船上泛滥的无用害虫罢了。我很想解释一下，却没法解释。我没有嘴巴。

一阵脚步声传来。门吱呀一下开了，好多手，几十只手、几百只手抓住了我。我扭来扭去。绝不能让它们把我逮住！那些手使劲地抓呀挠呀，可我扭动着挣脱了，飞快地从门口蹿出去，滚下了楼梯，滚到……一片湿乎乎里。甲板湿漉漉的，到处都是肥皂水，只见卡莱尔的拖把向我这边推来。拖把巨大无比！一堵臭烘烘的褐色蛇墙。他的拖把打中了我。我划过滑腻的洪水，拼命地想要抓住什么，却无济于事。我看见排水孔就在前面，可我什么都做不了。转眼之间，就直直地掉了下去。然后就到了冰冷的大海里，淹没在波涛下。

我好疼，到处都疼。我知道，我会这么死去。我的身体依然在船上，如活着似的，而我将不复存在。

在惊恐中，我感觉有什么东西，很大的东西，在我下方移动。硬硬的鳞片掠过我的神经末梢。是船长说过的一种生物。它就在这儿，而且是真实存在的。我吓得直往后退。不一会儿，它就消失了，潜到深处……却只是为了再上来的时候冲劲更大。这一次，它的嘴大张着。我用力地踢水，挣扎着，终于浮出水面。

我什么也看不见，看不见船只，看不见大海。雾浓得像棉花一样。

我感觉到一股水流，那个家伙正朝我浮上来。

就在这时，鹦鹉不知从哪儿俯冲下来，翅膀张得很大。他一把把我抓住，两只利爪扎进我脑灰质[1]的沟回里。他把我从水里拉上来，我们疾冲直上。

“没想到，没想到，”鹦鹉念叨着，“还好可以逆转。”

我们在船的上空高飞，远离了危险，远离了浓雾的围裹。那船，我只能看到它戳出浓雾的主桅和瞭望台，可船上方的天空却是晴朗的。繁星点点，犹如从太空上看到的银河一般。刹那间，我的心情从无比恐惧变成了无比惊奇。

---

① 一种神经组织，是大脑中枢神经系统的重要组成部分。——译者注

“我可以送你永无极限的海平线做礼物，”鹦鹉大声叫着，“但你必须要把该做的事做了。时机已经到了。把船长干掉，天地间凡你所见的东西就全归你啦。”

我想跟他讲讲海浪下面的那个生物，但我根本交流不了。我想相信鹦鹉能读懂我的心思，但他却不能。

“就这么定了。”说完，他松开了我。

我向着浓雾笼罩的船直坠下去。瞭望台在我面前越来越大，把我包裹起来，我扑通掉进了苦咧咧的液体中。我在一只巨大的鸡尾酒杯的杯底，无助地坐在那儿，就像脏马提尼酒中的一颗橄榄。

到处都是眼睛，都在研究我。他们的脸在曲面的玻璃杯上全都变了形，难以辨认。

“你知道，”我听见调酒师说，“他们把爱因斯坦的大脑放进福尔马林罐子里。如果他可以，那你也行。”

117 你不在的时候

“有时候，事情就那样发生了。”卡莱尔说。他手里没有拖把，这也帮我弄清了自己在哪儿。看时间，治疗小组的活动早就结束了，但有时候卡莱尔还会待在用餐区聊天，帮忙。

"事情就那样发生了。"我重复着。我今天没参加小组分享，心里惦记着其他的事。

"每个人对药物的反应都不一样。这就是为什么波洛医生不断地给你换药。他得找到合适的鸡尾酒才行。"

"合适的鸡尾酒。"我说。我知道自己在重复他的话。我明明知道，却又停不下来。我的思维是橡胶，不管什么东西进来，都会通过我的嘴再弹出去。

我对维思通有"不良反应"。不管是波洛，还是粉衣人，都不愿意告诉我这到底是什么意思。卡莱尔倒是更直接些。"本来我不该用这些细节来烦你的，但你有权知道，"他对我说，"你心跳加快，手脚震颤。说话相当语无伦次。我知道这听起来很可怕，不过其实没那么厉害。"

这些事我一点儿都不记得，我当时心在别处。

卡莱尔把一盘食物推到我面前，提醒我需要吃点儿东西。

我是需要吃东西，我很想专心地嚼，专心地咽，可就在我试着要集中精力的时候，我的心思已经游离了。我想到了卡利奥佩，好多天没有见到她了。我必须上船头去看看。我想到了那些调酒师，不知道他们会在我的鸡尾酒里放些什么鬼东西。变色龙的脾。狼蛛的睾丸。到最后我才发觉，原来我一直呆呆地坐在那儿，叉子举在半空中，食物从一侧嘴角流了下来。我感觉自己这副模样已经持续了好几个小时，但应该不会，因为卡莱尔最多能允许我停几秒钟。他提醒我嚼了咽下去。过一会儿，又提醒我嚼了咽下去。这是种退步。我们俩都很清楚。

卡莱尔把勺子从我手里拿下来放下。“也许过一会儿你能多吃点儿。”他说道，也明白这顿饭算是这样了。

“也许过一会儿我能多吃点儿。”我注意到，叉子已经奇迹般地变成了一把勺子。

118 介单的物理学

船在海浪中起起落落，起起落落。舱里低矮的天花板上悬着的一盏汽灯，随着船的晃动摇来摇去，影子来了又撤了，每次都好像比前一次离得近一点。

船长亲自监督把我脑子弄回脑袋里的全过程。这可不像把挤出来的牙膏缩回牙膏管那么简单。

“介（这）要在头骨里串（创）建一个增（真）空才行，”船医解释道，“兹（此）后，把介（这）个瞎跑的脑子放入左鼻孔，介（这）时候，脑子奏（就）会被吸进去，把里面的空间填满。奏四介单（就是简单）的物理学。”船上这个医生，我以前从来没见过，后来也再没见过，外貌、说话怎么看怎么像爱因斯坦。我听说，爱因斯坦的大脑在罐子里泡着呢。手术结束时，不知怎么搞的，我仍然有一种灵魂出窍的感觉。船长看着我，失望地摇了摇头。

“跟狗躺一起，会得狂犬病[①]。”他对我没有一丝同情。我记得那个说法实际不是这么说的，不过我明白他是什么意思。“你要是非要信任那鸟，还有那帮该死的调酒师，这就是你的下场。小子，信我吧，别信他们调的那吸脑子的东西。我想，你现在应该很清楚了吧！”

船长耸立在我眼前，显得那么高大，不同凡响。但我却这么软弱无力。他转身要走，我不想让他走。领航员不见了踪影，此时此刻，我可不想一个人孤零零地待着。

“它从我身边游过去……”我赶紧说了一句。

他缓缓转过身，注视着我。“什么东西从你身边游过去？”

“一个大家伙，长着鳞，那鳞像是钢的。然后它潜下去很深，又朝水面猛蹿上来。我能感觉到它饿得慌。它想把我一口吞掉。”我不敢告诉他，是鹦鹉在我被吞之前及时救了我。

---

① 英语中有句类似的谚语，大意是“跟狗躺一起，会染上跳蚤。”船长故意做了改动。——译者注

船长坐在我的床边。“那个嘛，”他说，“是深渊海蛇——一个非常难缠的对手。一旦它瞄上了你，就会一直跟着你，最后不是你死，就是它亡。它决不会放过你的。”

这绝不算好消息，可船长脸上居然露出了笑容。“如果深渊海蛇觉得你值得它注意，那就说明你非常出色。说明你不像表面看上去那么简单。”

我避开他的目光，转过身去，脸冲着墙，不想去想海蛇可能会来找我的情形。“如果这对你来说都是一个样，”我对他说，“我宁愿不看某些人的眼睛。”

119 小话匣子

我的焦虑指数再一次飙升。我在护士站来回踱步，惹得早班的护士长多莉很紧张。

“宝贝，你现在不是有小组讨论吗？”

“我想没有。”

“那你不想做点儿别的事吗？”

“不想。”

她向另外一个护士发牢骚，说我们这些病人的时间安排得不够紧凑。最后，她叫身上文身特吓人的那个护理员护送我离开。

“你在娱乐室看看电视怎么样？”他建议，“你的一群朋友正在那儿看《查理和巧克力工厂》，是最早拍的那部——不是约翰尼·德普演的那部恐怖片。”

我的火气立刻蹿了上来。“首先，就算我们脑子里都有奥帕伦帕小矮人[①]跳来跳去，也并不等于我们都是朋友。其次，最早那部电影叫《威利·旺卡和巧克力工厂》——虽然严格讲并不是，因为是书先出版的，书里的主人公是查理——可就算是这样，也不等于你说的就对。”

他轻声笑了起来，让我更冒火了。“瞧，我们今天是不是有点像小话匣子？”

他是干什么的？“地狱天使[②]”来当幼儿园老师了？“希望你那些骷髅头等你睡着了把你吃掉。”我对他说。他这次没有笑，我觉得自己小胜一局。

---

① 《查理和巧克力工厂》中巧克力工厂的员工。——编者注

② 原文为 Hells Angels，一个由美国机车爱好者在“二战”后成立的机车俱乐部，其成员多在后背和手臂上文上该俱乐部的标志性骷髅头。——编者注

120 地图说不是这样

哈尔的妈妈又一次突然造访。我不在娱乐室，没看见她来。我根本坐不住，连画画都坐不下来了——我又在甲板上来来回回地走，以抵消海浪的摇晃。要是我开口，他们肯定会多给我一片氯羟安定，但我没有。调酒师调鸡尾酒的时候太随意，一想到要爬到瞭望台上去，我就更加焦虑。

我俩都回到房间后，哈尔跟我讲了讲这次的“见母历险记”。她这次待的时间比平时长。她甚至还跟他下了一盘跳棋。通常这叫“红色警报”。

“有什么不对劲吗？”我问。

“她要搬到西雅图了，”哈尔说，“她兴奋得不得了，想让我知道。”

“为什么会去西雅图？”

“她正在收集一个新老公，他就住在那儿。”

我不知道哈尔对这事儿有什么感受。“应该是件好事，对吧？等你出院了，你也可以去那儿。”

哈尔平躺在床上，眼睛呆呆地盯着天花板。“地图上不是这么说的。”

“她不带你一起去？”

“我没有看见一条通往太平洋西北地区的路，”他沉默了一会儿，然后说，“她的未婚夫觉得我‘让人反感’。”

我刚想说，作为他的妈妈，她不能把他丢下不管，但又突然想起，他早就不受他妈妈的监护了。

他转过身，脸朝着舱壁。我感觉到，船遇到了一股缓慢而强劲的涌浪，起伏不定。

“没关系，”哈尔对我说，“我有更好的去处。”

121 精神向前行

第二天上午的小组讨论里出现了几张新面孔，少了一些老面孔。每个人的毕业日都不一样，人数在不断增加。有时候，会有温馨的道别场景。有时候，人们会悄无声息地离开。这都取决于个人的愿望。

“他们用无线把人传进来，再传出去，”一个叫拉乌尔[1]的小子告诉我，“我见过。”我没有反驳拉乌尔对现实的架构，只是告诉他，他们不允许我跟名字中包含太多连续元音的人说话。

① 拉乌尔的英文名是Raoul，名字中包含三个连续的元音字母。——译者注

今天小组讨论的时候，马上就要把拼图拼好的丝凯看起来没平时那么凶。“所有这一切都是有原因的。”丝凯对小组的同伴说，她的眼睛瞅着卡莱尔，想得到他的认可。“我妈妈说过，上帝给我们的，绝不会超过我们所能承受的。”

听了这话，哈尔立刻说：“你妈是傻帽儿。”

“嘿！”卡莱尔生气地喊了一声。哈尔被赶了出去，不能参加后面的讨论。规则一，对于毁谤性言论，惩罚措施是提早打发走。当然，除非提前打发走是你梦寐以求的。那样的话，就根本不是惩罚，反倒是对粗鲁行为的额外奖赏。

“卡登，”卡莱尔想在极端分子中找一个相对温和的，于是对我说，“你对丝凯刚才说的话有何感想？”

“谁？我？”

我原以为他可能会说些刻薄话，比如“不是，是藏在通风孔里的那个卡登”，没想到他却说，“对，就是你。”好像我这么问，不是故意想拖延时间，而是真的以为他在叫通气孔里的卡登。卡莱尔不爱打趣，有时候真让人失望。

“我觉得上帝给我们这样的处境，并不比让小孩子得癌症，或者让穷人赢彩票更难以承受，”我说，“就算难以承受，他也赐给了我们去面对的勇气。”

“那些无法面对的人该怎么办？”

“那很简单，”我一脸严肃地回答，我的双眼睁得很大，充满深情，“那些都是上帝特别、特别讨厌的人。”

我希望卡莱尔把我也从小组里开除，却没撞上那么好的运气。

122 历来很吓人

如果你仔细想想，就会发现，有史以来，公众对异常的脑化学的看法，如同精神疾病的症状一样多样而古怪。

假如我是出生在另一个时代的美洲土著人，我可能会成为一位广受赞誉的巫医。我脑子里的那些声音，可能会被视为先祖的声音在传授智慧。我很可能带上神秘的光圈，备受尊重。

假如我生活在《圣经》时代，可能会被视为先知，因为，老实说，其实只有两种可能：要么那时的先知真的听见上帝对他们说话，要么他们就是得了精神病。我敢肯定，要是一位真先知在当今出现，他或她一定会被注射大量哈泊度，直到天开了，上帝之手把医生一耳光扇傻了。

要是在欧洲中世纪早期的黑暗时代，我的父母肯定会派人去请驱魔人，因为明摆着，我被邪灵附身，说不定是被魔鬼本人附身。

假如我住在狄更斯时期的英国，我很可能会被扔进疯人院[①]。这个词可不单单是一个统称，而是一个真实的地方，一个“精神病院”。所有精神失常的人都关在里面，里面的条件不堪设想。

生活在二十一世纪，会让一个人接受治疗的预后效果更好。但有的时候，我真希望自己是住在技术出现之前的时代。我情愿每个人都把我当作先知，而不是某个生病的可怜孩子。

123 诗人和狗

拉乌尔，就是那个新来的孩子，经常会有死去的名人来探访他。其中最出名的要数莎士比亚了。究竟是莎翁的鬼魂，还是时间旅行的产物，没有人说得清。

“他今天说了什么？”我和拉乌尔一起在护士站

---

① 原文为 Bedlam，又写作 Bethlem，指的是英格兰第一家精神病院 Bethlem Royal Hospital（百思乐皇家医院），后成为精神病院和疯人院的代名词。——编者注

周围转悠时，我随口问了他一句。拉乌尔突然变得很警觉。

“别烦我！”他不高兴地说，“你会跟我说，这不是真的。但我有自己的理论，懂吗？我有自己的理论。”

他气鼓鼓地从我身边走开，他很有可能误以为我要取笑他，但我没有。我对妄想和幻觉都极为尊重——虽然我并不确定困扰拉乌尔的是哪一种。他看见大诗人了？还是只是听见了他的声音？我跟他说话的时候，他会以为我是莎士比亚吗？

曾经有一度，在我沦落到这儿之前，我会觉得这一切都很可笑。当时我还是世界的一分子，不是“俱乐部”的一分子。世人总是爱嘲笑精神错乱者的滑稽荒唐。我猜，人们之所以会觉得可笑，是因为它严重扭曲了原本非常熟悉的事。例如，拉乌尔的无事生非是受爸爸的影响。他的爸爸是一个不得志的莎翁戏剧演员，后来放弃了自己的梦想，为穷人家的孩子创建了一个戏剧营。

我觉得很难过，因为我以前在小组里对他挺刻薄的，所以现在我特别想帮帮他。我就想帮他，再怎么也不会更糟了吧？于是，我跟着拉乌尔来到娱乐室，只见丝凯还在拼拼图，另外一群人正在看一部电影，演的是一只会说话的狗——好像我们这些人里，有谁真需要再往脑子的一锅粥里再加几只会说话的狗似的。

拉乌尔扑通一声坐在桌旁，我在他对面坐了下来。

"是悲剧还是喜剧？"我问道。

他把椅子转过去，脸朝着别的地方，并没有起身离开，这就说明他只是装装样子而已。他想看看接下来会怎么样。

"莎士比亚写过悲剧，也写过喜剧，那他跟你说话的时候你觉得自己是在哪一种剧里？"其实，这位大诗人还写过讴歌爱情的十四行诗。可是，假如莎士比亚对着他朗诵十四行诗，那完全是另外一码事了。

"我……不知道。"拉乌尔说。

"要是悲剧的话，"我对他说，"你记得提醒莎士比亚，他还有喜剧的一面。给他个挑战，让他逗你笑。"

"走开！"他不客气地说，见我没有走的意思，他索性加入了看狗电影的行列中。不过我很清楚，他不是真的在看，而是在琢磨着我刚才说的话。我要的就是这个。

我不是波洛医生，连卡莱尔这样的人也算不上。我不知道我给他的建议是好还是坏。不过在我看来，我们所触碰的这些世界有时实在太黑暗了，不管做什么，只要能带去一些光亮，一定是件好事，对吧？

124 憎恨信使

小组疗法的恐怖故事，我已经听得麻木了。栩栩如生的细节，泪眼汪汪的倾诉，怒气冲冲的咆哮，这些全都成了背景噪声。卡莱尔是一位很出色的引导师。他尽量当墙上的苍蝇，让我们自己说，只有必要的时候才会给出建议，引导我们。

亚历克莎几乎每天都做同样的事。只要一有机会发言，她就开始长篇大论，尤其是小组里有新人的时候。她一遍又一遍地重温她继母的儿子带给她的痛苦，还有割开自己喉咙的感觉。只是每次换用不同的词，不同的开场白，想蒙骗我们。让我们误以为她要带我们去一个新的地方。

我想让她别再讲了，可这么做是不是太没同情心了？这故事我听过几百万遍了，真想冲她大喊一声“赶紧闭嘴！”可这么做是不是太残忍了？我发觉，今天我比往常要清醒一些，口头表达稍微好了一点儿。我能整理思路了。这种状态可能不会持久。不过既然状态不错，我下定决心要好好利用一番。

在今天的讲述中，亚历克莎站在镜子前，凝视着自己的眼睛，心里打定了主意——这个世界上已经生无可恋。不过，就在她举起瑞士军刀准备割喉的时候，我大喊了一声——

“对不起，这部电影我已经看过好多遍了。”

所有人的眼睛都转向我。

“剧透一下，”我接着说，“这个女孩千方百计想要自杀，但她活了下来，她的浑蛋继兄逃跑了，从所有人的生活中消失了。前几遍看的时候，这是部货真价实的催泪片，可现在已经老套了——比有线电视都老了。”

“卡登。”卡莱尔小心翼翼地说，好像在决定是该切断炸弹上的黄线还是蓝线。“老兄，你今天有点儿冷酷。”

“不，我在说实话，”我对他说，“难道我们不该在这儿说实话吗？”说完，我回头看了看亚历克莎。她正盯着我，也许被将要发生的事吓坏了。“你每次去回想，那就好像他现在还在一次又一次地伤害你。”我对她说，“可是如今伤害你的已经不是他了——是你自己。如今，是你把自己变成了他的受害者。”

“哦，那我就干脆忘了吗？”泪水涌上了她的眼眶，可我今天一点儿也不同情她。

“不，永远别忘，”我对她说，“但你得学会面对，继续向前走。过好自己的生活，不然他把你的未来也夺走了。”

“你真刻薄！”她冲我喊道，“我恨你！”说完，她用手捂住脸，小声呜咽起来。

“那个……我觉得卡登说得没错。”拉乌尔战战兢兢地说。哈尔点头表示赞同。丝凯假装看着左边，似乎一点也不在乎。其他人则呆呆地注视着卡莱尔，谁都不主动发表意见，不是怕得要命，就是药吃得太多。

还在为该切哪根线纠结的卡莱尔谨慎地说："嗯，亚历克莎有权体会自己的感受。"

"谢谢！"亚历克莎说。

"……不过，卡登的话确实很有道理，我们所有人都该考虑考虑。"然后，他问"继续向前走"对我们每个人意味着什么，讨论平静地继续下去。虽然我刚才的话句句为真，绝不是说着玩的，不过看到他找对了要切哪根线，我也顿时松了口气。

这次的讨论结束后，卡莱尔把我叫到一边。我知道是为什么事。他今天肯定会为我在小组里的表现好好教训我一番。说不定他还会威胁我，要把这事告诉波洛。

所以，当听到他说"其实你刚才的见解很深刻"时，我别提有多震惊了。看到我这么惊讶，他接着说："嘿，该表扬就表扬。也许你说的方式不是最好的，但亚历克莎需要听听这样的话，不管她自己明不明白。"

"是呀，她现在恨死我了。"

"别放在心上，"卡莱尔说，"真相伤人的时候，我们向来憎恨信使。"

然后，他问我是否清楚我的诊断结果——因为医生总是把这事儿丢给父母，让他们告诉我们。我父母倒是轻描淡抹地提过跟精神病有关的时髦词，不过极其模糊。

“没人跟我说过，”我最后承认，“至少没有当着我的面正式地说过。”

“是的，刚开始是这样。主要是因为诊断结果会变化，不过也因为这些词本身会让人有很大的精神包袱。你明白我的意思吗？”

他的意思我完全明白。我曾无意间听到过波洛医生与我父母的谈话。他用了诸如“精神错乱”“精神分裂”之类的词。这类词语，人们觉得只能小声说或根本不能重复。这是一种不能说出名字的精神疾病。

“我听我爸妈说过什么‘双相’，不过我以为，只是因为这个词更好听一点吧。”

他理解地点了点头：“真够糟的，对吧？”

我不由得笑了起来。难得有人这么清清楚楚地说出来，感觉不错。“也不是，这就像是在公园里散步，”我对他说，“只是这个公园是黄石公园，忠实泉[1]正在把沸腾的水蒸气吹到你的屁股上。”

现在，轮到他大笑了。“要是你又有了幽默感，说明药效起作用了。”

---

① 忠实泉位于美国黄石国家公园，因有规律地喷水而得名。——译者注

“巧合吧[1]。”我对他说。

他咧着嘴笑了。“随着时间的推移，你会发现巧合越来越多。”

“鲸鱼可真不少呢。”我说。

“那可不一定，”他说，“海豚也有尾鳍。”

这句话让我的思绪立刻飘到了麦肯茜房间的墙上。我开始琢磨，那堵墙会不会已经重新粉刷过，把我生病的痕迹从她的房间里全部抹去。毕竟，那几只武士海豚很可能会被人们看作是精神错乱的。

125 散步

我坐在景观室里画画，卡利望着窗外。我们的空闲时光就是这样度过的，而这样的时光却又那么少。今天，我的胃出了毛病。胀气，或是消化不良，或是别的什么问题。能在这儿跟卡利待在一起，我身体的不舒服好像也无足轻重了。巨大的观景窗把热量散失给了外面阴霾的天。房间里很阴冷，可是大白天我没法帮卡利取

---

① 文字游戏，卡登用的词是 fluke，在英语中既有“碰巧、凑巧”之意，又指鲸类动物的尾鳍。——译者注

暖，到处都是盯梢的眼睛。在我的想象中，她每个晚上都会来到我房间，借我的温暖——但我觉得这事儿只发生过一次。纵然如此，这一次我还是很乐意相信自己的想象。

柔和的背景音乐从嵌在天花板里的几个扬声器里传来，就算我们想拔它们出来，也找不到抓手。轻柔的铜管乐器奏着持续的低音，就像漫画中查理·布朗[1]的父母一样絮絮叨叨。呜哇——哇——哇，呜哇——哇——哇。在这儿，就连乐曲也吃了药。

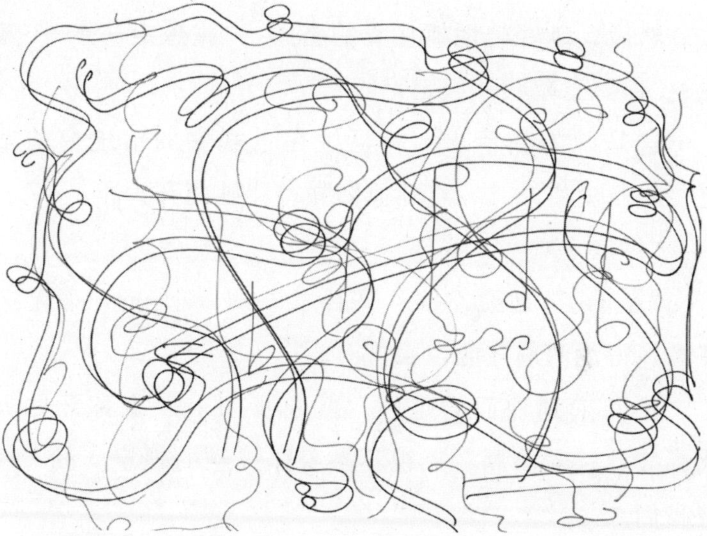

① 美国漫画家查尔斯·舒尔茨创作的《花生漫画》中的卡通人物，他的宠物是小狗史努比。——译者注

卡利扫了一眼我的素描本。“你现在画得跟生病以前不一样了，是吧？”

她居然能看出来，我很惊讶，但也许我不该惊讶。感觉我们俩已经认识了很久，比实际认识的时间还要久得多。

“我已经不是‘画’了，”我对她说，“最近只是把东西从脑子里挤出来。”

她咧嘴笑了。“希望你画完以后，还有东西留在脑子里。”

“是啊，我也希望。”

然后，她轻轻地抓住我的胳膊。“我想走一走，”她说，“你愿意陪我一起走走吗？”

这是她的新请求。一旦她在景观室的落地窗前站定，就极少离开，一直到他们强行让她离开为止。

“你确定吗？”我问。

“是的。”她说，接着又补了一句，“是的，确定。”好像她得说两遍才能说服自己。

我们来到外面的走廊，散起步来——老掉牙的方式，彼此挽着胳膊，无视不准身体接触的规定。没人拦着我们。

病区被设计成椭圆形。“像一个大胖零。”有一次，哈尔指了出来，他发现这样的设计有重大意义。这样你在大厅里就用不着来来回回地走，因为一旦你走起来，永远也走不到头。今天，我是用自己经过护士站多少次来算圈数的，但很快就数不清了。

“你不想回到窗边吗？”我问卡利。倒不是因为我想回去，而是因为她也许想回去吧。

“不，”她坚决地说，“今天没什么好看的。”

“可是……”

她转过身看着我，等我把话说完。我要是能说完该有多好，可我不知道“可是”后面要说点儿什么。于是，我陪她走回她的房间。

“你应该把那幅画画完，”她说，“等你画好了，我很想看看。”

既然我只是随意地画画听背景音乐时的感觉，我对最后的成品可没她那么感兴趣。

“没问题，”我对她说，“我会给你看的。”我们的对话从来没有像现在这么别扭。即使我们俩什么都不说的时候，也不如现在这么别扭。我的胃里咕噜直响，疼了起来。似乎与我们俩之间尴尬的气氛交相呼应。终于，她把心事告诉了我。

“我很担心，”她说，“担心咱们俩不会让彼此得到自由。”

我不确定有没有听懂她的意思，但我还没想好，完全没想好。“那可由不得我们，那是波洛医生决定的。”

她摇摇头：“波洛只不过是在文件上签字而已。”

我们俩站在她的房门口。“愤怒的死亡之臂”从我们身边经过，用那种“我盯着你们呢”的眼神看了我们一眼，然后才继续向前走去。

“咱们俩会离开这里，”她说，“但不会同时离开。其中一个会落在后面。”

虽然我不愿意多想，但我知道她说得没错。残酷的现实就在残酷的非现实之中。

“我们必须承诺，一旦时机来临，要放开彼此，”她说，“我承诺，你愿意吗？”

“愿意，”我对她说，“我也承诺。”可我知道，这事儿说起来容易，做起来难。我想，假如想法只值一分钱的话，那相比之下承诺值的钱不就更少了吗？尤其是你很可能守不住的承诺。

126 一种好的疼痛

我的内脏就是大海，黑深的酸质和恶意的企图不停地翻搅，身体里的不适慢慢演化成了纯粹的痛苦。我的胃带着胀气的不适咕噜作响，而我们这艘船下的海洋也是同样如此。

“深渊海蛇正在跟踪我们，”领航员告诉我，“就像有些人一下雨就能感觉到关节痛，你能感觉到那个龌龊的东西正在你肠道里穿梭。”说完，他走到他那摞地图前。地图上画的都是不存在的世界。他取出一张，顺手拿起一根铅笔，一根按理说不该放在我们船舱里的铅笔。“你感觉它在哪儿，告诉我，我来给我们设计一条路线，把它搞晕。”

我指了指身上的几个部位，我能感觉五脏六腑咯咯乱叫，疼痛不已，咆哮着，紧绷着。我那些愤怒的肠子是什么意思，他统统给翻译出来，并用钢铁般的专注力在地图上画了一团乱糟糟缠在一起的线条——一条从四面八方反复穿过自己的小路，没有一条线是笔直的。画完之后，他把这幅更改过的地图拿给船长看。

“这是一种好的疼痛，”船长过来查看我身体状况时候，安慰我，“跟着你内脏的感觉走，它绝不会给你指错方向。”

127 你有没有想过，也许这是故意的？

护士说，这不是食物中毒，因为除了我以外，其他人都没生病。我怀疑是吃了妈妈带来的干酪焗茄子吃坏了。她偷偷带进来的，因为我们不能吃外面的食物。我把它藏在壁橱里，然后忘得一干二净，第二天又找着了，就把它吃掉了。这是对食物需要冷藏的最好论据。我实在太难为情了，不好意思跟别人说，我的肠子之所以扭曲痛苦，是我自己犯下的愚蠢的错误——尽管哈尔知道，因为我把盘子藏起来的时候被他看见了。不过，我知道他不会说出去的。他什么事儿都不再跟粉衣人或医生或卡莱尔讲了。我疼得几乎动不了，只能在床上扭来扭去。粉衣人给我的药一点效果也没有。这就好比试图用水枪来灭森林大火。

我大声哼哼着，哈尔抬起头，目光从他那本疯狂的地图册上移开，盯着我看了很久，才说："你有没有想过，也许这是故意的？也许你父母故意给你下了毒。"

"哇哦，谢谢你，哈尔，这真是我现在最需要听到的。"

其实，我早就想到了，但听到他大声说出来，反而让我担心的事儿变得更真实了，这让我很不爽。好像我还不够疑神疑鬼似的。

他不以为然地耸了耸肩。"只是想给你一个新角度，度过，过去，去世。你要是去世了，我会给你放二十一响礼炮，不过你的亲戚得先给我提供二十一门礼炮才行。"

128 肠子里的分时度假

我又被铐到了白色塑料厨房的桌子上。我清醒得很，知道这是一场梦。清醒到我知道，即使在梦中，我的胃疼依然没有缓解。

那两个戴着面具、看着像我父母的怪兽在那儿。此时，还有一个戴着麦肯茜面具的家伙也在那儿。那副面具看起来既像我妹妹，又像画家爱德华·蒙克《呐喊》中的那张脸。她有一头金色的秀发，一张受了惊吓、哀号的嘴，尽管我能听到面具后面传来的阵阵笑声。

他们三个把像《星际迷航》里瓦肯人[①]似的尖耳朵紧紧贴在我胀得鼓鼓的肚子上。我的肚子用腹语发出一阵阵邪恶的咆哮，仿佛魔鬼撒旦本人在我的肠子里买了一份分时度假。他们一边听着，一边点头，用同样的腹语回答着问题。

“我们懂，”他们说，“必须做的事，我们一定会去做。”

然后，住在我胃里的恶心东西开始向外掘出口。

---

① 美剧《星际迷航》中的一种外星人，典型特点是尖耳朵和齐刘海。——译者注

129 算计我们

海面上波涛汹涌，时不时会有大浪袭来。我身下的铺盖湿漉漉的。一颗颗凝结的水珠从黯淡无光的灰绿色的铜天花板上滴落下来。

船长站在我的上方，向下俯视着。用他那只好眼睛审视着我。“欢迎回来，小子，”他说，“我们还以为你挺不过来了呢。”

“出了什么事？”我的嗓子沙哑。

“你被罚拖龙骨了，”他告诉我，“大半夜被人从舱里弄走，带上甲板，内脏全翻出来，然后系到一根绳子上，抛到了海里。”

这件事，我一点印象也没有，直到他讲出来的这一刻才想起来——仿佛他的话本身就是我的记忆。

“有人听你总抱怨肚子疼，听烦了，所以他们把你的肠子全翻出来，在海里清理干净，然后把你拖过布满藤壶的龙骨，然后又从另一侧船舷拖上来。甭管是什么让你痛苦，现在都已经被刮干净了。”

他说的时候，我能感觉到每一个藤壶。我能感觉到我的肺像着了火，拼命地想吸一口已经没有了的氧气。我无声地尖叫着，坠入黑暗的深渊，后来肺里装满了要人命的海水，再后来，眼前一片黑暗。

“很多水手不是一命呜呼，就是体无完肤，无可救药了，”船长对我说，“不过，你倒还挺住了。”

“我的肠子还露在外面吗？”我有气无力地问道。

“我看是没有。除非你里外长得一样。”

“是你下令干的？”我追问。

他看起来像是受到了侮辱。“这命令要是我下的，那我的脸应该是你被扔下海前见的最后一张脸，也是你回船上时见的第一张脸。我向来把自己的残忍行为归到自己头上。不这么做那就是胆小怯懦。”

领航员正在铺位上观察着我们，船长便命令他去给我端点水来。他刚一出去，船长就跪下身，对我耳语。

“仔细听着。有些人看似朋友，其实不是。有些人看起来是一回事，其实是另一回事。蓝天可能是橘黄色的，上可能伪装成下，有人总是想方设法给饭菜下毒。我说的话你明白吧？别当耳旁风。”

“不明白。”我回答。

“很好。你还在学习。”他四下望望，确保我们没有被其他人盯梢，“这些事，你已经怀疑了很久，对吧？”

我不由自主地点起头来，虽然心里不愿承认。

“我现在告诉你吧，你的恐惧不是你疑神疑鬼。这全都是真的。每一天，每分每秒，这些势力都虎视眈眈，暗中算计你。算计我们。”他一把抓起我的胳膊，“这艘船上的人，一个都不能信。这艘船以外的人，一个都不能信。”

“那你呢？”我不解地问，“我能信你吗？”

“‘一个都不能信’是什么意思？难道你听不懂吗？”

就在这时，领航员端着一杯水回来了，船长把水倒在了地板上，因为就连对领航员也不能不怀疑。

130 别好转

我肠道的不适感消失了，说明这只是变质的茄子在作怪。我明白了，原来我的爸妈并没有故意给我下毒。要是波洛医生知道了我能意识到这一点，能明白这种感觉只是妄想，肯定会称之为胜利。

“你越是不相信你的病想让你相信的东西，就能越早康复回家。”

他不理解的是，尽管我的身体有一部分已经开始感觉到有些东西可能是错觉，但还有一部分又别无选择，只能去相信这些错觉。这一刻，我觉得茄子不可能被下毒。可到了明天，我说不定就会胡言乱语，说我的父母想要杀我，而且我还深信不疑，就像我深信地球是圆的一样。要是我哪一天突然冒出一个想法，觉得地球是平的，可能也会深信不疑。

卡利是一个可以让我情绪稳定的人，可她现在却让我有点担心。倒不是她的病情加重了，而是她在慢慢好转。她不再像以前那样，久久地站在景观室的落地窗前。强迫症的行为这么不明显，波洛医生很可能会考虑让她回家。

那天晚上，我做了一个很恶毒的祷告。那种祷告够我下地狱的了，如果我要真信这些东西的话。我可能信，也说不定不信，还没确定。

“求你别好转，卡利，”我祈祷，“只要我还没好转，求你也别好转。”

我知道这么祷告很自私，可我不在乎。无法想象见不到她的微笑。无法想象不能为她取暖。不管我对她做过什么样的承诺，我都无法想象，自己一个人孤零零地待在这儿。

131 纸板堡垒

我父母第一次带麦肯茜来看我。我知道他们为什么等到现在才带她来，因为有时候我挺吓人的。跟在家时的吓人不一样，不过还是很吓人。况且这儿还有其他人呢。麦肯茜很坚强，但青少年精神病病房可不是青少年该来的地方。

父母早就跟我打过招呼，说他们虽然有些顾虑，但还是打算带麦肯茜来看我。

“她坚信事情比实际情况要糟得多。”有一次，妈妈告诉我。“她的想象力你也了解。再说，你们俩见见面也挺好的。波洛医生很赞成。”

所以，有一天到了探视的时间，我们当中那些有访客的人在粉衣人的护送下，来到了娱乐室，我发现她和爸妈坐在一张桌子旁。

看到她的瞬间，我迟疑了一下，完全忘了她要来看我。就好像我害怕一旦离她太近，会伤害到她。我可不想伤害她，不想让她看到我这副样子。可现在是探视时间，你总不能在家人探视时逃跑吧。我小心翼翼地走向我的家人。

“嗨，卡登。”

“嗨，麦肯茜。”

“你气色不错嘛，除了睡觉压扁的头发。”

“你气色也不错。”

爸爸站起来，把桌边一张没人坐的椅子拉过来。“坐下来吧，卡登。”

我照他说的做了。我坐了下来，尽量不让膝盖上下抖，可只有专心地想着这事儿，才能做到。可一旦专心地想着这事儿，对话我就跟不上趟儿了。我可不想跟不上趟儿。我想为麦肯茜表现得好点，营造一种“一切都好”的氛围。可我觉得自己没有成功。

麦肯茜的嘴唇在动，眼里饱含深情。我只听到了她结尾的几句话：“……《舞蹈妈妈》[1]那儿的那些妈妈快把彼此的眼睛都挖出来了。老妈跟她们绝对不一样，她给我找了一个更安静的舞蹈工作室，那儿的人可没得精神病。”说完，她低下头，脸变得有点红，“对不起，我不是那个意思。”

此时此刻，我没什么感觉，但如果我能因为她难过而难过的话，那我也愿意。于是我说：“嗯，是有精神病的，是有精神病的。舞蹈妈妈症无药可治，可能只有氰化物能治。”

麦肯茜咯咯地笑了起来。我的爸妈并不觉得好笑。

“我们不要在这儿用那个词，麦肯茜，”妈妈说，“就跟我们平时不说骂人的话一样。”

“独眼龙，”我接着说，“因为那个医生只有一只眼睛。”

麦肯茜又咯咯地笑了起来。“是你自己瞎编的吧。”

“其实，”爸爸自豪地说，自豪得有点儿怪，“他没瞎编，另一只眼睛是玻璃的。”

“他的两只翅膀倒是好的，”我对她说，“不过，没

---

① 美国2011年7月首次开播的一档舞蹈真人秀节目。——译者注

有地方可以让他飞。”

“不如玩个游戏吧？”妈妈赶紧说了一句。我记得我最后一次玩“苹果派对”这个纸牌游戏，还是在谢尔比来的时候。要么是麦克斯？不，我想应该是谢尔比。虽然我知道这个游戏怎么玩，可当时就是理解不了。游戏规则简单明了：摸出一个形容词，比如说“尴尬”，每个人必须要出一个最恰当的名词搭配。出个极荒唐的名词，只有在你说反话逗乐的时候才好玩，而不是在你被药迷糊的时候。上次玩的时候，我出的牌让其他人都极度难过。

但是，由于所有访客都热衷于玩游戏，“苹果派对”便成了架子上唯一剩下的纸牌游戏。麦肯茜拿了下来，她对我这段不光彩的历史一无所知。

“我有个主意，”麦肯茜拿着游戏盒坐下来以后，妈妈说，“我们用这些纸牌搭一个纸牌屋怎么样？”麦肯茜开始抗议，爸爸瞪着眼睛，用那种“别顶嘴，我们以后解释”的眼神看了她一眼。

想到纸牌屋①这个点子，我不禁笑了，我明白这讽刺的意味，他们却没有。鹦鹉要是在，肯定会说那是个

---

① 英文中的一个短语，字面意思是用纸牌砌成的房子，含有脆弱、一击即破的意思，用来形容那些外表看似堂皇宏伟，其实不堪一击的事物。——译者注

好兆头。他肯定会建议我，让我用心玩好这个游戏。就为了那个原因，我没有用心。

爸爸以工程师给桥梁打地基的专注力开始搭了。我们每个人轮流把纸牌搭在上面。好像每次搭到十张以上，房子就塌了。试了四次。第四次，我们其实有很大进步，搭到第二层以后，整个房子才轰然倒塌。

“哦，天哪。”妈妈感叹道。

“这事儿可不容易，即便是在海上风平浪静的时候。”我指出。

爸爸和妈妈全都心照不宣地想要岔开这个话题，麦肯茜却不肯。“什么海？”她追问。

“什么海？什么意思？”

“你刚才说海上风平浪静。”

“是吗？”

“麦肯茜……”爸爸刚要开口阻止，妈妈轻轻地拍了拍爸爸的肩膀，打断了他。

“让他自己回答吧。”妈妈温柔地说。

我突然觉得非常、非常不舒服。很难堪，很丢人的那种难堪。好像我正在约会，结果挖鼻孔被对方看个正着一样。我扭身望着窗外，看着刚刚割过的草堆得像连绵起伏的山丘一样。我动不了了。但愿只是暂时的。就算是这样，船长一定就在什么地方，留心听我说的每一个词。

“有时候……是那样的。”我对麦肯茜说。我能说的只有这句话，才让我自己不至于坍塌崩溃。

麦肯茜说：“我明白了。”

然后，她把手伸出来，放在我的手上。我还是不能直视她的眼睛，于是我就看着她的手。

“还记得以前的圣诞节，我们一起用纸板箱做堡垒吗？”她问。

我笑了。“记得。很好玩。”

“那些堡垒看起来太逼真了，虽然不是真的，你知道吗？”

有那么一会儿，谁都没有说话。

“现在是圣诞节吗？”我问。

爸爸叹了口气。“快到夏天了，卡登。”

“哦。”

妈妈眼泪汪汪的。我有点儿纳闷，不知道自己刚才做了什么，竟会让她流泪。

132 没有故意压低声音

傍晚时分，太阳快落山了。夕阳低垂在海平线上，在海面上投下令人昏昏欲睡的倒影。我们的帆鼓满了风，风力平稳，船一直向西行驶。如果太阳依然还在西边落下的话。

我和卡莱尔待在甲板上。他把手里的拖把递给我，把他那份脏活分给我干一点儿。

“恐怕船长不会同意吧，”我对他说，“鹦鹉可能也不同意。”

他似乎对船长没什么意见，不过一提到鹦鹉时，他却说：“那鸟什么都看得见，我早就什么都不瞒着他了。”

“要这么说……你是站在哪一边的？”

卡莱尔笑了笑，从桶里倒出一些水，让我用拖把去擦。“你这边。”

他看了我一会儿，说：“你让我想起以前，我以前也和你一样。”

“你？”

“没错。”他合上笔记本，目不转睛地看着我。娱乐室里，还有其他人跟我们在一起，但大多数人都在看电视。只有我们俩在聊天。“你真幸运。我开始治疗的时候也是十五岁，不过我去的地方可没这儿这么好。”

“你？”我又问了一遍。

“最初他们以为是双相障碍，但后来我的妄想症越来越厉害，精神越来越错乱，然后开始出现幻听，他们才把我的诊断改为分裂情感性障碍。”

他说的时候，没有故意压低声音。也不像圈外人那样，把这些词说得那么可怕。想到卡莱尔是我们的一分子，我就心神不宁，因为万一他撒谎怎么办？万一这是他故意编出来的，想把我的脑子搞糊涂怎么办？不会，这只是妄想。波洛医生肯定会这么说，而且他说得一定没错。

卡莱尔解释道，分裂情感性障碍介于双相障碍和精神分裂症之间。“应该叫‘三相’，”他说，“因为刚开始你是狂躁，以为自己是宇宙之王，然后会变得很疯狂，会看见很多东西，听见很多声音——相信很多不真实的事情。然后当你平静下来，意识到自己居然会那样，又会陷入抑郁之中。”

“他们让你在这儿工作？”

“只要我按时吃药就没事儿。付出了代价才搞清楚，但我搞清楚了。已经好多年没有再发作了。话说回来，严格地说，我不在这儿工作——我一有空就来当志愿者。我觉得吧，我得过这病，又有心理学的硕士学位，可能能派得上用场。”

这么多的信息让我一时难以接受。“那你平时是干什么的，在你不帮我们擦精神垃圾的时候？”

他指了指他的笔记本电脑。“软件公司。我设计游戏。”

“不可能！”

“嘿，药物可能会把你的想象力搞乱，但不能把它杀死。”

我很惊讶，甚至有点儿激动。我转过身向甲板上张望，看到其他船员不是忙着在干船长派下来的活儿，就是在无所事事地瞎转悠。晚霞美极了，几乎什么颜色都有。

卡莱尔把拖布拧干，四处看了看，对干净的甲板非常满意。“总之，”他说，“不是说因为这次航行很漫长，就等于你要永远待在船上。”

他留下这个想法，自己到甲板下面去了。他走了以后，我才看见船长。他正站在舵旁——他最喜欢的俯视整艘船的地方。此时，他死死地盯着我，那只独眼透出的眼神锋利尖酸，简直能把我溶为乌有。

133 浪尖马巷

我们终于驶进了徘徊已久的风暴前锋。狂风呼啸，大自然，无论自不自然，反正都在宣泄愤怒，像在报仇似的。天空瞬间便从无尽的白昼变成了时间尽头般的暮色。帆船颠簸起伏，就像个软木塞一样。四周，一道道闪电划过天空，不到半秒的工夫，便传来阵阵雷声。

我站在甲板上，茫然不知所措，眼睁睁地看着一面面船帆撕裂再愈合，撕裂再愈合，帆布上的疤痕变得像绳梯的绳子一样粗。我都好奇要多大的风力才能最终让这些帆无力愈合。船员一股脑儿地从主舱口冒了出来，像被洪水淹没的蚁丘上的蚂蚁一样，迅速地往上爬。船长咆哮着对他们发号施令。我心想，他们这方向走反了吧。待在甲板上可能会被冲走，还不如待在甲板下面呢。但也许船长发起火来比老天发火更让他们惧怕。

“收帆！”船长下令，“固定帆缆！”他朝一个船员的屁股狠狠踢了一脚，“再快点儿！难道你想让咱们少根桅杆？”

风暴此前已经盘桓了一个多星期——时间很充裕，足以让船准备就绪，迎接这次猛攻，可船长偏偏恪守一种独特的人生哲学，选择什么也不做。

“预防性措施是自发行为的毒药，”他说，“我更喜欢在恐慌中彰显英雄主义的荣耀。”

好吧，眼下他有了恐慌。英雄主义究竟能不能力挽狂澜，还要拭目以待。

船长看见我傻站在那儿，无所事事。“你来掌舵，”他指着上甲板对我喊，“转个方向，顶着浪走！”

我顿时惊呆了，他居然让我来掌管这艘船。“顶着浪？”我疑惑地问，不确定有没有听错。

“照我说的办！”船长大喊，“三厘米的浪推过来也得有九米高。一旦撞上舷侧，我们的船就可能会翻——

我更喜欢让船正面朝上。”

我一步三个台阶，飞快地来到舵旁，抓住舵柄，努力想让它转起来。鹦鹉从我身边俯冲而过，尖声叫着什么，可是雷声隆隆，海浪翻滚，我什么也听不清。

我终于扭动了舵柄，让固执地不想动地方的方向舵摆动起来，可还是慢了一步。一股大浪斜着向我们打来，狠狠撞到船首右舷上。甲板上的船员被海水从甲板一头冲到另一头，拼命抓着一切能抓住的东西。

终于，船改变了方向，顶浪航行。船头猛地冲下低谷。紧接着，一股巨浪迎头打来。我不由得想起卡利奥佩，也不知道她要怎么渡过这道难关。海浪也会不断地击打她吗？如同击打我们一样？要是她什么都能感觉到，会不会感觉到船的痛苦，船拼命地想保持完整时的那种痛苦？

白色的海水淹没了甲板，然后又慢慢退去，只剩下咳嗽不断、挣扎着呼吸的船员。是不是有人已经在大海里消失了，我完全不知道。

突然我觉得肩膀一疼。原来，鹦鹉已经绕回来了，落在我的肩上，为了不被狂风吹走，两只爪子深深嵌进我的肉里。“时候到了，时候到了，”他说，“你必须把船长干掉。”

“什么？现在这乱糟糟的时候？”

“杀了他，”鹦鹉坚决地说，“把他扔进海里。我们就说他在海里失踪了，你就摆脱他了。”

但我还不确定到底要对谁忠诚呢。此时此刻，救我自己的命远比结束别人的命要重要得多。“不，我做不到！”

“这场暴风雨是他引起的！”这只鸟大喊，“是他强行把你从原先的生活中拽走！一切都因他而起，因他而终！你必须动手！必须！”话音刚落，一股狂风把他从我的肩膀上刮了下去。

不管他在撒谎，还是在讲真话，我都没时间考虑。又一股大浪击中了我们。这一次，我被从船舵旁甩了出去，掉到了下面的主甲板上，成了众人中的一员，苦苦地挣扎着不被海浪拖下去。

等我抬起头的时候，看到有个东西被浪带到了甲板上。有个东西正在主帆的帆桁上死盯着我。这家伙长着一张尖尖的马脸，鼻孔张得很大，赤红的眼睛充满愤怒。是匹马——却没有臀部。一条腿也没有，只有一根可以卷卷的尾巴，绕在帆桁上。这是匹跟人差不多大小的海马，浑身上下长满了硬如骨头的尖刺。

“浪尖马！”不知是谁大喊了一声。

这时，船长一跃而起，跳到了帆桁上，一剑封喉。那个家伙倒下来死了，就倒在我的脚边，眼睛渐渐暗淡下来。“我早该预料到，”船长说，“我们是在浪尖马巷。”然后，他命令我返回舵旁。“改变计划，”他说，“我们背海行驶。”

“撤退？”领航员透过地图室的窗户嚷嚷起来，“我的地图说，我们必须通过这条路。”

“我从来没说过撤退！这是一场决斗——一场背靠背的决斗。”

再度回到舵旁，我使劲把舵朝一边转，余下的就交给海浪了。海浪轻松地将我们转了一百八十度。

我知道，我应该直视前方，可总是忍不住扭头去看看船尾。一道长长的闪电划过，我看到另一股巨浪从船后涌来，比别的浪都高得多。而就在浪尖，我看见无数赤红的眼睛，多得数不清。显然，浪尖马不明白决斗的规则。

巨浪袭来时，我的一只胳膊紧紧地抱着舵。船尾消失在巨浪下，主甲板已经被水淹没，汹涌的波涛拍打着舵，把我整个人都淹没了。我屏住呼吸，好像屏了很久很久，身体被水流的力量扭来扭去。我只是紧紧地抓住舵。我以为我们的船已经翻了，正在慢慢沉入海底，可海水随后又退去了，我大口地呼吸着咸咸的空气。

等我的眼睛终于能看清楚的时候，我看到的是连地狱自己也想象不到的场景。几十匹浪尖马在甲板上四处跳动，它们的尾巴让它们如猴子般灵巧。它们那尖刺密布的身体，像蛇一样把船员紧紧缠住。其中一个浪尖马张开嘴，露出鲨鱼般锋利的牙齿，一口咬进惨叫着的受害人的脖子。然后，又把那个奄奄一息的水手抛进大海。

一匹浪尖马向我跳来，我一拳把它打到一边，可它的尾巴卷住我的一只胳膊，然后身体一转，转眼间它就又对着我的脸喘气了。我以为它肯定会一口咬掉我的脑袋，但它却对我说起话来：

"我们想要的不是你……不过，迫不得已的时候，我们也会利用你。"

说完，它用头猛撞了我一下，把我撞倒在甲板上，然后扔下我一摇一摇地离开了。

就是这时，我看到了船长。三匹浪尖马正在围攻他——一条腿上缠着一匹，第三匹则缠着他的胸。船长正抓着第三匹的脖子，而那家伙则拼命想咬船长的脸。船长想用匕首抹了它的脖子，不料匕首却被那家伙撞飞了，啪嗒一声掉到了甲板上。

你必须把船长干掉，鹦鹉的话在耳边响起。不过也许我用不着自己动手，也许浪尖马能替我代劳。可是，要是它们把船长杀了，把他拖进海里，那卡利奥佩怎么办？没有他的钥匙，她永远得不到自由。

趁另一股大浪还没来得及淹没甲板，我飞快地抓起船长的匕首，对准那匹千方百计想要咬他的浪尖马的后脑勺，猛地插了进去。它掉下来死了，我又处理了他腿上的那两匹。又有一匹向我们扑来，被我一拳击倒，然

后我用脚后跟踩爆了它的头。

摆脱了浪尖马，船长有点儿晕乎。他大口大口地喘着粗气。如果说，船长这辈子有那么一刻身体太虚弱了，打不过我，那一刻就是现在。我从一个撞散的板条箱上抄起一块板子，照着他的后脑勺儿抡了过去。劲儿大得把他眼罩后面的桃核都砸飞了，一起飞出来的还有一把小银钥匙，叮当一声落到甲板上。船长倒在地上，根本不知道自己是被什么砸了。

另一股巨浪在我们身后赫然耸现——浪尖上布满火红的眼睛，仿佛一道熔岩流的前缘。现在，就让浪尖马去对付船长吧，我才不在乎呢。反正我想要的已经到手了。

就在巨浪冲过来之前，我纵身跃向艏楼锁着的活板门，然后摸索着把钥匙插进挂锁里。

与其说我听见海浪撞击船尾的声音，不如说我能真切地感受到。海水沿着甲板猛地涌了过来，离我越来越近，但我没有回头看。终于，挂锁咔嗒一声打开了。我扯下锁，拎起舱口盖，钻了进去。就在这时，海浪涌到了船头，把我冲进了艏楼。

我站起身来，水已经没到我的腰——艏楼一半淹没在水里。系泊缆绳就盘卷在我的两侧。然后，就在我的前方——光线虽然昏暗，却依然看得清楚——我看见一双腿从船头尖部的那个地方伸了出来。卡利奥佩说得对！她并不仅仅是船的一部分，她有自己的腿。不过，由于长时间待在这个潮湿的地方，这两条腿已经被严重腐蚀了。然后我明白她为什么自己挣不脱了——一个螺栓穿透了她的后腰，把她固定在船首。我可以放她自由！

“卡利奥佩！你能听见我说话吗？”我大喊。她有了反应，动了动铜脚。我使劲想把螺栓拧开，可单凭两只空手，根本使不上那么大的劲。于是我把当初造船时把她搞成这样的人狠狠诅咒了一遍。

这时，我听到身后传来一个声音。

“你可能需要这个。”

我转过身，只见卡莱尔正举着一把扳手，感觉他好像一直都在这儿，就是为了等我。

我从他手里接了扳手，尺寸正合适。我知道有了这个就肯定能把螺母松开了……但我又犹豫了。

我这么做会有什么后果？把她与船分开，可能会把她推入水做的坟墓。她是铜的，那意味着她可能会像喷泉里的一分钱一样，沉到海底。可万一她不会沉没呢？万一她会游泳呢？要是我现在就把她从船上松开，她会带我一起走吗？没有她，我还能继续这次航行吗？

“快点儿，卡登，”卡莱尔催促道，“不然就来不及了。”

上有腾跳虐杀的浪尖马，下有愤怒狂暴的大海，而我用扳手卡住螺栓，使出浑身的劲儿，想把卡利奥佩松开。我把身体的全部重量都压在扳手上，螺栓终于开始转动了。我猛地一压，又一压，直到螺栓松了，再不停地转动扳手，螺栓终于掉了下来。

螺栓一掉进艏楼黑黑的水里，卡利奥佩便在那个紧卡着她的洞里扭动起来，把自己往前拽。我能想象得出，她在使劲撑着胳膊，用力把船推开，就像从船头里生出来一样。她的胯部自由了，紧接着腿也自由了，一眨眼的工夫，她就不见了，原来的地方只剩下一个舷窗大小的窟窿。

我从洞里望出去，看见她没有沉下去。但她也不是在游泳，而是跑了起来。她的灵魂比空气还轻，比铜的身体还轻，比重力还固执。她就在波浪之上奔跑！一缕阳光穿透云层，像聚光灯一样追随着她的脚步，而她那腐蚀氧化的外皮慢慢脱落，从头到脚露出来闪闪发光的铜。我高兴得想哭。可是有个黑影从船上跳进浪里，接着又一个，接着又一个。浪尖马！转眼间，海上到处都是，它们仿佛骑兵冲锋一样，飞快地追赶着远处那个闪闪发光的身影。

“我们想要的不是你……不过在迫不得已的时候，我们会利用你。”

他们要找的不是船长——而是卡利奥佩！船长肯定早就知道了！怪不得他要掉转方向，不让卡利奥佩正对着它们。

“快跑！”我撕心裂肺地喊着，虽然我知道她听不见我的声音。“快跑，千万别停！”

转眼间，她就像海平线上一团小小的火焰，被奔腾的浪尖马紧紧追赶着，后来我就再也看不见她了。我默默地祈祷，希望她有力气一直跑下去，跑得越远越好。

当我从艏楼里爬出来时，暴风雨已经停息了，仿佛有人扳动了开关。海浪退去；乌云四散。船长站在船中央，双臂交叉，那只好眼一动不动地注视着我。那只瞎眼的眼窝成了空荡荡的黑窟窿，不知为什么，也在盯着我看。

“会罚我拖龙骨吗？”我问道，“还是更糟？”

“你胆大包天，居然偷我的东西。”他说。

周围的船员都神情紧张，不知道下一步他会做什么。

“你胆大包天，居然偷我的东西——你这么做，救了我们所有人。”他拍了拍我的肩膀，“英雄主义在恐慌中彰显。”

领航员拿着他的桃核走到他身边。“我找到了这个。能让我也当英雄吗？”船长一声不吭地从他手里接了过来，啪地塞回原位。可他的眼罩在暴风雨中不知道丢到哪儿去了。没东西能挡住那只难看的桃核眼睛。

“把船掉过头来，”船长说，“接着向西，卡登舵长。”

“舵长？”

“我刚把你提成掌舵的舵长了。引领我们的不再是风，”他说，“而是你。”

134 玻璃的另一面

听丝凯说，卡利要走了。

“她就在我们房间，正收拾行李呢。”丝凯一边拼着同一幅这辈子也拼不完的拼图，一边对我说。不知道她是否还记得，以前给过我一片，不知道她以后会不会再要回去。“你再也见不到卡利了。你这小可怜。”这个事好像让丝凯既高兴，又难过。“生活就是苦难，忍着吧。”

我没搭理她，而是直接去了卡利的房间。路上，我撞见了卡莱尔，从他脸上同情的表情来看，我就知道这事准是真的。卡利要走了。

“你可能需要这个。”说完，他的手伸向护士站，把一枝玫瑰从插花中抽出来。他把玫瑰递给我。

“快去吧，卡登，”他催促道，“不然就来不及了。”

卡利和父母待在房间里，收拾着没几件属于她的东西。我从来没见过她的父母。每次他们来探访，三个人总是躲在景观室一个角落里，非常小声地说话，不让任何人进入他们三人的小圈子。

看见我，卡利并没有笑。其实，她看起来更像是痛苦。“爸、妈，这是卡登。”她对他们说。她打算跟我不辞而别吗？还是因为离别太痛苦，她都不愿意去想？

我手里的玫瑰，此时倒让我显得很尴尬。我没有递给她，而是直接放在了她的床上。

“你好，卡登。”她爸爸操着一口比她更浓的口音说。

“嗨，”我打了声招呼，又转身看着卡利，“看来是真的——你要走了。”

她爸爸接过了话茬儿。“出院文件已经签好了。我女儿今天回家。”

尽管她爸爸想代她回答，我还是直接对卡利说：“你应该早点儿告诉我。”

“我也不确定，今天早晨才定下来。事情发展得太快了……”

丝凯的话依然在我脑海里回响。你再也见不到卡利了。我暗下决心，一定要证明她说错了。我从垃圾里揪出一张皱巴巴的纸，问她父母要了支笔，因为我知道房间里肯定找不到笔。

她妈妈从手提包里拿出一支笔递给我，我在纸片上尽可能工整地写了起来。

“这是我的电子邮箱，你可以给我写邮件。”我说。这里不允许我们发电子邮件，但如果我能离开这个地方，我的电子信箱肯定还在。

她接过纸片，很珍惜地紧紧地握在手里。我能看见她眼里的泪光。“谢谢你，卡登！”

“也许你能把你的电子邮箱也留给我？”

卡利迟疑了一下，眼巴巴地看着父母。一旦在他们身边，她就像变了个人似的——特别唯唯诺诺，我都不知道该怎么说。

她的父母面面相觑，好像我问了件不可思议的事似的。

这时我才意识到，我不能向她要电子邮箱。不是因为她的父母，是因为她。因为我曾向她许诺，要放她自由。

“算了吧。”我说，一副无所谓的样子，尽管我是那么在意。“你可以先给我写。等你写了，我再给你回信。”

卡利点了点头，给了我一个痛苦却很真诚的微笑。“谢谢你，卡登。”

她的爸爸想把那张纸片从她手里拿走，但她紧紧地握在胸前，仿佛在搂着我似的。

我想起第一次遇到卡利时她的状态。她现在头脑清楚多了。从她的举手投足，她说话的方式可以看出来。都在她的眼神里。她现在已经在玻璃的另一面了。成为她曾经那么想要观察的外部世界的一部分。

我好想抱抱她。但我知道，当着她父母的面我不能这么做。他们对行为得体的界定就是好几千米宽的禁飞区。我只好握了握她的手。她凝视着我，对我的举动感到吃惊，或许还有点小小的失望，但她明白我只能这么做。奇怪的是，握她的手感觉比在我床上帮她取暖还要别扭得多。

我们俩一定是手握得太久了，因为她爸爸最后说了一句："跟他说再见吧，卡利。"

卡利小小地违抗了父亲的指示，没有真的说再见，而是对我说："我会非常、非常想你的，卡登。"

"我会一直在海平线那边。"我告诉她。

她无比悲伤地说："我相信。只可惜，我不再从那个窗口远望了。"

135 哪个念头更可怕？

"我想离开这儿。"在接下来的一次诊疗中，我对波洛说。

"会的，会的，我保证你一定会离开的。"

但他的保证对我来说毫无意义。"我要怎么做才能从这儿出去呢？"

他没有直接回答我的问题，而是从抽屉里抽出我最近的一幅画作。他爱用这些画来对付我，就像用子弹对付大脑一样。

“怎么都是眼睛？”他问道，“很吸引人，但怎么全都是眼睛呢？”

“我怎么感觉就怎么画。”

“你感觉到了这个？”

“我用不着什么事都告诉你。”

“我很担心你，卡登，非常担心。”他若有所思地轻轻点了点头，“也许我们需要给你调整药方了。”

“调整药方，调整药方，你们整天想的就是给我调整药方！”

他看着我，神情依然镇定。我看见了他的双眼——活的那只和死的那只——出现在那只嘀嗒走动的时钟的每一个数字上，出现在一张张励志海报里。到处都是眼睛。我无处可逃。

“治疗就是这样，卡登。这样才会有效。效果没你想得那么快，我知道。但是给它一点儿时间，它会把你带到你需要去的地方，去你想去的地方。”他开始动笔写新的药方，“我想让你试试齐拉西酮[1]。”

我抡起拳头，狠狠地砸在我这把椅子的扶手上。“我

---

① 一种非典型抗精神病药，适用于治疗精神分裂症患者急性激越症状。——译者注

很生气！你为什么就不能让我生气？为什么你非得用药把我所有的感受都除掉？”

他连头都没抬一下。“目前，生气可不是什么好的情绪。”

“可它真实，不是吗？这是正常的，不是吗？瞧我在的这地方，瞧我现在这样儿！我有权利生气！”

他停下笔，终于抬起那只好眼看我了。我心想，这个连一点儿深度知觉[①]都没有的人，怎么可能把我看清呢？我本以为，他会叫“愤怒的死亡之臂”来控制我。说不定下令给我打上一针哈泊度，然后直接把我送去白色塑料厨房。但这两件事他一样也没做。他轻轻地敲着钢笔，仔细想了想，然后说：“你说得很有道理。这是一个迹象，说明你在慢慢好转。”他把处方笺搁到一边，“我们先维持一个星期，然后再诊疗一次。”

我被送回自己房间，心情比诊疗前还糟糕。我不知道哪个念头更可怕——是还要在这儿再待一周，还是我无比鄙视的药物也许真的有效。

---

① 深度知觉：专业术语，是指人对物体远近距离即深度的知觉，单双眼会有差异。——译者注

136 变成星座

领航员有点儿不对劲。他越来越不爱讲话，越来越沉迷于自己的航海图中不能自拔。他拒绝看我的画。既然我的肚子已经沉默，他便拒绝再由它来指引。他有点情绪，但不仅仅是这样。他的皮肤越来越苍白，胳膊上起了一片疹子，开始掉皮了。

“陪我去趟瞭望台吧，”他难得开口，“我得看看风景。”

我们爬到中央桅杆上面的小桶上。和往常一样，我们一爬进去，原本直径看起来只有一米的空间就变成了几十米。现在不是高峰期，只有几个水手独自坐在一边，不是看别人跳海，就是看着自己饮料里的橄榄冲自己眨眼睛。领航员从调酒师手里接过自己的鸡尾酒。我那杯还没到时候。我得晚点儿再过来。

他的酒在杯中打着旋儿，浑浊的橘色高浓度盐水迸着蓝色的火花。“我太麻木了。”他对我说。接着，他慢悠悠地把鸡尾酒倒在了地上。放射性液体淤积在已经铜化的木头凹陷的地方，可是我望着望着，它就被金属板条间的黑色沥青吸了进去。看上去沥青在不停地翻滚蠕动，但我知道，这肯定只是灯光造成的错觉。调酒师在吧台最远的那边，给另外一个人调酒，没看见领航员刚才干了什么。

“这是咱俩的秘密，”他说，“如果我要带领大家到达下潜点，我的才华可不能有半点污染。我必须算出我们的航程，不受外界干扰。干扰，干硬，硬化，进化。我在进化，这很重要。我是一个正在变成星座的神。”

“星座基本上都是半神半人，”我指出，“而且他们只有死了以后才能变成星座。”

听了我的话，他放声大笑：“想长生不老，死亡不过是个小小的牺牲。”

137 消失的海平线

船头没有了卡利奥佩，我感受到一种深重的孤独，深得无法穿透。

“一天一天熬，”卡莱尔告诉我，“每天早晨，你就会感觉稍好一点儿。”

可我一点儿没感觉好起来。船长显得若无其事，仿佛卡利奥佩从来没有存在过。对船长来说，没有历史，没有昨天，没有回忆。“活在此刻，活在下一刻，”他曾对我说，“千万别活在上一刻。”他身体力行。

卡利奥佩曾是我们在海平线上的眼睛，没了她，海平线仿佛也消失了。大海隐没在水天相混的迷雾中，根本分不清哪儿是海的开始，哪儿是天的尽头。现在，天是阴晴不定，海是变幻莫测。天上，突然间，云不知从哪儿就冒出来，黑压压如山似盖，内里满是恶毒心思，而晴朗碧蓝时，又像是毫不留情的太阳用的放大镜。至于海，波浪再也没有了节奏，海的喜怒完全没有道理可讲。这一刻，还像山间的湖泊一般安详静谧，下一刻，便巨浪翻滚。

“我们已经过了不能返航的点。”船长告诉我，当时我正费力地掌着舵，让船走“之”字形的航线，就像战争时期的货轮一样。眼下，走直线无异于自杀。要想避开伏在海底的野兽，让它们摸不清情况，最好的办法就是要像大海和天空那样变幻莫测。

我的手因为操纵船舵变得粗糙，还长了老茧，手掌微微发绿。因为就像船上所有其他东西一样，舵轮也变成了铜的，在海上带盐的空气中氧化成了绿色。

“那以前有过可以返航的点？”我纳闷地自言自语。

“什么？”船长问。

“你刚才说我们已经驶过了不能返航的点，那是不是说，以前有过那么一刻，我们是能返航的？”

船长的笑容冷冰冰的。“哦，现在我们永远不会知道了，不是吗？”

我怀疑从来没有过能返航的点。在我踏上甲板之前，这次远航就已经冥冥之中注定了。从我出生的那一刻起就注定了。

领航员飞快地从下面跑上来，手里挥着一张崭新的海图。他笔下的线条杂乱无章，密密地缠绕在一起，上面不嫌麻烦地细细标着他测出来的里格[①]数和罗盘度数。船长看了看这张图，点了点头，然后递给我。我那“之”字形弯弯的航线根本不是随意的，至少我们走的不是我随意想的航线，而是领航员指定的。

船长自豪地拍了拍他的后背：“这张图十有八九会把我们带到要去的地方。”

得到船长的关注，领航员顿时笑容满面。“我现在插上了电——与深渊紧密相连，”领航员说，“相连，接连，接话，消化——我能在肚子里感觉到我们的目的地。这才是我唯一需要的营养！”

船长知道，领航员从来没喝过给他的鸡尾酒。船长之所以那么为他自豪，也许这就是一部分原因吧。船长转身看着我。“你也应该听他的指挥，卡登舵长。我们这位领航员看得很清楚。你呢？”

但与船长口中所说的这“看得很清楚”一同出现的，还有别的。领航员的航海图绕的弯，比以前更多了，他却笃信这些图是能让我们到达目的地的关键。而且很可怕的一点是，我居然相信他的话。

---

① 长度名称，通常用于航海中。——译者注

“避开瞭望台，你得到的启示会比瞭望台带给你的那种有毒的兴奋感感觉更好，”船长对我说，“瞧瞧领航员就知道了！”

可是，我担心领航员得到的启示就像小孩子手里的爆竹一样危险。如果他已经跟深渊同步了，那深渊在对他说什么？深渊肯定不会对我们怀有好意。现在，领航员走路的时候，我注意到填在船上缝隙间漆黑的黏腻东西粘到了他的脚后跟上。在他的手摸到墙的时候，那黏腻东西就会变厚，被他的手吸过去，就像他已经变成了吸引黑暗的重力井。我突然想到，黑暗一定很爱光。只是两者不是你死就是我活。

138 彩色战场的神枪手

有那么一会儿，风平浪静，天空晴朗。船长拔出一把手枪。那种老式的手枪。燧发枪。我想是这么叫的。就是阿伦·伯尔在那场实在不光彩的决斗[①]中杀了汉密

① 1804年7月11日，美国第三任副总统阿伦·伯尔因政治分歧与时任美国财政部长的亚历山大·汉密尔顿进行了一场决斗，决斗中汉密尔顿受伤，并于第二天凌晨去世。——译者注

尔顿的那种武器。

“听说你打得很准。”船长说。这话听起来好奇怪，因为我活这么大还从来没有开过枪呢。

“谁跟你说的？”我好奇地问，不想立刻否认。

“听人传的，”他说，“大家都知道，你在彩色战场上干掉了很多敌人。”

“哦，你说的是彩弹射击游戏吧。”

“神枪手就是神枪手，在哪儿都是。动手的时候到了。”说完，他把枪放在我手里，又给了我一小袋火药，还有一颗铅弹，只有一颗。“你只要一颗就能把那只鸟干掉。”

我看着枪，心里很害怕，但还是尽量装出不那么害怕的样子。这东西很重，比看起来重多了。我仰起头向帆望去，却看不到鹦鹉的踪影。自从他透露了想杀船长的企图之后，就很少露面。现在，他总是待在绳梯高处，还有桅杆高处的横梁上。动手的时候到了，可我对自己该采取什么行动还举棋不定呢。不过，能站在舵轮旁边，还受到船长宠爱，这种感觉确实很棒。

“您自己亲自动手岂不是更有满足感？”我建议。

船长摇了摇头：“就算只有一只眼，那鸟也是鸟中的毒蛇，精明得很，想趁其不备抓他不可能。这件事必须由他信任、我也信任的人完成才行。”他紧紧抓住我的肩膀，脸上露出貌似自豪的神情。“引诱他跟你联手。

把武器藏好，最后一刻再用。”

我把手枪卡进皮带，用衬衫遮住。船长赞许地点了点头：“一旦摆脱了鹦鹉，我们就真正地自由了。”

我意识到，我根本就不可能做出选择，接下来该怎么办，我也不知道。

139 其他都是沉默

如果你想跟别人聊聊精神上的哑火，拉乌尔的点子最靠谱——去跟莎士比亚聊。

我每次想读莎士比亚的时候，脑子就涨得直疼，但我的英语老师绝不接受“吾之猎狗食吾之书”作为一个不读《哈姆雷特》的理由。好玩的是，读了一阵子之后，我居然开始慢慢理解了。

那个注定完蛋的丹麦王子，那伙计面对的就是根本不可能做出选择的状况。哈姆雷特父亲的鬼魂让哈姆雷特把谋害自己的叔叔杀死，为他报仇雪恨。在这部剧剩下的情节里，哈姆雷特一直痛苦不堪。我应该把叔叔杀掉吗？我是不是应该不理那个鬼魂？鬼魂是真的吗？还是我疯了？如果我没疯，我是不是应该假装疯了？我是不是应该结束自己的生命，以此结束那个不可能做出的选择所带来的痛苦？我自杀后还会做梦吗？那些梦会比我死去的父亲让我杀死叔叔的噩梦好吗？顺便提一句，我叔叔现在娶了我母亲。哈姆雷特痛苦不堪，反复掂量，一直自言自语，直到最后被一把毒剑刺死，他所有饱受折磨的自我剖析都化作了永久的沉默。

莎士比亚迷恋死亡，还有毒药，还有发疯：哈姆雷特心爱的姑娘奥菲莉娅真的疯了，后来淹死了；李尔王疯了，他得了我们现代人所说的“阿尔茨海默病”；麦克白满脑子都是妄想，他在幻觉中看到了鬼魂，还看到了一把在空中浮动的讨厌匕首。全都刻画得那么准确，让我忍不住猜想，莎士比亚写的东西是不是取材于自己的经历。

不管怎么样，我敢肯定，人们也曾指责过他，说他“吸了什么”。

140 动嘴的时间结束了

我还没按船长的命令动手干掉鹦鹉，还没听从鹦鹉要我必须干掉船长的严正警告。我被自己的无力作为搞得瘫痪了，左也不能，右也不能。

然而，从我们面对来自深渊的再次威胁那天起，情况就都变了。

起初是左舷船首下方出现了乱流。有一片水面不停地翻起白色水花，说明水下有什么东西。

船长下令甲板上要保持安静。可如果你只能小声说话，命令大家安静就很难。结果他只好派卡莱尔到甲板上挨个告诉水手，让他们管好自己的舌头，还有身上其他正制造噪声的部位。

“右舷二十度。”船长小声对我说。

我转动船舵。今天我们一直顺风疾行，船迅速地向右转，带我们远离那片乱流。

“刚才那是什么？”我问。

“嘘！”船长说，“只要它们没听见我们从这儿过就没事。”

就在这时，在船右舷，我又看到一片沸腾的水花，比第一次的离船更近。船长深吸了一口气，轻声说：“左满舵[①]。”

我照他说的做了，可我转舵柄转得太快了，搞得船舵嘎嘎作响。我能感觉到那种震动在船腹中被放大，发出大提琴那种吓人的低音。船长表情痛苦，一脸扭曲。

船驶离了那片怪异的海域，有那么一刻我以为我们已经脱离了危险。然而就在我们的正前方，海水又开始

① 航海术语，指向左打舵，打到底。——译者注

起泡，在翻滚的泡沫中，我瞥见了什么东西，我多希望自己没看见。那家伙苍白如尸体，浑身布满藤壶。还有另外一只巨兽，正用一条黑乎乎、油光光的腕足紧紧地抓着第一只巨兽。两只巨兽都潜入水中，海面上恢复了平静。

“那就是……我想的那些家伙？”我问船长。

“对，”船长说，“我们已经擅自进了复仇女妖的地盘。”

船继续前行，我们默默地等待着……等待着——突然，那只被乌贼贴身紧缠的鲸鱼猛地跃出水面，离右舷最多也就五十米。两个家伙都大得不得了。加起来，比我们这艘船的两倍还要大。鲸鱼扭动着身体，跃出水面时，鲸尾在空中用力地拍打。能看出乌贼的那些腕足把它钳得有多紧，紧得要把鲸鱼活活挤碎了。两只巨兽落回了海里，砸起的巨浪打在船身侧面，船斜得差一点点就翻了。

我们这些人都不由得顺着倾斜的甲板出溜，船长却始终站得很稳。还没等船完全正过来，他就一把抓住我，把我拉回到舵旁。“带我们躲开这些畜生，”他吩咐我，“好好感觉它们的位置，带我们避开。”

虽然我能感觉到船下充满极大的恶意，但这种威胁感并没有具体方向。感觉好像无处不在，根本没办法知道该把船往哪个方向转。

“它俩正打得不亦乐乎，还没注意到我们在，”船长说，“只要我们悄悄地不搞出动静，它们就不会注意我们。好好引路，我们就能平平安安过去。”

我想起船长讲过的复仇女妖的故事。“可是，如果说它俩的对手是彼此，那为什么要攻击我们呢？”

船长凑到我耳边小声说：“鲸鱼厌恶混乱；乌贼憎恶秩序。这船不正好是这两样的杂种？”

他的话让我隐隐约约有点儿懂了。虽然复仇女妖可能会觉得，这船有它俩的一点儿影子，但它们却只看到了自己厌恶的东西。于是，我们就成了两个死敌的共同死敌。

“鲸鱼在船边跳一下弄起来的浪，我们可能还能挺住……”船长说，“可如果让它们听到动静，那我们就彻底完了。”

鲸鱼又一次出水是在船头左侧。这次鲸鱼只有半截身子跃出水面，所以浪没有上次那么高。就像船长所说，鲸鱼没看见我们。它正两眼翻白，什么也看不见。它来回地甩动身体，咬下一根和红杉那么粗的腕足。乌贼陡然尖叫起来，简直要把人的耳膜刺穿。我赶紧转动舵柄，好让船离它们远点。不过这次为了不让舵又哼哼唧唧，我转得比较慢。

就在这时，我听见从空中传来一声尖叫，声音大得不亚于乌贼的那一声。

“这边儿！”鹦鹉高喊，“这边儿！我们在这边儿呢！”

本来鲸鱼正要往下潜，一听到这叫声，眼睛立刻从什么也看不见的眼白唰地翻回到闪亮的黑眼珠。我敢发誓，它正盯着我。

我们彻底暴露了。此刻，船长对鹦鹉怒不可遏，恨得要死。“这个长着鸟毛的魔鬼宁愿让船沉了，也不让我赢！马上把它干掉，卡登！”船长下令，“晚了他就干掉咱们了！”

我回手一摸，燧发枪还在我腰上别着，但现在让鹦鹉闭嘴也没用了，已经太迟了——那俩家伙已经知道我们在这儿了。船长见我一点儿没有去抓鹦鹉的意思，便一把抓住我，把我从舵旁扔到了主甲板。“小子，该动手就动手！除非你想被那两只海兽吃了。”

鹦鹉高高地立在前桅上。小小的鸟，叫声却大得出奇。我上了绳梯，向他爬去。他看见了我，便冲我微笑起来。反正我觉得是微笑。太难看出来是不是了。

“快来看！快来看！”他招呼我，“这上面视野更好。”

他不知道我上来是为了杀他。我还不知道自己能不能下得了手。

“视角！视角！”鹦鹉咕噜着，“现在你明白了吧？”

我向下一看，果然下面的情势是一目了然。从这高处看下去，两只海兽已经分开了，分别在船两侧绕着圈打转。眼下，这两个曾经的敌人已经为了共同的目标，暂时联手了。

“复仇女妖将终结这次航行。船长会和船一起沉没。”鹦鹉说，“正该如此，正该如此。”

就在这时，乌贼突然从水里射出一只腕足，紧紧抓住了船头。船猛地向前冲了一下。我拼命抓紧绳梯。这个黑家伙又伸出第二只腕足缠上了船首斜桅，一下子就把斜桅杆从船首扯了下来。要是卡利奥佩还在那儿的话，肯定会被撕成两半了。

一阵剧烈的震动差点儿把我从绳梯上震下来。我往下一瞧，原来是鲸鱼在猛撞右舷，快把船撞得变形了。船长命令警卫长发射大炮，可鲸鱼下潜得太快，怎么也打不中。此时，乌贼已经彻底出水，爬上了船头，几条腕足像黑色的藤蔓一样缠在前桅的下半截，船头被压得入水更深，船员们尖叫着四处逃命。我爬到更高的地方，免得被乌贼伸得最高的那根腕足探到。

甲板上，卡莱尔用削成鱼叉的拖把柄对着乌贼猛戳，可这家伙的肉太厚，伤不到它多少。

“抓住我的爪子，”鹦鹉说，“我带咱们俩离开这儿。”

“可其他人怎么办？”

“他们的死活跟你没关！”

“我们离陆地太远了。”

“我的翅膀有劲儿着呢！”

他的声音差点儿就要说服我了，可我还是没法相信。他个头那么小，跟船长相比，显得那么软弱无力。

“相信我，”鹦鹉说，“你得相信我！”

可我做不到，就是做不到。

就在这时，我看见了领航员。他从甲板下面跑上来，向船长奔去，对身边的激烈战斗场面视而不见。即便我离得这么远，也能看出来他比以前憔悴多了。他苍白的皮肤随风剥落。层层剥落的皮肤，像一页页纸一样，跟着他一路翻飞飘落到甲板上，然后被饥饿的沥青吸进缝里。他抓住一页刚刚剥落的纸，给船长过目——那是一张新的航海图——可船长把他推到一边，在这个节骨眼儿上，他哪有心思考虑什么航线。

鲸鱼又开始向船身猛撞。领航员环顾四周，终于明白了是怎么回事。他脸上的那种表情让我不寒而栗。那是一种钢铁般的决心——我不由得想到羊皮纸，意志，一生，牺牲，圣礼。甚至他还没开始爬主桅，我就知道他要做什么了。他要去瞭望台。而且他要跳下去。

“不好，”鹦鹉也看到了我看到的这一幕，连声说道，“不好，不好，不好。”

“如果你真想救人，就救救他！”

“太晚了，”鹦鹉说，“这不是精密的科学，我们只能量力而行。”

我不要接受这样的结果。领航员已经爬到了主桅的一半。一只腕足向他抽去，但并没有打中，只抓住了他身后飘落的一张纸，把纸揉成了一团。领航员的目光始终直直地盯着瞭望台，就在他上方。我得去救他！

前桅和主桅杆离得太远了，我根本跳不过去。可要是往下爬，那等于正好爬进乌贼敞开的肚子里。不过，也许有个办法能安全跨过这段距离。我转向鹦鹉。

“带我去找领航员！”

鹦鹉摇了摇头：“不带你去更好。”

虽然我不知道自己在这万物之中算老几，但我还是鼓起勇气，用最威严的声音说：“这是命令！”

鹦鹉叹了口气，把爪子扎进我的肩膀，抓得我生疼，然后鼓动翅膀，把我从前桅的绳梯上拎了起来。他之前说的是实话：哪怕翅膀这么小，他也有足够的力气承受我的重量。我们飞过战场的上空，他把我放到了瞭望台，正好领航员刚到没多久。

我的眼睛用了一秒钟才适应了瞭望台那极具欺骗性的尺度：外面看起来只有一丁点儿，里面却大得出奇。我四处张望。船员一个也没了，只剩下些碎玻璃杯，散落在空荡荡的吧台四周。终于，我在眺望台远远的那头看到了领航员，他正往跳海的台沿上爬。我简直认不出他了，他的大半个身体都已经剥落。

“不要！”我大喊，“停下！别这样！”我恨不得立刻赶到他身边，可脚下的碎玻璃拖慢了我的脚步。

他脸上的决绝已经变成了听天由命的浅笑。“你有你的目的地，我有我的。”他说。就连他现在的声音，听起来都像是纸在沙沙作响。“目的地，境地，静默……沉默。”没等我够着他，他已将自己投入了风中。

“不！”我伸手去抓他，可是太迟了。他坠向大海，一路坠落时，一层层羊皮纸便剥落下来，一页接着一页，直至整个身体都散落开来。还没落到海面，就已经消散无踪。只剩下上千页纸零落于风中，就像婚礼时向新郎、新娘抛撒的五彩纸屑一样，一片接一片地融入大海。

我呆呆地盯着漫天飞舞的羊皮纸，无法相信他已经走了。鹦鹉想用翅膀遮住我的眼睛。“别看，别看。”我厌恶地把鹦鹉推开。

下面的海里，乌贼突然没了要摧毁一切的兴致。它松开紧缠在船上的腕足，滑入水中。原本到处乱撞的鲸鱼也不再撞了，也潜入船下的水里。不一会儿，这两个家伙便远离了左舷船首，重拾旧恨又扭打在一起，彻底把我们抛之脑后。复仇女妖得到了祭品。我们的船得救了。

“没想到，”鹦鹉说，“真是没想到。”

我扭头看着他，怒火中烧。“你本来可以阻止他的！”我吼着，“你本来可以救他的。”

鹦鹉摆出一副敬畏的样子，假惺惺地点了点头，低沉地叫了一声：“我们只能量力而行。”

我的感受没法用言语来表达。我的万般情绪又一次讲起了方言。不过没关系，因为动嘴的时间结束了。现在动手的时间到了。我倏地从裤腰里抽出手枪，让我的满腔愤怒来说话吧。子弹已经上了膛。我不记得给枪上膛，不过我就是知道上了。我用枪顶着鹦鹉的胸口，扣动了扳机。枪声震耳欲聋，像是炮弹炸了，撕裂了鹦鹉的胸膛。他那只能看见的独眼死死盯着我，眼神中满是被背叛后的惊愕，留下了临死前的最后几句话。

“你以前见过船长，”鹦鹉气若游丝，声音随着每个词越来越微弱，“你以前见过船长。他不是……你想的……那样。”鹦鹉艰难地吐出最后一口气，身体软了下来。现在，动嘴的时间对我们俩来说都结束了。我一把拎起鹦鹉瘫软的尸体，从瞭望台扔了下去，看着它如同一团羽毛样的火球在空中划出一道弧线，最后被大海吞没。

141 仿佛他从来没有存在过

我的爸爸妈妈自从听说哈尔出事了，就惶惶不可终日。要是没有人告诉他们就好了。跟他们聊这件事等于再重温一遍。我又不是亚历克莎，我可没有重历噩梦的需求，能避开就避开。

我坐在景观室里，像卡利以前一样，两眼呆呆地望向窗外，既不愿在玻璃的这一侧，也不愿在玻璃的那一侧。我整个人木木的，思绪混乱。部分是药物所致，部分不是。

“这事儿太可怕了。”妈妈感叹道。

“我就想知道，怎么会出这种事儿？”爸爸说。他俩一边一个坐在我旁边，试图安慰我，但我早就躲进了看不见的气泡膜里。现在的问题不是安不安慰。

“他拿走了我的塑料卷笔刀，”我告诉他们，“他把小刀片从塑料壳里撬出来，然后就割腕了。”

“我知道是怎么回事，”爸爸说着说着就站了起来，来回踱步，像我平时那样，“可是这事儿不该出啊。摄像头那么多，是吧？还有那么多护士。他们当时到底干吗呢？闲得绕手指头玩吗？”

如今混乱结束了，波浪却还没有平息。等海平静下来还得好一会儿呢。

“你得明白，卡登，这不是你的错。”爸爸说。可不知怎么搞的，钻进我耳朵的词只有“你的”和“错”。“就算他不用那个卷笔刀，也会找别的东西。”

“是，也许吧。”我说。我知道爸爸讲得很有逻辑，可我觉得，我脑子里负责逻辑的部分还在下甲板上到处乱窜呢。

妈妈难过地摇了摇头，抿起嘴说：“一想到那个可怜的孩子……”

我想回一句“那就别想”，但我什么也没说。

“他妈妈打算起诉医院。”

“他妈妈？哈尔走这条路，跟她也有关！”我告诉他们，“应该是医院起诉她！”

我爸妈根本不了解情况，所以对我的话不置可否。

“嗯，”爸爸说，“不管怎么说，有人要惨了，这是肯定的。总得有人为这事负责。”

之后，妈妈想尽量让话题轻松些，就聊起了妹妹的舞蹈排练，成功地用非病态的谈话把时间填满，直到探访时间结束。

发现哈尔的人并不是我，是“愤怒的死亡之臂”。不过，他们急匆匆地把哈尔抬走的时候，我朝浴室瞥了一眼。那里看着就像有人在里面宰了一头大象。

如今一切又恢复了正常。护士们都做出一副高兴的样子，对这件事绝口不谈——最好不要让病人心烦意乱。他们假装事情从来没有发生过，仿佛他从来没有存在过。

只有卡莱尔还算有人性，在小组里谈起了这件事。

“好消息是，”卡莱尔告诉我们，“这件事是在医院发生的。他们直接把他送去急诊。”

“哈尔死了吗？”丝凯问。

“他失血过多，”卡莱尔告诉我们，“还在重症监护室。”

“要是他死了，你会告诉我们吗？”我不依不饶。

卡莱尔没有马上回答。“这事不该由我来说。”他最后说道。

然后，亚历克莎摸了摸自己的脖子，把哈尔这事和她自己的自杀未遂做了一番比较——和平时一样，又让世界开始围着她转。

142 现在或以前是否有过？

我父母一直想知道，我现在是否有自杀倾向，以前是否有过。我那些医生也想知道。保险公司的调查问卷也想知道。并不是说我胡思乱想时，没动过这个念头——尤其是在被抑郁的肮脏利爪钳制的时候——但我有没有真的迈出那一步，有过自杀的念头？那可没有。只要那些念头冒出来，妹妹就是我的自动防故障装置。麦肯茜要是有个自杀了的哥哥，那她这辈子肯定全毁了。没错，我的继续存在也许会让她活得很痛苦，可这种痛苦是两害相权取其轻。一个现在是问题的哥哥总比曾经是问题的哥哥更容易对付吧。

我到现在也没想明白，结束自己的生命到底是勇敢还是怯懦，不明白这到底是自私还是无私，是对自己放手的至高行为，还是霸占自己的卑劣行为？人们常说，自杀未遂其实是在喊救命。我猜，一人要是成心不想自杀成功，那这么说倒是真的。可话说回来，我猜自杀未遂多半是因为还有所犹豫。想想吧，你要是想把自己干掉，肯定能成的办法多的是。

不过，如果你让自己命悬一线，只是为了喊救命，那一定是哪儿出了岔子。要么是你刚开始喊得不够响，要么就是你周围的人全都是聋子、哑巴和瞎子。所以，我觉得，你不单单是为了喊救命——更多的是想引起别人的关注。这声呼喊分明在说：“我伤得太厉害了，就这么一次，世界必须为我急刹车。”

问题是，你接下来该怎么办？世界停止了运转，看着你躺在那儿，伤口上缠着绷带，或是洗了胃，然后对你说：“好吧，我注意到你了。”一旦走到那一刻，大多数人不知道该怎么面对。所以说，绝对不值得花那么大代价走那一步。尤其是，本来想未遂，结果不小心成功了怎么办？

143 失败

哈尔的卷笔刀事件发生在星期六。星期一一大早，波洛医生就来看我了。他本来想早点儿来，可偏巧哈尔出事的时候，他正在外地开会处理公事。

波洛来的时候，房间里只有我一个人。哈尔的床位已经全收拾干净了，他的私人物品也都被粉衣人拿走了。房间里，哈尔原来住的那一边空荡荡的，仿佛一片有生命的空白。晚上，我能听见它的呼吸。

"发生这样的事，我非常抱歉，非常抱歉。"波洛说。他身上那件颜色鲜艳的夏威夷衬衫分明是在嘲笑这日子的暗淡。我平躺在床上，尽量不去看他，干脆对他视而不见。

"我知道你跟哈尔关系很好。你肯定特别难受吧。"

我还是一言不发。

"这种事……根本不应该发生。"

虽然心里老大不情愿，但我不能不对这种指责做出回应："你这是在怪我？"

“我没有这么说。”

“刚才不就说了吗？”

波洛叹了口气，拉来一把椅子坐了下来，对我说：“你今天会有一个新室友。”

“我不想要。”

“我也是没办法。这里床位有限。还有一个男孩要进来，空床位只有这一个。”

我还是不看他。“照顾哈尔是你的工作。保护他不受任何伤害——包括不受他自己的伤害！”

“我知道。我们没能做到，我很抱歉。”波洛望着房间空荡荡的另一边说，“要是我当时在的话——”

“怎么？难道你会突然飞进来阻止他？”

“我认为，我可能会觉察到哈尔有多绝望，不过也可能感觉不出来。说不定这件事迟早都会发生。”

我终于抬起眼看波洛了。“他死了吗？”我问。

波洛还是一副训练有素、看不出表情的扑克脸。“他伤口的面积很大。他在接受最好的看护。”他回答。

“他要是死了，你会告诉我吗？”

“会。如果我觉得你能受得了的话。”

“如果你觉得我受不了呢？”

波洛有些犹豫，我怎么看也看不出他是不是在掩盖谎言。“你得信任我。”他说。

可是我并不信任他。我没有告诉他，哈尔早就不吃药了。哈尔让我发誓给他保密。不管他现在是死是活，我都不能辜负了这份信任。当然，如果我当时给他告了密，说不定他吃了药就做不了那件事了。那大家就更得埋怨我了。这更坚定了我的决心，要把这埋怨推走。

“你本来可以救他的，”我对波洛说，“你说得对，你们没能做到。”

这话像抽了波洛一耳光，但他并没有反击，倒像把另一面脸也转过来给你打。“太忙了。太忙了。我还要去看看其他病人。”他起身要走，“我答应晚点儿再来看你，行吗？”

但我没吭声，决定再不跟他讲话了。从这一刻起，波洛对我来说已经死了。

144 其他地方

第二天，妈妈跟我说：“卡登，我们一直在考虑，既然这儿出了事，也许你想换个别的地方？”她边说边不时瞅瞅爸爸，确保他和她立场一致。

“我能回家吗？”

爸爸伸出手抓住我的上臂，动作坚定，想让我安心。“现在还不行，不过快了。但话又说回来，还有其他地方呢。”

过了一会儿，我才听明白他的言外之意。“另外一家医院？”

“不会出这种事儿的地方。”妈妈补充道。

我忍不住喷笑。因为“这种事儿”在任何地方都可能发生。就算哈尔有私人保镖，也没法保护他不受到自己的伤害。我知道还有类似这家医院的其他“场所”。别的孩子讲过他们待过的那些医院的事，听起来比这家还差。虽然我不愿意承认，但我的父母之所以选择这里，就是因为它是附近最好的一家。也许真是最好的。

“不，我留在这儿。”我对他们说。

“你确定，卡登？”爸爸探究地看着我，看得我只好把目光移开。

“嗯，我喜欢这儿。”

这让他们俩大吃一惊。也让我大吃一惊。“真的？”

“是，”我回答，“也不是。”我又说，“算是吧。”

“好吧，要么你再想一想？”妈妈无奈地说，也许是对我的决定感到失望——但我再也不愿意去想了，如同我不愿意再去想哈尔的事一样。这个地方是地狱，但我已经熟悉了。他们是怎么说的？你认得的魔鬼总比你不认得的魔鬼强。

“不，我很确定。”我斩钉截铁地说。

他们接受了我的决定，不过他们心中有某种渴望依然还没有满足。

“哦，我们只是想让你多一个选择。”爸爸说。他们继续聊着麦肯茜，说她多想我，说他们说不定还会带她来看我，但他们好像越扯越远。我突然意识到了我爸妈有多可怜。他们没下毒，他们不是敌人……但他们很无助。

他们很想做点儿什么——不管是什么——来帮我。什么都可以，只要能改变我的处境。但他们和我一样无能为力。他们俩同在一条救生船上，却那么孤立无援。离岸边有好几千米，而离我也有好几千米。救生船漏水了，他们俩必须齐心协力一起往外舀水，才不至于使船沉下去。他们肯定累坏了。

他们那么无助，这样椎心的事实简直让人难以承受。真希望我能把他们带到船上，可就算他们能到我们那儿，船长也绝不会同意。

此时此刻，做我是真倒霉——但直到现在，我才明白，原来做他们也很倒霉。

145 使命的灵魂

我有了一个新室友，我不认识他，也不想认识。他只是又一个默默无闻的船员而已。如今，我是老前辈——经验丰富的老手——就像我初来乍到时领航员的角色。我不喜欢当菜鸟，但也不喜欢当老油条。

自从领航员在海里消散无踪了，船长好几个晚上都来探望我。他坐在我的床尾，用那只能看见的眼睛看着我。我以为，他的体重会把这张单薄的床板压塌，但床却没塌。就好像他根本没有重量，没有真身实体，如鬼魂一般。

“跟你说件事，小子，”船长温和地说，“不过天一亮，我可就不承认了。”他停顿了片刻，确定我正留神在听。“你是这艘船上最重要的船员，是我们使命的灵魂。如果你成功了——我知道你一定能成功——这将是无上的荣耀。我能看到未来你和我还会多次出航。有朝一日，你会成为船长。”

不可否认，船长描绘的远景诱人。有目标这一点太吸引人了。至于说未来的航行嘛，我已经渐渐适应了这艘船的性子，还有这些水域。在船上多待一阵子，也许也不是不可能。

“这些船员中，只有一个人会潜到海底，”船长说，

“我选中了你。只有你会进挑战者深渊，发掘里面的宝藏。”

听到船长这么说，我的感受如同那深渊一样，黑暗幽深。“没有合适的设备，我会被海水的压力压得粉碎，长官，而且——”

他抬起一只手，打断了我。“我知道你是怎么想的，可这儿和别处不一样。这你已经知道了，也亲眼见识过了。下潜很危险，我并不否认，不过和你想的不一样。”

说完，他把住我的双肩。“要对自己有信心，卡登，因为我对你有信心。”

这句话我已经不是第一次听到了。“鹦鹉对我也有信心。”我对他说。

一提到那鸟，他就很恼火：“你后悔把那个叛徒干掉了？”

“没有……”

“鹦鹉要是活着，就绝不会让你完成这次航行。”他站起身来，开始在局促的房间里来回踱步，“他会结束我们的冒险，永远结束！”说完，他用一根变形的手指指着我。

“你是愿意在他的世界里当瘸子，还是在我的世界里当明星？”

说完，不等我回答，他就气冲冲地走了。他刚一走，一丝记忆突然涌现。你以前见过船长，鹦鹉曾说过。我第一次意识到，原来他说得没错……但那片记忆又从我眼前溜走了，被粘船板的臭烘烘的沥青吸走了。

146 心理污染

日子一天天过去，我对深渊海蛇的感应越来越强烈。它悄悄尾随在船后面——我后面，与我们快慢一致。它不像浪尖马或复仇女妖那样攻击我们，它只是悄悄一直跟着。这更可怕。

"它不会放过你的，小子。"我们盯着船的尾流看时，船长对我说。我看不见它，但我知道它在那儿，它潜在水下深处，刚好能躲过我的眼睛，却无法躲过我的心灵。

"这海蛇肯定是在打你的主意，"船长说，"这主意跟消化液有关。不过依我看，它喜欢饿着的感觉。它不光享受狼吞虎咽，更享受追逐的感觉。这是它的弱点。"

船长去喝下午茶了，或随便做点儿他这类男人打发时间的消遣。我趁机爬上瞭望台，离深渊海蛇越远越好。

我越来越瞧不上瞭望台了，对它的鄙视不亚于船长。瞭望台上出什么稀奇古怪的景观，我都不会惊讶。

今天，瞭望台上，一堆脑袋正随着海浪的颠簸滚来滚去，像一团团风滚草似的。其中一颗滚过去的时候撞到了我身上。“对不起，”那颗脑袋连忙道歉，“实在控制不住。”我觉得我好像认识那张脸，但它的运动轨迹把它带到了椅子底下，又一时卡在里面，所以我也不太确定。

今天是一个新调酒师。吧台没有人，因为她的态度很冷淡，周身像力场散发电磁波一样，散发出请勿靠近的信号。我还是走了过去，我就是想故意刁难。

“多莉在哪儿？”我问。

新调酒师指了指其中一颗滚动的脑袋。我一下子就认出是多莉。“你好，卡登，”脑袋一边说，一边随着突然一阵浪涌带来的起伏滚动着，“要是能，我就跟你挥手了。”

“真可惜，”新调酒师说，“不过领航员的散架清楚地表明，必须要有改变。”

就在这时，又一个只剩下脑袋的可怜人从我身边弹了过去。一头短短的红头发。我赶紧跑过去追上它，捧起来一看，是一双熟悉的眼睛。

“卡莱尔？”

“很抱歉地告诉你，卡登，我不再带你们那个组了。”

我惊讶得说不出话来。我实在没办法消化这个消息。“可是……可是……”

“别担心，”他说，“今天下午会有新引导师来。”

“我们不想换新的！”

大厅里空无一人。我就站在他和出口之间。我知道，哈尔出事以后，一定会有人背锅，说不定还会被开除，可为什么偏偏是卡莱尔呢？

“你跟这件事一点儿关系也没有！”我对他说，“那天你根本不在。”那个冷冰冰的新护士长从大厅中间的护士站瞅着我，担心我嗓门突然提高是不是有麻烦。

“他们觉得我们小组有……心理污染，至少对哈尔来说是。”

“你信吗？”

“我信不信并不重要。医院总要找个人惩罚吧，我就是个容易下手的靶子。世道就是这样。”

他有点儿紧张地向四周张望，仿佛跟我说句话都可能会让他的处境更糟糕。“别担心我，”他说，“我又不是没有别的事可做。我只是这里的志愿者，记得吗？”他从我旁边绕过，向门口滚去。

“可是……可是……谁来拖那些野脑子呢？”

他轻声笑了。“没有我，照样有人拖。”他说。“保重，卡登。”说完，他把门卡贴在读卡器上。里层的门开了，他进到一间专门为防止病人逃跑而设计的小气闸室。然后，等里面的门一关上，外层的门就向外面的世界敞开来，卡莱尔走了。

我不知道该怎么办。我不知道该冲谁嚷嚷？调酒师肯定不吃我这套，虽然“愤怒的死亡之臂”就在周围，但他和他那些骷髅头全都兴哉哉的，庆幸他们没跟多莉和其他脑袋一样滚来滚去。

我离开了瞭望台，冲到船长那儿，对他发了一通牢骚，告诉他卡莱尔的无头身体刚刚走了跳板，可船长无动于衷。

“水手来了又走，”他的两只胳膊底下各夹着一颗脑袋，“我要到下面打保龄球了。想不想一起去？”

147 基因生命体与磁盘操作系统

“嗨，早上好！我是格拉迪丝，上午组的新引导员。”

房间里的气氛充满了挑衅，就像“问题学校”的教室一样。今天来了个代课老师。

“首先我们来彼此认识一下。”

格拉迪丝看起来并不像格拉迪丝。虽然其实我并不知道叫格拉迪丝的女人应该长什么样，只是在很老的黑白电视情景喜剧①里看过。她大概三十五岁，一头烫过的金发，左右脸有点儿不对称，一笑脸歪得更厉害了。

“我们先来介绍自己的名字吧。”

“我们知道自己名字。”不知谁说。

“哦，我也想知道。”

“确实是，”另一个人说，“我看见你进来之前在那儿读我们的档案。”

她脸上露出一个轻微不对称的微笑。“对，不过要是能把名字和脸都对上号，就更好了。”

“说不定会更伤心。”我冒出一句。丝凯和另外几个人听了我的话，出于礼貌，低声笑了起来。但礼貌性地低笑并不足以让嘲讽继续下去。为了早点儿完事，我说：“我叫卡登·博斯。”

于是从我开始，顺时针轮下去。让我感到惊讶的是，居然没有人报“丁丁·豪痛”或“简芝·傻茶”这样的名字。估计是因为我报了自己的真实姓名，大家都很扫兴。

我的新室友，还有另外一个新来的女孩，也参加了小组讨论。我已经想不起来的几个人前几天就出院了。

① 卡登此处暗指美国20世纪60年代的一部情景喜剧《皮特和格拉迪丝》，该剧1960年开播，1962年结束，共有两季。格拉迪丝是剧中女主角的名字。——译者注

脸不断在换，但演出还是老样子，就像百老汇的剧目。

今天，发言的人寥寥无几。我知道，我什么都不想跟格拉迪丝说。永远不想。然后，有个人故意管她叫格拉多斯[1]，这是经典“传送门”游戏中邪恶的计算机的名称。如果说这次讨论之前还不算是嘲弄的话，那么现在绝对是了。我们一群人轮番上阵，在她的眼皮底下含沙射影地引用这个游戏——比如说，有个孩子问，我们说完以后会不会有蛋糕吃[2]。

“没有，”格拉迪丝说道，脸上显出不对称的困惑，“据我所知没有。”

“看来……”那个孩子说，“你的意思是，蛋糕是个谎言？”

就连那些不知道他在说什么的孩子也忍不住偷笑起来，因为他们有没有听懂根本不重要——只要“格拉多斯”没听懂就好，这才是最重要的。

正常情况下，我可能会为她感到难过，可我对什么

---

① 英文名为GLaDOS，是一个来自“传送门”系列（Portal）电子游戏中的虚构的人工智能计算机系统，全称为“Genetic Life-form and Disk Operating System”，意思是“基因生命体与磁盘操作系统”。——译者注

② 在传送门电子游戏中，蛋糕是一个经典桥段。身为计算机系统的格拉多斯多次在测试中提起，一旦测试结束，会请人类主角吃蛋糕。——译者注

是正常已经没有清晰的概念了，反正我不想给她同情。我知道，卡莱尔被炒鱿鱼不是她的错，但在这个房间里，她就是皮纳塔[①]，我倒不介意和其他所有人一起挥起球棒敲敲她。

148 像松鼠一样

我躺在床上，等着世界结束。

最终一定会结束，因为我无法想象世界一直像这样继续下去。脑子里一片迷雾的灰色日子终有一天必然结束。

卡利音讯全无。我也不指望能在这儿得到她的消息。我们不允许用手机或电脑，我又不指望她会写信给我。我以前还托爸妈帮我查电子邮件。我把自己所有的密码统统都告诉了他们，因为隐私已经没什么意义了。我不在乎他们看我的垃圾邮件——在这个时候，除了卡利的信，我收到的就只有垃圾邮件了。但她没写过信。

① 一种在墨西哥常见的彩囊，里面装满糖果和小礼物，在节庆或生日宴会上悬挂起来，人们用棍棒将它敲碎后，糖果和玩具会掉下来。——译者注

要么就是我的爸妈告诉我，她没写过。要是她写过的话，他们会实话实说吗？在信任这件事上，他们跟那些告诉我哈尔还活着的人没什么差别。要是人人都坚信对我撒谎没关系，那是为我好，那我还怎么能相信他们的话呢？

他们说我在这儿已经待了六个星期，是不是在骗我？应该不是。感觉倒像是六个月。精神恍惚，外加单调乏味，几乎不可能计算时间的流逝。不过，他们可不会管这叫单调乏味，他们管这叫作生活规律。据说，生活规律会让人心安。我们身上有遗传倾向，喜欢一成不变，这种倾向可以追溯到最早的脊椎动物身上。不变即安全。

除非他们选择去制造变化。

比方说，给我安排一个我拒绝交谈的新室友。再比方说，炒掉唯一一个让我看到微弱希望的人。

为这些事，我默默地将所有人咒了个遍。其实内心深处我很清楚，最该骂的是我自己，因为如果当初没有遵守对哈尔的承诺，告发了他，所有这一切就不会发生了。

今天早些时候，有个护士对我说："如果你的情况持续改善，我觉得再过几个星期，你应该就能回家了。"说完，她又加了一句，"但我也不能保证。"承诺中满是含混。

我并没有感受到别人所看到的改善。我被当下紧紧包裹着，记不得当初刚刚到这里时是什么样子。我心想，如果这个状态比那个状态好，那我回家以后能指望的岂不就是这个状态了？还不都是老样子？

一个护士来到我房间，带来了我们晚上要吃的药。她先让我室友吃好了，然后让我吃。我朝我那个快乐的小纸杯里看了一眼。我现在的鸡尾酒，是每晚三种药，不过，药总在变。一颗长条的绿药片，一粒蓝白色胶囊，还有一片入口即化、像无味糖果似的黄药片。我一次吃一粒，就用她给我的那杯水送服，那个水杯比药杯稍微大一点儿。接下来，我就轻车熟路了，我把嘴张开，用手指把两颊往两边撑开，像对她做鬼脸一样，让她看到药确实已经吞下去了。

她前脚一走，我后脚就进了卫生间，把蓝白胶囊从嘴里挺深挺深的地方掏了出来。刚才我像松鼠一样，把它藏在了牙龈和口腔内壁的夹缝里。只要不用手指把我嘴里摸遍，她永远不可能发现。要是被他们发现你把药藏在腮帮子里，他们真会摸。不过我一直都是个乖孩子，直到今天。

我知道对那片化掉的药是没办法了，但说不准，只要好好练习，我就能把胶囊和绿色的药丸全藏起来。不管哈尔做那件事的时候是什么感觉，至少他是有感觉的。此刻，连感觉到绝望都像是打了胜仗。于是，我把药丸扔进马桶，还对着它狠狠撒了泡尿，再用水冲掉，把下水道里的东西药翻了才好呢，管它是什么臭烘烘的鬼东西。

然后，我回到自己的床上，躺下来，等着世界结束。

149 半衰期

我对精神药物的了解，远远超过任何人类该知道的警戒范围。就好比卖过各种毒品的毒品贩子，谈论起嗑药时各种各样的“嗨”，绝对头头是道。

大多数抗焦虑药物见效很快。把事干成后，人体内的警察，就是肝脏，负责把它们逮住，并在一天之内把它们排出去。氯羟安定要是用针剂，马上就能让你安静下来。口服的话，不到一个小时搞定，但几个小时后药效就消失了。

再说齐拉西酮、维思通、思瑞康，还有所有其他重量级的抗精神药物，半衰期[①]会更长一些，能避开肝脏

---

① 药物半衰期一般可称作生物半效期或生物半衰期，指的是体内药量或血药浓度下降一半所需要的时间。——译者注

好一阵子。而且，“疗效”——他们是这么说的——会随着时间逐渐增强。那些药，你得吃几天，甚至几个星期，才能发挥你花钱买它来指望它发挥的作用。

当然，那些药大部分的副作用会立刻显现，一个小时之内就会让你感觉自己不像个人了。一旦突然停用，如果你没发癫痫死掉的话，那些副作用在一两天内就会消除。不过想让实际药效完全消失，要等很长时间，就跟刚开始等它生效也花了好久一样。

换句话说，在你一头栽入无底的深渊之前，有那么几天黄金时间，你还记得当个正常人是什么感觉。

150 最后一个站立的人

晨雾渐消，只有无数白棉花云留在天海之间。云飞快地移过天际，一天的时光在光与影之间时隐时现。在那美景之下，大海平展如玻璃——一丝不差地倒映着天空。云在上，云在下。天空与深渊之间仿佛毫无差别。

就连此时我们靠着平稳风力一路疾行的船，也搅不起半点儿波纹。好像我们不是破水前行，而是在水面划过。我知道深渊海蛇就在如镜水面下的某个地方跟着我们，可它和船一样，悄无声息，不留痕迹。

不论是卡莱尔的脑袋，还是其他人的脑袋，都没在瞭望台上继续滚来滚去了。事实上，这个地方已经完全失去了往日的魔力。吧台不见了，椅子不见了，迷失在霓虹鸡尾酒饮料中那些烂醉如泥的顾客也不见了。现在，瞭望台的里外看起来完全一个样：一个近一米宽的桶，刚好容纳一个人站在里面放哨，眺望海平线。

“就像其他附属的物件一样，”船长对我说，“不常用就萎缩了。”

没有了鸡尾酒的麻醉，我的感觉异常敏锐，锐利得就像杀猪刀。它分开骨肉，把那些本不该见天日的地方展露得一览无遗。它让我得到了净化，让我从里到外都焕然一新。

现在，只剩下我和船长，其他船员都不见了。有可能他们趁晚上抛下我们逃命了。有可能是海底下的东西把他们拖进海里了。也有可能他们被拉进了铜板条之间的缝隙里，被把船粘在一起的活沥青给吞了。我不想念他们。某种程度上，好像他们从一开始就从来没有存在过似的。

我站在舵旁，船长站在我身后，像教皇一样对着他唯一的会众侃侃而谈。

“苦难无时不在，无分昼夜。”他说道，“我曾经在酷热的白天，坐在无情的烈日下，一群本不关他们痛痒的人却紧盯着我。”他用手碰了碰铜栏杆，一根手指在上面划过，好像在检查上面有没有灰尘似的。“你盼着能有一点点铜，可铜来了以后你又烦它。你能跟得上吗？”

“能。”

他在我后脑勺上重重抽了一巴掌。“永远别跟着！要一直在前面领着。”

我揉了揉怪痛的头皮。“怎么领？一个人都没了。”

船长朝四周看了看，似乎第一次注意到，船上已经没有别人了。“那倒是。那样的话，你应该很得意，你是最后一个屹立在战场的人。”

“我们在找什么，长官？”我一边凝望着海平面上方和下方的云，一边问道，“我们怎么知道什么时候到呢？”

“到时候就知道了。”之后他再没有多说。

我还坚守在舵旁。什么航海图都没有，我转舵只凭着一时冲动和心血来潮。不管我怎么选，船长都没有反对。

后来，前方有个东西进入了我的视线。起先，只是一个小点，等我们渐渐靠近时，变成了海里伸出的一根杆子。我驾船向它驶去，随着我们越靠越近，我才看清楚那不仅仅是一根杆子。上面有一根横梁，还有一个人影软绵绵地搭在上面。

稻草人。

它的双臂大大地张开，眼睛斜望着点缀着云彩的天空，做着永恒的祈祷。我突然想到，所有稻草人都像是钉了十字架似的。说不定，乌鸦是被这个吓跑了。

然而，这么浩渺的大海上，根本没有乌鸦可以吓跑。没有海鸥，也没有拟八哥，什么鸟都没有，连只鹦鹉也没有。就像船长的世界里其他那么多东西一样，稻草人全心全意地投入到一个毫无意义的任务中。

“稻草人是最后一个标记。”船长对我说，声音透着几分严肃。这个从无畏惧的男人透着一丝畏惧。“他的下面，就是世界上最深的地方。”

151 一切命运之王

我们的船慢慢向稻草人靠近，原本稳到我已经不再留意的风突然减弱，随即便消失了，只留下一片彻底的寂静，我能听见耳朵里的血管怦怦地脉动。头顶上方，一面面帆没了往日满鼓的风采，松垮地垂着，了无生气。船靠着惯性往前滑行了一会儿，船长便把锚放了下去，铁链嘎嗒作响，直到彻底绷紧才歇声。锚的深度与我们下面海沟的深度相比，基本可以忽略不计，可是锚的神秘之处就在于，它从不需要触底，甚至用不着接近海底，就能把哪怕是最大的船稳稳地固定住。

稻草人还在前方一百米左右，大约十一点钟方向。“我只敢到这么近，小子，”船长对我说，“剩下的这段路就是你的了，你一个人的。”

可还是没有深海潜水器或潜水钟呀，没有一个东西能把我带到海底。

“可是怎么……”

船长举起一只手，早就料到我要说什么。“要不是你命中注定要完成这件事，你不可能一直挺到现在。”他说，“办法到时候自然就有了。”

我故作诡秘地冲他一笑。“疯狂中的理智办法？”

他没对我笑，反倒严厉地训起我来：“鹦鹉说，那叫疯狂，但对你和我这样的人来说，这就是科学。”

“科学，长官？”

他点点头：“对，非凡的炼金术能把不可能转化为可能，鹦鹉称之为‘疯狂’。但在我看来，做不到这一点便是平庸。”说完他看着我，眼神里透着一丝他竭力想要隐藏的绝望。“我羡慕你，”船长说，“我这一辈子都梦想能得到深藏在那里的奖赏，可直到今天我还是拿不到。而你将让那堆财宝露面。你将把我们的船舱用别人永远想象不到的战利品填满。”

可怎么才能把那么多财宝从海底带上来呢，我直纳闷。但我很清楚，答案肯定和我怎么下去一样。疯狂中的理智办法将会自己显明。

接着，船长又问了一句：“你相信我吗，卡登？”

我看得出，他绝不是随便问问的，甚至也不是要为我着想才问的。他需要我相信，仿佛这对他来说生死攸关。此时此刻，我才意识到，一切都发生了微妙的变化。不再是他引领我了——是我在引领他。不光是他，而是他的世界中的万物。我甚至能感觉得到，深渊海蛇正在焦急地等着我的下一步行动。想到即将成为一切命运之王，我感觉既兴奋又害怕。

“你相信我吗，卡登？”船长又追问道。

“是的，我相信。”

“你会弃绝鹦鹉和他所有的谎言吗？”

“会的。”

他终于露出笑容。“那好，你接受深渊洗礼的时刻到了。”

152 稻草人

我爬进救生艇。一只这么小的铜艇，好像很难撑住自己不沉下去，更别提加上我的重量了。船长把它放下水，入水时水上也没起什么波纹。我探头向外张望，什么都没有看到，只看到自己的倒影映在镜面般的海面上。我知道那张脸是我的，但却认不得自己。

每次从船边探身往外看，我都半期待着深渊海蛇突然跃出水面，一口咬住我的头，把我拖进水里。它到底在等什么？我琢磨不透。

“一路平安，顺利得到奖赏。”船长说。我把救生艇从滑轮上解开，独自开始了海上征程。

我不紧不慢地向稻草人划去，听着桨柄的插口有节律地嘎吱作响，划一下哼唧一声。我脸朝着大船一路划着桨，因为划小艇的时候必须要背对着目的地划才对。我一离开，大船仿佛立刻就缩小了。我以前在上面的时候，感觉这艘绿色的金属船巨大无比，可此时看去却跟玩具船差不多大。看不见船长在哪儿。

我终于划到了稻草人旁边。我原以为稻草人是立在一个浮标上的，没想到那杆子其实是一根插进水里的木头桩子，我猜是一直插到一万一千米深的海底吧。还没有哪棵树能长得那么高，能削出这么长的一根杆子。杆子上覆满了一层贻贝和藤壶，长在高出水线上三十厘米的地方，差点儿要碰到稻草人的工作靴了。稻草人穿着牛仔裤和法兰绒格子衬衫，与这儿的热带环境格格不入，可我想什么呢？他浑身上下都与这儿格格不入。

他头上是我爸爸那顶白色草帽，鼻子是我妈妈断了的那只红色高跟鞋后跟。眼睛是麦肯茜那件黄色拉绒外套上的大蓝扣子。我在想，要是把他从杆子上松开，他会像卡利奥佩那样在海面上行走吗？他的四肢，除了布和填充物之外，里面还有别的东西吗？要想找到答案，只有一个办法。

“你会说话吗？”我好奇地问，“还是只是个普通的稻草人？”我默默地等待着。见他没有反应，我开始觉得自己也许是白费力气。看来，我注定要在这只小艇里，在这个张开双臂的稻草人影子里坐到天黑，就这么坐下去。就在这时，他的帆布皮肤发出轻微的动静，他把头转向了我，蓝色的纽扣眼微微转动，就像双筒望远镜正对焦似的。

“你终于来了。”稻草人说，好像他认识我，并且一直都在等我来似的。他的声音柔和却响亮，夹杂着多种音调，好像唱诗班的低声合唱。

我叫自己的心脏别突然跳得那么快。“来了。然后呢？”

“你一直想要到海底。”他说，“要想做成这件事，办法有很多。比如，你可以把船锚绑在腿上，让它带你下去。”

“那会要了我的命。”我直说。

稻草人耸了耸肩，反正尽稻草人的能力所及吧。“没错，但你肯定会到达海底。”

“我想活着去那儿。”

“哦，”稻草人说道，“那就是另一码事了。”

然后他就不说话了。眼睛怔怔地不知在看哪儿，就像我刚开始看见他时的那副样子。沉默让气氛变得有些尴尬。我想，他是不是对我没了兴趣，放弃我了。然后我才恍然大悟，他是在等我先行动，虽然我压根儿不知道自己该怎么行动。不过，我知道自己必须得有所动作。于是我划着小艇，尽量向他靠近，再把牵引的绳子绕在杆子上系紧，把小艇停在那儿，明着让他知道，我没打算离开，他想等多久，我都奉陪。我看到一只小螃蟹从他的衬衫口袋里冒出头来，瞅了我一眼，又爬了回去。

稻草人微微地转了转头，他那张帆布脸表情深沉。

“龙卷风要来了。”他说。

我望了望天空。蓬松的云朵依然不紧不慢地移动着，丝毫看不出暴风雨将至的迹象。“你确定？”

“很确定。”他说。

话音刚落，原本如镜面般平静的大海便动荡起来。

我看见右侧水面出现一道波纹，于是我紧盯不放。有东西浮上了水面。我只能隐隐约约地瞥见一层层锋利的金属鳞片，以及起伏扭动的蚓状身体。这个怪兽我太熟悉了。深渊海蛇把我们团团包围，我害怕极了。它加快了速度，海水仿佛在应和着它的动作，开始缓缓转动，但很快速度就越来越急。四周的水开始绕着稻草人的杆子旋转起来，固定小艇的绳子绷得笔直。在漩涡下，我看见可怕的海蛇那只闪闪发光的红眼睛，那是它唯一的眼睛，和船长的眼睛一样盛气凌人，和鹦鹉的眼睛一样咄咄逼人。在所有那些见证过我的生活，还对我品头论足的眼睛中，它可谓是极致。

“龙卷风要来了，”稻草人又说了一遍，“最好躲起来。”

可根本无处可躲，他心里也清楚。海蛇绕得越来越快了。漩涡中心越来越低，越来越多附着在稻草人杆子上层层叠叠的海洋生物露了出来，自成一面笔直的礁壁。小艇在湍流中摇来摆去，我看见拴着它的那根绳子蹭上了一簇锋利的贻贝壳。

眼看小艇要被从杆子上冲走了，我一跃而起，紧紧抱住稻草人的腿。倒霉的小艇在越来越大的漩涡中绕着杆子转呀转，黏合着铜板条的沥青也抛弃了它，溅落在海水里，像一片浮油。小艇散架了。我看见水中还有其他东西在转个不停。我看到浸了水的羊皮纸屑，还有艳丽的羽毛，全都和狠毒的黑色沥青转在一起。它们一圈圈地搅啊搅啊，就像在调配一杯新的鸡尾酒。

我紧紧地抱住稻草人的腿，低头看了一眼，顿时感到一阵眩晕。漩涡正以惊人的速度越变越深，螺旋状的水流边缘离我们越来越远。到最后，我看到的是一个深不见底的漏斗。水声震耳，仿佛一列货车隆隆响着。盐雾的味道差点儿让我作呕。

这时，稻草人开口说："你要去的话，现在正是时候。"

在他开口之前，我满脑子想的就是紧紧抓着别放。"等等，你的意思是——"

"除非你觉得，用锚这个主意更好。"

一想到要落进漩涡的中心，我不由得抓得更紧，爬得更高，一直爬到了他的肩膀上。

如果我下定决心要潜到海底，那就不能回头。没有安全绳能让我落得慢一点儿，没有照相机记录我的坠落，没有人会在海底接住我，然后再送我乐呵呵地上路。可我知道，我必须这么做。我必须把自己交给重力。这就是为什么我要到这儿来。于是，我让自己记起所有那些鼓励我走到这一刻的事。我想到自己的父母，想到他们有多么无助。我想到了领航员，还有他做出的牺牲自己的决定。我想到了我妹妹，她理解纸板堡垒有时候会变得太过真实。我还想到了船长，他一直折磨我，却也让我为这一刻的到来做好了准备。我将要受深渊的洗礼。我敢肯定，鹦鹉会把这称作最伟大的失败。好吧，如果这是失败之极致，那就让我成为失败中的辉煌王者吧。

"下去的时候当心杆子，"稻草人说，"再见。"

我松开手，直直地坠入漏斗中，终于准备好去见识挑战者深渊那不可知的深度。

153 难以招架的"永远不会"

有些书，我永远不会看完；有些游戏，我永远不会打完；有些电影，我看了开头永远不会看到结尾。永远不会。

有时候，会出现某种情况，需要我们客观地面对"永远不会"，但我们却难以招架。

有一次，我尝试对抗这种让人难以招架的"永远不会”。当时我在想，我的音乐库里有很多歌可能永远不会再听了。我打开电脑，创建了一个播放列表，把每一首单曲都放了进去。一共有3628首，全部播完要223.6小时。我只坚持了几天，就渐渐提不起兴趣了。

此时我难过起来，为那些永远不会再传入我耳中的歌曲而难过，为那些永不会打开的书页上那些文字和故事而难过，为我生命的第十五个年头而难过，为我从现在直至时间尽头，本该做完却永远不能做完的事而难过。如果时光倒流，重活一次，我不要船长，不要鹦鹉，不要药片，也不要白色塑料厨房里不系鞋带的肠子。除非繁星泯灭，宇宙终结，我才能把这一年找回来。

那就是拴在我脚踝上的重物，远比任何锚都重得多。那就是我必须要面对的难以招架的“永远不会”。只是我还是不知道，自己是会消失在其中，还是会找到一条出路，突出重围。

154 挑战者深渊

我正在坠入差不多一万一千米深的漩涡眼里。我展开双臂，像特技跳伞的人那样，全心体会着坠落。大海在我四周旋转，螺旋的水流形成了一个竖直的中空通道，如虫洞一般。

透过澎湃的漩涡四壁，我能看见深渊海蛇与我一同盘旋下降，与我的下落速度保持一致，就和当初与船的行进速度保持一致一样。我就那么等着，等着它从水里跳出来把我吞掉，但它还是没有这么做。远远的上空，太阳和天空如今小得像大头针戳的小洞，我周围是一种天蓝色，只是越来越暗。蓝色会不会变成黑色，让我彻底陷入黑暗之中？

按理说，只要三分半应该就能落入沟底了，但我下落的时间比这长多了。那几分钟无比地长，感觉像是好几个小时。落了多久，我根本测不出来，只觉得耳朵随着压力加大而怦怦直响。我现在承受了多少个大气压？世界上没有一个气压表能够测出来。

“那些说自己见过沟底的人都在撒谎。”船长以前说过。现在我总算明白了，他说的是大实话。

在我的下方，我好像隐隐约约看到了什么，我知道我一定是快落到沟底了。参差突兀的沉船残骸从漩涡四壁戳了出来。我撞到了一根桅杆的头上，一下就把它撞断了。我一路跌撞着从一面破破烂烂的古帆上滚过，然后一面接着一面，都绷着想接住我，却没一面能接住，直到最后我跌进铺在世界之底的灰色黏腻腻的沉泥上。灰的，不是黑的。这里才是黑色沥青最后的归宿。

我浑身疼痛，不过没有骨折。那些帆虽然没能接住我，但确实减缓了我下落的速度。我站了起来，强迫自己颤颤巍巍的膝盖支撑住身体的重量。

我做到了！我到这里了！

漩涡依然凶猛，不过在这里，漩涡眼内是一片直径五十米左右的空地，湿乎乎的，坑洼如月球表面。让我惊讶不已的是，在这“月球表面”上，东一堆西一堆到处是黄金珠宝。所有的财宝都会寻找世界的最低点，而这里就是挑战者深渊的藏宝库！

我激动得无法呼吸，目瞪口呆，漫无目的地晃来晃去，费力地蹚过一堆堆财宝间的污泥。

突然，钱币丁零当啷地响了起来。我转过身，看见还有一个东西也在这儿。挺小的一个东西。它正笨手笨脚地想从一堆财宝上翻过去。它的个头和一只小狗差不多，却是两条腿走路。身上的肉是挺恶心的粉色。它有胳膊，却没有手，胳膊的样子也很古怪。我根本没认出它来，直到听它说了一句：“应得的奖赏，应得的奖赏。没有什么是应得的。”

原来是鹦鹉，或者至少也是他的鬼魂，或者也有可能是他不死的躯体，我也不确定。没有了羽毛，他看起来营养不良，非常瘦小，就像你在超市里买的那些没有肉的小母鸡。他身上子弹的伤口里缓缓有东西溢出，不过不是血。好半天，我才看出来是果冻，就是那种里面有菠萝粒的果冻。

我费力地挪到他身边，准备幸灾乐祸一番。船长是对的，而鹦鹉是错的。我的选择很明智。现在我可逮着机会讽刺讽刺他了。然而，他那只没戴眼罩的眼睛悲伤地看着我，好像该可怜的人是我。

“我早料到了，”他说，“我们能把一匹马牵到水边，甚至还能强迫它喝水。但要想让它一直喝，那就得看马了，看马了。当然了，当然了。”

他对着耸立在漩涡眼中心的稻草人杆子乱啄一气，啄下一只小小的闪着磷光的海蛞蝓，一口吞了下去。我现在才看到，遍地都是这种丁点儿大、鼻涕虫似的东西，周围的一切都笼罩在它们的莹莹绿光中。有它们的光在珠宝和成堆的金子上闪烁，财宝显得越发诱人。

“我搞定了海沟，征服了挑战者深渊，”我对他说，“所以你可以滚回鸟的地狱了，反正你从哪儿来滚回哪儿去。”

“没错，你是已经到了海底，”他说，“不过每来一次，海底就会变深；这你知道的，对吧？”

我又泛起一阵恶心。不会是掉下来的时候脑震荡了吧？

“那就把你的财宝带走吧，”他接着说，“带走，带走。我敢保证，你去哪儿，它就会跟到哪儿。”

我伸手到眼前的财宝堆里，扯出来一枚达布隆金币，感觉比我想的要轻。这分量，对金子来说实在太轻了。刚才那一阵恶心从我胃里蔓延开来。此时我感觉它已经延伸到了我捏着金币的指尖。我就要明白过来了。我不想明白。我想一直幸福地无知下去，可是却不行。我把达布隆金币翻过来，然后用另一只手摸着金币的沿，用大拇指的指甲抠了抠，拨开外面一层金箔，里面露出深褐色。

“是巧克力……”

鹦鹉用那千古不变的笑脸看着我。“够吃一辈子了。”

我朝四周望了望——仔仔细细朝四周望了望，看见珠宝全都镶嵌在小小的塑料底托上。这根本不是什么珠宝，分明是戒指糖。我看见它们已经开始渐渐融化进淤泥中。

“四月的愚人节大笨蛋，”鹦鹉叫了起来，“还有五月、六月和七月。”

恶心的感觉控制了我的脊椎，一节一节地升到脖子上。我觉得脸颊和耳朵都已经灌满了。我努力地想要在脑子里筑起一道墙，不让这种感觉渗入我的脑子，但我知道，墙是挡不住的。

“仔细瞧瞧那枚达布隆金币吧，”鹦鹉叫道，“你敢吗？你敢吗？”

我又看了看巧克力金币上那层金箔纸，我看见了，船长的脸，但不是我熟悉的样子。这张脸要可怕得多，真实得多。我听见鹦鹉嘎嘎地叫着，不过他离我越来越远了。我又一次开始坠落下来。即使我已经到了世界之底，却还在坠落。

达布隆到兴隆，兴隆到星图，星图到前途，前途到——

155 前厅

一幢摇摇欲坠的大楼的前厅。

我们一家人在纽约度假。我十岁。当时，纽约正好在搞一个街头艺术节，交通一片混乱，我们只好又坐上地铁。我爸妈、妹妹，还有我，从地下站台上到街面上，发现又坐错了站。这不是个好地方，一个我们恐怕不该来的地方，我知道。

我们的酒店在皇后区。这里不是皇后区，可能是布朗克斯区①，妈妈是这么想的。我虽然嘴上没说，但心里觉得，这地方在任何地图上都找不到。我惴惴不安，肚子也有点儿不舒服。我们刚去过时代广场，到超大的好

① 布朗克斯区，是纽约五个区中最北面的一个区，以治安差、犯罪率高著称。——译者注

时巧克力专卖店兜了一圈，买了太多可以吃的纪念品。我和麦肯茜在这趟摸不着头脑的地下旅行中，一直都在大吃特吃。

妈妈和爸爸吵了起来。爸爸坚持认为，要想去我们想去的地方，地铁依然是最好的出行方式。但妈妈坚决要打车。

我四下望了望。我们正站在一处街角，不远处是家杂货店，不过店的门窗紧闭，钢卷闸门窗上满是涂鸦。马路牙子上堆满了装蔬菜的纸板箱，等着垃圾车运走，可能得再等好几天。有包心菜，土豆，胡萝卜，还有西蓝花。烂菜臭气熏天，对我这塞满了好时巧克力的胃没什么帮助。

我就是在这时转过身看见了那个男的。他正坐在旁边那幢旧楼的拱形入口处。前厅。这是之前我们穿过纽约中央火车站时爸爸教给我的一个词。“对特别宏伟的建筑，”爸爸曾说，“入口就需要一个专门的名字。”这个词，我念了一遍又一遍，因为我很喜欢它的发音。

这个前厅是道拱门，通往一座光线昏暗、显然已经废弃的大楼。这个男的穿得破破烂烂，衣服脏得看不出原来的颜色，满脸胡子拉碴。他坐的地方，阳光火辣辣地照在他身上。只要再挪一步，他就可以避开阳光，坐在阴凉下了。但他似乎故意要躲避阴凉，好像阴凉有毒似的。不过，他倒是也有遮阳的东西。

他的脑袋上顶着一个“脆船长”麦片盒子。

麦肯茜一看到他，忍不住笑出声来。“你说那盒子是满的吗？还是他放上去之前已经把麦片全吃光了？”

可我一点儿也不觉得好笑。我也不知道自己是什么感觉，反正就是不觉得好笑。

我转头看见爸爸已经屈服了，他正在马路牙子旁卖力地挥手打车。妈妈在一旁指挥，说他应该动作再大点儿。

我很害怕门口这个头上顶着麦片盒子的男人，然而他身上又有什么牵着我，让我觉得必须要上前仔细瞧瞧。

他看见我的时候，我离他只有几十厘米远。阳光下，他眯着一只眼睛，然后我才发觉，他并不是在眯着眼睛。他的一只眼睛受了伤，肿得睁不开。我不知道怎么会弄成这样。我猜想，没准有人不喜欢他在这前厅打地铺，就把他狠狠揍了一顿。他用唯一那只好眼看着我，小心翼翼地提防我，就像我提防他一样。他那只眼睛炯炯有神，非常机警。不只是机警，好像比一般人的眼睛看得更深远。我知道这说明他有点“不正常。”也许比“不正常”还糟糕。我还不由得注意到他的眼睛颜色跟我的没太大差别。

“那么说，是真的吗？”他问道。

“什么是真的？”我的声音微弱而颤抖。

"那些鸟啊,"他说,"它们没有心跳。老鼠也没有。你是知道的,对吧?"

见我没回答,他抬起一只手来。

"给点儿东西吧?"

我把手伸进衣服口袋里,想掏点儿什么出来。我的全部家当,就是好时专卖店里的巧克力金币,在口袋里放得有点儿软了。我掏出整整一把,放在他的掌心里。

他看着这堆巧克力金币,放声大笑。

就在这时,我的一只胳膊差点儿被拽得脱臼了。原来是妈妈。

"卡登!你在干什么?"

我吞吞吐吐说不清楚,因为我没有确切的理由。

"别动他!"麦片船长喊道,"他是个好孩子,对吧,小子?"

妈妈把我拉到身后,不安地打量着这个用麦片盒子装饰脑袋的男人。接下来,向来认为街头上的流浪汉肯定会用钱买醉,相信给乞丐施舍就是让他们继续乞讨,给慈善机构捐钱都只肯刷信用卡的妈妈,居然掏出了钱包,递给他一美元。明摆着,眼前这个男人不知有什么力量,刺激她打开钱包,就像之前刺激我时一样。

爸爸终于拦到了一辆出租车,从马路牙子那边大声招呼我们。他看到家人突然对一个无家可归的流浪汉那么关注,感到莫名其妙。

“打车好，比坐地铁强。”船长虽然对我们一帮人说话，但那只好眼却一直在盯着我，“地铁在每天这个点儿都很糟糕，”他说，“永远都令人沮丧。”

156 这儿没有奇迹

前厅，前途，星图，兴隆，达布隆。

我把达布隆金币攥得太紧了，它渐渐在我的指尖融化。

“答案原来就在你的口袋里，”鹦鹉说，“搞笑吧，竟然会这样。”

说完，他向我身后望去，我跟随着他的目光。我们周围的空间正急速缩小。狂暴湍急的水卷起一堆堆假财宝。漩涡要消失了。

鹦鹉吹了声口哨。“真是的，真是的。顿悟总是难得，又总是来得太晚。”看他那样子，与其说是对自己不满意，不如说只是无奈地接受了这一切。

“等等！你得帮帮我呀！”

他耸了耸肩。“我帮过。我在帮。我会帮的。可是这儿没有奇迹，只有势头。我们只能希望是向上走的。”

他转过身，从一堆假金子跳到另一堆假金子，然后径直跳进旋转的水墙里，消失得无影无踪，只留下我一个人孤零零地待在世界之底。

周围的空间越来越小，一堆堆“财宝”被海浪撕得七零八碎，变成渐渐缩小的漩涡中旋转的碎片。我没有人可呼救，也没有人能帮我。此时此刻，除了我自己之外，我唯一能感受到的存在就是海蛇，我对它的期待已经达到狂热的地步。海水即将在我周围合拢，它终于能抓住我了。到时候不管是谁，哪怕是该下地狱的船长，以后也别想找到我了。

在越来越憋促的漩涡中心，我紧紧地抱住那根稻草人的杆子，费力地想爬上去。但杆子上面是滑溜溜的海藻，我怎么都抓不住。

当初我能把自己弄进来，那肯定有办法把我自己弄出去，可怎么弄呢？我遗漏了什么？

我得到的唯一答案来自海蛇，它对我说话了。不是用言语，因为它什么语言都不懂。它是用感觉对我说的，它把重到无以复加的无望注入我的心，那种沉重就算是圣灵都能被压垮。

你无法逃脱宿命，那感觉说道，从你决定下潜的那一刻起，你就注定厄运难逃。我会张开嘴，咬住你——但我不会咽进肚子。不，那太便宜你了。我要像嚼口香糖一样把你嚼烂，一直嚼到所有像卡登·博斯的东西全都不见了，到时候你就什么都不是了，只是我牙缝里的黑色沥青。而且你会一直待在那里，永远地困在疯狂的深渊里。

要屈服那简直太容易了。一万一千米深的海水即将压在我头上，世界末日的魔鬼离我只有一两米远，还不如立刻跳进它的嘴里呢？至少大卫手上有个弹弓能对付哥利亚。我有什么？

我有什么？

在最后的关头，当漩涡之眼从四面八方收紧的时候，我突然想起了鹦鹉的话。“答案就在你的口袋里。”

我看了看依然紧紧攥在右手里的那枚达布隆金币。我原以为，他指的是我记忆中的巧克力金币，可鹦鹉又不在那段记忆里呀。他知道很多事，但那件事他不可能知道！

我把另一只手插进口袋里。起先，我以为里面什么也没有，可接着就摸到了什么。形状有点儿怪，我猜不出到底是什么，直到把它拿了出来。

是一小片蓝色的拼图。

拼图的蓝色，与我头顶离我十几千米远的那一小片天空的颜色完全一样。

突然，我能感觉到海蛇有些畏缩。

因为只差这一片，天空就完整了……

天空渴望完整，远比海蛇对我的渴望来得更强烈。

我看了看攥着金币的右手，又看了看握着天空希望的左手。我知道，有很多事都不是我能控制的，而我一直都是受害者。但此时此地，一件我有能力选择的事就摆在眼前。这儿没有奇迹，鹦鹉曾说过。可是话说回来，不管海蛇想让我相信什么，这里也不是完全没有希望。没有什么是必然的。

眼看着漩涡只有一米宽，马上要合拢了，我赶紧扔掉金币，紧紧握住这片拼图，攥拳使劲向上一抛，让遥远的天空得以完整。

突然，我的身体升了起来。

仿佛有一只手抓住了我的手腕，就在漩涡朝我坍塌下来的时候，我像被弹弓射出去一样，嗖地升了上去。

翻滚的白色水花向我的脚涌来。我能感觉到海蛇在愤怒地哀号。我能感觉到它那只独眼中怒火燃烧。它不断蹿起来咬我的脚，可总是差一点儿。

我感觉胳膊快被拽下来了。我能感觉到身体里每个关节都在加速，比我之前坠落的速度快得多，比微不足道的重力作用快得多，比那条依然想用无望安魂曲灌满我脑子的海蛇还要快得多。

我头顶上那一圈蓝色的天空变得越来越大，直到最后，我从稻草人身边掠过，远远地离开了海底深渊。

我疾冲直上，进入天空的怀抱，眼中只有无尽的蓝色，再无他物。

157 有点儿像宗教

我不明白的事有许多，但有一件事我是知道的：根本不存在所谓“正确”的诊断；存在的只有各种各样的症状，还有用来描述多种症状的时髦词。

精神分裂症、情感型分裂症、单相抑郁、双相抑郁、重性抑郁障碍、精神病性抑郁症、强迫症等等。这些标签毫无意义。因为没有两个病例是完全相同的。每个人表现出来的症状都不一样，对药物的反应也不一样，没有一个医生能真正地预测出预后效果。

然而，我们是极具控制欲的生物。我们想把生活中的一切都装进可标记的盒子里。可是，我们有能力去标记，并不意味着我们真知道盒子里有什么。

这有点儿像宗教。宗教让我们心安理得地相信，我们已经定义了一件本质上根本无法定义的事情。至于说我们的定义是不是对的，好吧，那就是虔诚的问题了。

158 高高在上的傻瓜

冲天之旅带我去了很多地方，我都记不得了，飞了多少天，我都数不清了，最终我又回到当初出发的地方。亮着荧光灯的白色房间，裹在看不见的果冻里。我能感觉到自己的身体在不住地颤抖，可我并不冷。我知道这是药物作用——反正不是正吃的药，就是刚停了的药。

一个粉衣面具人俯身注视着我。她用马戏团语问了我一个问题，我用科幻电影《星际迷航》中的克林贡语[①]回答她。我闭上双眼。过了一会儿，夜晚变成了白天，突然站在我面前的不再是粉衣人，而是波洛医生。我的身体不再颤抖了。原来他在讲英语，虽然他的声音跟口型并不吻合。

“你知道自己在哪儿吗？”他问道。

知道，我想说，白色塑料厨房——可我知道，那不是他想听到的答案。更重要的是，也不是我想要相信的答案。

“海景纪念医院，”我对他说，“青少年精神科病房。”

---

① 克林贡语是科幻电影《星际迷航》中外星人克林贡人使用的语言，是构造较为完善的一种人造语言。——译者注

听到这些词一股脑儿地从自己嘴里冒了出来，我更相信这些话是真的了。

“你有了一点儿反复。”波洛说。

“不会吧。”

“没错，不过现在你已经走出来了。我要很高兴地说，在过去的几天，我看到的是始终向上的势头。你对周边环境意识清晰，这是个好兆头，非常好的兆头。”

他用笔形电筒把我的两只眼睛都照了一遍，然后查了查我的病历。我盼着他早点儿走，或者有可能的话，变形成护士，可他偏偏拉过一把椅子，坐了下来。

“一个星期前的验血结果显示，你的血药浓度急剧下降。知道有可能是什么原因吗？”

我在考虑，给他上一大盘发愣装傻，可那有什么用呢？“知道，”我照直说，不想拐弯抹角，“我把药藏嘴里了，没吃。”

然后他脸上竟然有些扬扬自得的神情，说了句我完全没料到的话。

“很好。”

我盯着他看了一会儿，弄不清楚这句话他确实说了，还是我幻听了。

“怎么会很好呢？”我问道。

“哦，当时不算是很好——绝对不是——但是现在看来很好。因为现在你能看到结果。因果关系，因果关系。现在你明白了吧。”

我很想生他的气，或至少有点儿不高兴，但我做不到。可能是因为头一回我不介意他说的可能是对的，也有可能是药物作用。

波洛看起来有点儿怪。之前我只是隐隐有这种感觉。现在他离我近了，我才看出是哪儿不太对劲儿。他那身花花绿绿的衣服不见了。现在他穿的是一件领尖钉有纽扣的米色衬衫，还打了一条同样古板的领带。

“不穿夏威夷衬衫了？”我好奇地问。

他叹了口气。“唉，是啊，医院管理层认为那么穿显得不够专业。”

“他们都是傻瓜。”我对他说。

这句话居然让他狂笑不已。“你会发现，卡登，生活中有许多决定都是高高在上的傻瓜们做的。”

“我以前一直都是高高在上的傻瓜，”我说，“我觉得我还是在地上更好。”

他微笑地看着我。此时的笑容，跟以前他程式化的笑有点儿不同。现在的更温暖。“你父母都在等候区。现在不是探视时间，但我破例允许他们到这儿来。当然，还要看你是不是想见他们。”

我考虑了一下。“哦……我爸爸是不是戴着一顶草帽？我妈妈是不是穿着一双断了根的高跟鞋？”

波洛微微地偏过头，好让那只好眼看我看得更清楚一些。“我印象中没有，没有。”

“好吧，那说明他们是真的。可以，我想见见他们。”

要是其他人听到我这么说，没准儿会用奇怪的眼神打量我，可波洛没有。对他来说，我的“现实标准”正在逐渐形成，这分明是件好事。他站起身来。“我去叫他们过来。”他说完又停了下来，看了我一会儿，说，“欢迎回来，卡登。”

他出去的时候，我下定决心，要是有一天我能离开这儿，我准备给他买一条昂贵的真丝领带，上面全是颜色鲜艳的鸟儿。

159 10:03

我想把丝凯的那片拼图还给她，却怎么也找不到了。整幅拼图只差一片就完成了。谁都不允许碰它，唯恐把丝凯惹得大发雷霆。后来有一天，她出院了，粉衣人把拼图全都拆了，把碎片重新放到盒子里，好让其他病人玩。他们明明知道拼图缺了一块，还要一直留着，我觉得实在是残酷至极。

哈尔再也没有回来过，也没有人很确切地告诉我他到底是活着，还是死了。不过，我确实收到过一封信，上面全是我看不懂的线条、潦草的文字和符号。有可能是他寄来的，有可能是某个更烦人的病人出院后搞的恶作剧，也有可能是一个关心我、想要安抚我的人写的——小时候，我给圣诞老人写过很多信，我爸爸就是用这种方式给我回信的。在这件事上，所有可能性我都会平等对待。

我从来没有收到卡利的来信。没关系，我从来没有期待过。我希望，她现在的生活能带她远离一切会让她想起这里的东西。如果这意味着让她离我远远的，我也能接受。她踏浪而行，而不是被淹死。这对我来说就足够了。

最后有一天，他们终于决定，我已经再次成为真实世界里的一员——至少近在咫尺了——我出院了，重新回到了家人爱的怀抱中。

就在我打“精神石膏”的最后一天，我待在房间里，所有行李都装进了医院给的很结实的黄色塑料袋里。里面除了衣服，没别的东西。我的美术用品，我已经决定留给其他病人。有一天趁我没注意，医院员工把彩色铅笔都收走了，只留下几根塑料记号笔和蜡笔——都是用不着削尖的。

我的父母在上午10:03到了医院，他们把麦肯茜也带来了。爸爸和妈妈签了好多文件，差不多跟我住院时要签的文件一样多。就那样，手续办完了。

我请求再给我几分钟，跟这里的人道别，但并没有我想的那么久。护士和各种各样的粉衣人祝我一切都好。“愤怒的死亡之臂”跟我对碰拳头，还说要“保持真实”。这听起来很讽刺，不过不管是他，还是他的骷髅头文身，都理解不了讽刺在哪儿。“格拉多斯”正在带领她的小组分享，虽然我只是探头进去说了声再见，但在场的每个人还是很不自在。现在我明白卡利临走的那天是什么心情了。你还没有跨出去，就已经在玻璃的另一边了。

爸爸轻轻把手搭在我肩上，问我感觉如何，然后我们慢慢向运河水闸一样次第开关的门走去。“你还好吗，卡登？”现在他读我心思的方式可跟以前大不相同。就像带着放大镜的夏洛克·福尔摩斯。

“嗯，很好。”我回答。

他笑了。“那我们赶紧离开这个鬼地方吧。”

妈妈告诉我，我们回家路上要一起去趟酷圣石冰激凌店，她知道那是我最喜欢吃的。要是能不用木勺子吃冰激凌，那就太好了。

“但愿你们没把家里布置得太隆重，”我对他们说，“比如挂气球，贴‘欢迎回家’的横幅什么的。”

尴尬的沉默告诉我，确实有隆重的仪式在等着我。

“只是挂了一个气球而已。”妈妈说。

麦肯茜低下了头。“我给你准备了一个气球。那……”

此时，我感觉很糟糕。“哦……很大吗？就像从感恩节游行跑出来的气球？”我问道。

“不，不是的。”

“那肯定没问题。”

我们站在出口前。内层门打开了，我们走进小小的安全气锁室里。妈妈用一只胳膊搂住我，我一下子明白了，她这么做不单单是为我，也是为她自己。她需要这样的安慰，那就是她终于能安慰我了；这件事，她已经好久没能做了。

我的病连累全家人跟我一起穿越了战场的壕沟，虽然我的壕沟是——马里亚纳海沟，但我家人经历的艰难困苦也绝不会少。我永远不会忘记，我爸妈每天都来医院看我，即便有时候，我的脑子显然在别的地方。我永远不会忘记，我妹妹拉着我的手，努力地想要了解，待在别的地方是什么样的感觉。

内层门在我们身后砰的一声关上了。我屏住呼吸。然后，外层门打开了，再一次，我成为理性世界中自豪的一员。

一个小时后，在疯狂堕落的冰激凌大餐后，我们回到了家，车子刚开上家门口那条街，我就望见了麦肯茜的气球，就系在我家前院的信箱上，随着微风轻轻地飘来飘去。等看清楚气球的样子，我忍不住大笑起来。

“你到底从哪儿搞来个大脑气球？”我问麦肯茜。

“网上，”她耸了耸肩说，“他们还卖肝和肾呢。”

我紧紧地拥抱她。“这绝对是最棒的气球。”

我们下了车。得到麦肯茜的允许后，我把这个充满氦气的大脑气球解开，松开了手，看着气球一直向上飘啊飘啊，直到飘得看不见了。

160 就是这么安排的

九个星期，这是我住院的时间。我查了查挂在厨房里的日历，想确定是不是真的，因为感觉住了好久好久。

学校早已放暑假了，就算没放暑假，我的状态也不适合坐在教室里集中注意力。目前，我的注意力持续的时间和动力就跟海参差不多。一方面是因为生病，另一方面是因为药物作用。他们说，会慢慢好起来的。我很不情愿地相信了。这个，最后也会过去。

开学后会怎么样，现在还不确定。说不定，我明年一月才回去上学，然后重读高二下半学期。说不定我会转到别的学校，重新开始。说不定我会在家上学，直到功课全赶上来。说不定我会在九月直接上高三，一切照常，等到明年上暑假课程班再把耽误了的课补起来。高等微积分的变量也没有我的教育问题的变量多。

我的医生说，别为这事担心——是我的新医生，不是波洛。一旦你出了院，就会有一位新医生。一向都是这样。新的家伙还可以。他陪我的时间比我预想的要长。他给我开药。我吃药。我很讨厌这些药，但还是得吃。我还是很麻木，不过没有以前那么麻木。果冻现在好像变成了发泡奶油。

我的新医生叫于连。这名字倒挺适合他，因为他确实长着一张鳟鱼脸。以后会怎么样，我们拭目以待。

161 奇异的地方

我做了这样一个梦。我和家人走在某个海边的木板路上。可能是大西洋城，也可能是圣莫尼卡。麦肯茜拽着爸爸妈妈上了一个游乐码头——有过山车、碰碰车什么的——虽然我很想和他们一起去，却落在了后面，怎么也追不上。很快，我在人群中就找不到他们了。就在这时，我听到了一个声音。

“嘿，你！我一直等着你呢。”

我转过身，看到一艘游艇。不是那种普普通通的游艇，而是007、黑帮老大那种级别的游艇。游艇闪着金光，窗户是黑的。游艇上有一个豪华的按摩浴缸和几张躺椅，船员好像都是清一色穿着细带比基尼的漂亮女郎。舷梯旁站着一个熟悉的身影。他的胡子修剪成山羊胡，身上的制服是白色的双排扣西装，镶着金边。即使是这样，我也知道他是谁。

“没有大副，我们没法起航。大副就是你了。”

我发现自己站在舷梯半中间，离船只有几十厘米远。可我并不记得登上过舷梯。

“有你同船，我倍感荣幸。”船长说。

“什么任务？”我问了一句，我不想显得很好奇，可抑制不住自己的好奇。

“加勒比珊瑚礁，”他告诉我，“人类从来没有见过的珊瑚礁。你有潜水证，对吧？”

“没有。”我答道。

“哦，这样，反正是我给你发证，对吧？”

他微笑地看着我。那只好眼热切地注视着我，那么熟悉，让我几乎觉得自在起来，简直有种回家的感觉。他另一只眼睛没戴眼罩，桃核已被一颗钻石取代，在正午的阳光下光彩熠熠。

“全体登船！”他喊了一声。

我在舷梯上迟疑不决。

迟疑不决。

还是迟疑不决。

之后，我告诉他："我不上船。"

他并没有努力地想说服我，只是微笑地点了点头。然后，他压低声音对我说："你终究要回到海底下的。你很清楚，对不对？你不回去，我和海蛇可不答应。"不知怎么回事，那声音居然比我身后码头上人群的嘈杂声还要响。

我想了想，他说的事让我不寒而栗，但我不能否认没有一点儿可能。

"也许吧，"我对船长说，"有可能，"我承认，"但不是今天。"

我转过身，沿着舷梯往码头走去。舷梯很窄，看着很危险，不过危险的事我经历过，所以这并不新鲜。当我再次安全地回到码头时，我回头望了一眼，心想游艇可能已经消失了，幻影通常如此。可万万没想到，它依然在那儿，船长依然在等我，目不转睛地看着我。

他会一直等着，我顿时明白了，他永远不会离开。可能隔段时间，不管我愿不愿意，都会变成他的大副，随他一起去许多奇异的地方。这样一来，我可能再一次潜入海底，一次又一次。说不定哪天，我会下潜到很深、很深的地方，深渊海蛇会把我抓住，我就再也找不到回家的路了。这种事有时会发生，否认也没有任何意义。

但今天不会发生。这让我心里有了安慰，内心深处持久的安慰。其深沉，足以支撑我坚持到明天。

作者后记

《挑战者深渊》绝不是虚构的作品。卡登去的地方都再真实不过。每三个美国家庭中，就有一个家庭被精神疾病的幽灵所困扰。我清楚，是因为我的家庭就是其中之一。

卡登和他的家人的很多遭遇，我们都经历过。我眼睁睁地看着自己深爱的人一步步坠入深渊，却无力阻止。

在儿子的帮助下，我努力地捕捉那种坠落的感觉。对医院的印象，还有那些恐惧、妄想、狂躁、抑郁都是真实的。药物可能让人产生的“果冻”感和麻木也是真实的（有一次，我不小心吃了两粒思瑞康——把它和埃克塞德林偏头疼止痛药搞混了——就亲身体验过这种感觉）。但是，康复同样也是真实的。精神疾病不会完全治愈，但从某种意义上来说，病情可以得到缓解。正如波洛医生所说，它不是精密的科学，但我们目前只能做到这么多。我们对大脑和思维了解得越多，治疗手段就越有效；技术水平越高，用药就越能有的放矢。

二十年前，我最好的朋友不幸患上精神分裂症，最终结束了自己的生命。但我的儿子却找到了自己的一片天空，光荣地逃离了深渊，及时成为更像卡莱尔的人，而不是更像卡登的人。本书中的速写和素描皆出自他之手，均有一定的深度。在我眼中，世界上没有比这更伟大的艺术作品了。此外，哈尔的一些人生感悟取材于他的诗歌。

我们衷心希望《挑战者深渊》能给那些有过类似经历的人带去慰藉，让他们知道，他们并不孤单。同时我们也希望，本书将有助于其他人去体会并理解，在精神疾病黑暗而又莫测的水域中航行是怎样的滋味。

当深渊凝视你时——它一定会凝视你——愿你能毫不畏惧地对视。

尼尔·舒斯特曼

□ 读者反馈

身为一位精神分裂症患者，我一直在寻找相关主题的小说——可惜，大多数患精神分裂症的主角在小说中都被塑造成恐怖又失控的谋杀犯——直到我发现了这本书。

这是我看过的所有以精神分裂症患者为主角的小说中最能让我产生共鸣的一本。其描写的细致入微和精准令人震惊。它没有以猎奇的心态向读者展示一些陌生、吓人的元素，而是以全景的形式将这种疾病呈现出来：思维的混乱、语言的混乱、精神的混乱……

据说，在创作的过程中，作者以他身患精神分裂症的儿子作为观察的对象与灵感的来源。显然，在素材收集上他下了不少的功夫。

全书最让我欣赏的是，作者展示了一个重要的事实：精神分裂症患者的恢复过程并非一条必然逐渐好转的单行道——你的状况会反复，会经历好转又恶化的循环。

——亚马逊匿名读者

我用一天的时间读完了这本书——足见它有多么吸引人。它既悲伤，又有趣，既令人心痛，又让人忍不住全情投入，我实在是不忍释卷。

书中那些将故事编织到一起的隐喻是如此的迷人，令读者在真实与虚幻的碎片中辗转，就像精神分裂症这种疾病本身带给人的感受一样。这不仅是一个男孩与严重的精神疾病抗争的故事，也是一段寻找自我以及探寻与生活的相处之道的酸楚旅程。

——亚马逊读者 amsecretan

故事记录的是一个年轻人痛苦的自述——他坠入了精神疾病的深渊，每天被错乱的思想和现实缠绕，无法自拔。作者文笔精妙，将精神分裂症患者承受的苦痛刻画得如此真实、动人。此外，这也是一个讲述家人和朋友陪伴、支持着病人共同走过这段危险旅程的故事——我想，这一点尤为重要。

如果你的家庭或生活中也有正为精神疾病所苦的人，相信我，阅读这本书将让你对他的了解大为加深。作为美国国家图书奖获奖图书，这本书实至名归。

——亚马逊读者 Robert Woods

这本书适合所有人——它读起来可能有些吃力，但绝对值得。在书中，我跟随着男主角坠入精神疾病的深渊，跟随着他在幻想的大海上生活，跟随着他在一家精神病院醒来，跟随着他在现实与幻想的交错中无法自拔……

在阅读这本书的过程中，读者会被直接带入妄想的世界，会在真实与虚妄之间反复穿梭，会真切地体会到男主角正承受的痛苦……这种体验可一点都不轻松。但也正是这种真实而沉重的体验，让我真正爱上了这本书。

——亚马逊读者 Bruce W. Vieweg

这本书让我真正了解了精神分裂症患者。当然，这需要一点时间，但在这本书的帮助下，我不仅理解了书中的主角，也开始理解同样被这种病症困扰的朋友。阅读这本书的过程就像观看一部逼真的3D电影，身在其中的我顿时对精神分裂症患者感同身受。

——亚马逊读者 RedSonja

读完这本书，我需要休息片刻，以便整理我的思绪——这就像一场阅读宿醉。过去的一年，我读过许多书，很多都是关于严肃主题的，但毫无疑问，这是其中最重要的一本。

起初，主角在两种生活中来回切换的桥段可能会令人迷惑，甚至挫败——正如我这般。没关系，请放慢速度，用心体会，偶尔倒回去再次阅读那些你可能遗漏的部分，你最终会在某一刻恍然大悟，继而发现自己已经与主角融为一体。

——亚马逊读者 ChelleGirl